U0112894

老北京五十年

五十年

王永斌/著

华艺出版社

HUA YI PUBLISHING HOUSE

图书在版编目（CIP）数据

老北京五十年 / 王永斌著 . -- 北京：华艺出版社，2012.5

ISBN 978-7-80252-332-6

Ⅰ.①老… Ⅱ.①王… Ⅲ.①纪实文学－中国－当代

Ⅳ.① I25

中国版本图书馆 CIP 数据核字（2012）第 068090 号

老北京五十年

作　　者：	王永斌
责任编辑：	刘丽莉
特邀编辑：	王　炜
出　　版：	华艺出版社
社　　址：	北京市海淀区北四环中路 229 号海泰大厦 10 层
电　　话：	（010）82885151
传　　真：	（010）82884314
印　　刷：	北京顺义兴华印刷厂
开　　本：	1/16
字　　数：	303 千字
印　　张：	20.5 印张
版　　次：	2012 年 5 月第一版
印　　次：	2012 年 5 月第 1 次印刷
书　　号：	ISBN 978-7-80252-332-6
定　　价：	36.00 元

作者简介

王永斌（1924年－2011年），北京人。毕业于北京师范学院（现首都师范大学）历史系，曾任原前门中学历史教师，北京史学会会员、北京史研究会会员、原崇文区地方志编审。多年从事北京史、民俗史、工商史方面的研究。先后出版《北京大栅栏》、《话说前门》、《杂淡老北京》、《北京的关厢乡镇和老字号》、《商贾北京》等专著，在《人民日报》、《北京日报》、《北京晚报》、《新京报》等报刊发表文章六百余篇。

前言

王永斌

　　北京是我国八大古都之一，有 3000 多年建城史，800 多年建都史。岁月沧桑，兴盛辉煌过，也曾暗淡衰败过。这个小册子《老北京五十年》，介绍的是从清光绪二十六年（1900 年）至 1949 年北平和平解放，前后北京五十年历史状况。

　　这个五十年，是北京战乱不断的五十年，是世界列强觊觎我国领土主权的五十年，其中有日本侵略者侵占北平八年，北平百姓做了八年的亡国奴。这个五十年，是北京百姓遭灾的五十年。

　　民国建立不久，由于军队为私人所控制而形成军阀。大军阀有直系军阀曹锟、吴佩孚，皖系军阀段祺瑞，奉系军阀张作霖。他们为争夺地盘，控制北京政权，不断地进行军阀战争。因此，北京政权更替频繁，社会动荡不安。从民国元年（1912 年）至民国十三年（1924 年），经历了六任大总统：袁世凯（1912 年 3 月 10 日至 1915 年 12 月 12 日）；黎元洪（1916 年 6 月 7 日至 1917 年 7 月 10 日）；冯国璋（1917 年 8 月 1 日至 1918 年 8 月 12 日）；徐世昌（1918 年 10 月 10 日至 1922 年 6 月 2 日）；黎元洪（1922 年 6 月 2 日至 1923 年 6 月 8 日）；曹锟（1923 年 10 月 5 日至 1924 年 10 月 24 日）。这六任大总统中徐世昌任期时间最长，但也不满四年。黎元洪前后两任才两年。六任大总统都是被赶下台的。这五十年，中国既有内忧也有外患。内忧是军阀混战和内战，外患是日本鬼子加紧对我国的侵略。日本关东军1931年制造"九·一八事变"，侵占了东三省，接着闯进山海关将侵略目标指向北平，1937年制造"七·七事变"，占领了北平城。日本鬼子占领北平八年，从北平掠走无法计算的物资财富，杀害无数的北平爱国市民。1945年"八·一五"日本无条件投降后，国民党又挑起内战，并以失败而告终。老北京的五十年才算画上了句号，从此过上安定生活。

老北京的五十年由于战乱不断，农田荒芜，手工业作坊破产，商业萧条，经济十分落后，政府无力进行市政建设，只做一些修修补补的工作。二十世纪二三十年代，市政府改造北京有名的臭水沟——龙须沟，明沟改暗沟，只修了一段，因经费不足，天桥以东一段无法继续施工，依然是明沟，只将从虎坊桥至天桥一段改为暗沟。老北京五十年的市政面貌依然是清代时的模样，大街小巷大都是土路，民居都是低矮的平房。交通工具更是落后，只有驴车马车代步和人力车供乘坐。1924年起，有轨电车才开始在北京正式运营。居民的饮水取自清代时的井水，取暖是用不能装烟筒的旧式煤球火炉。市政街道和居民卫生更差，北平城内泄水河有九条，但手工业作坊使用过的废水和居民的生活废水任意往附近河流中倾倒，使原本清洁之河变成了臭水沟。居民院都没有下水道，将烧饭用过的水和洗衣物之水倒至街上。居民院中都没有茅房（厕所），极简陋的男茅房在街上，而且又很少，所以在街巷偏僻处常见大小便。当时青少年受的教育也杂乱，既有进入新式学堂接受新教材教育的，也有到私塾学房读儒家的《三字经》、《百家姓》、《千字文》、《弟子规》和《四书五经》等书籍的，而且以进入私塾学房读儒家书籍的青少年为多数。

老北京的市政建设极为落后，但是老北京人却是讲究做个好人品、好人格的人。其准则是："孝、悌、忠、信、礼、义、廉、耻"，所以老北京民风好。老北京的"好街坊"、"好邻居"是出了名的。老北京只有少数富有人家独住一个院落，绝大多数居民要搭街坊同住一座院落。搭街坊同住在一个院落，天长日久，没出现矛盾，和睦相处，是不容易的。但大多数老北京人是做到了。因为他们为人处事多为别人想，不是只顾自己。过去同院中家家用煤球火炉，冬天比较好处理，夏天天气炎热，各家都将自家的火炉放在自家的屋檐下，而不影响别人。街坊住久，还不愿意搬家，有的搬走了，还常回来看看老街坊。当年街坊之间常说："远亲不如近邻，近邻不如对门。"

民风好，触犯法律的就少。民间产生了矛盾，有的大院街坊或亲朋就给调解了。走向极端杀人犯罪的极为稀少。大约在民国二十四年，发生一起杀人案。北平火车前门东站行李房有个铁箱子没人取，日子久，有了臭味。叫来警察打开一看，里边是个被肢解的尸体。这个刑事案轰动了全北平。后来还有人将这个案子编成侦探小说《怪铁箱》在报上连载。任何一个社会都不会是纯正的，老北京也是如此，但总体上是，民风好，犯法的人少，好人多，坏人少。

娱乐玩耍也说明一个时期的民风。就以老北京青少年所玩的玩艺儿为例，如弹球、洋画儿、招蝴蝶、下老虎棋、骑马打仗、扔杠、抓子等。今天的青少年不仅没见过，可能还没听说过。这些娱乐玩耍基本上不用花钱，反映出勤俭持家的民风。我是北京生北京长，学习和工作都在北京，只有1946年约半年时间在天津。老北京五十年种种，特别是北平八年沦陷，百姓悲惨的遭遇和老北京的优良淳朴的民风，不记下来流传下去太遗憾了！所以我不顾年老体弱多病，作《老北京五十年》以圆夙愿。

目录

第一部分

老北京沧桑五十年

庚子事变

——北京人的大劫难

清光绪二十六年（1900年），是我国用传统的天干地支纪年的庚子年。因之，这一年发生的义和团运动和八国联军攻占北京的事，历史上被称为"庚子事变"。笔者没有赶上，而笔者幼年时，父亲、母亲和大爷经常给我讲起那年发生的事。

父亲是清光绪十年（1884年）生人，庚子事变时他已十六岁，正在前门大栅栏西边的取灯胡同里的同兴堂饭庄当学徒。母亲比父亲小四岁，随她的父母在广渠门外离城约二里的八棵杨树村务农，给皇庄种地。大爷比父亲大六岁，在同兴堂饭庄当伙计。因为庚子事变不是一般运动可比，一是时间长。义和团兴起于山东，光绪二十六年春天北京城内就出现了义和团的活动。同年八月，八国联军攻入北京，而后划区域占领。翌年九月，不平等的《辛丑条约》签订后，洋鬼子军才从北京撤走。前后约20个月。二是地域广。在北京包括郊区在内，无论大街还是小巷都有义和团活动或洋鬼子兵抢掠杀人放火。三是人数多。全北京各家各户，无论男女老少，都卷入了这次事变中。有的人家被洋鬼子兵放火给烧了，有的人被洋鬼子兵给杀了。庚子事变对当时的北京人影响太深了，不能忘掉，讲起来没完。

当时父亲和大爷都参加了义和团。他们说，当时北京各处都设"坛"，特别前门外一带义和团设的坛最多，凡是店铺的伙计、学徒和胡同中的居民，五十岁以下的男人都参加了义和团。因为义和团最荣耀，最有权势，官府的

前门大街

官吏也要听义和团的指挥。他们说,开始北京没有义和团,义和团是从直隶农村来的,大约在光绪二十六年五月进了北京城。每个人都用粗红布裹着头,汗衫外罩着红布肚兜,黄布绑腿,各拿长矛短刀,宣传打洋鬼子,反对洋货。很快,北京就发展起了义和团。设坛有的供奉关羽、二郎神、诸葛亮、孙悟空,有的供奉赵云、张飞,有的供奉姜太公、黄飞虎,可笑的是还有供奉黄三太、窦尔顿的。

坛是义和团的组织单位,但是每个坛都是独立的,没有领导与被领导关系。北京的义和团主要有两部分,☰(乾)字团和☵(坎)字团。乾字团执黄色布旗上绣☰字,团民用黄布包头:☵字团执红色布旗上绣☵字,团民用红布包头。坛的头头称大师兄、二师兄。

到五月中旬,北京就热闹起来,特别在前三门(前门、崇文门和宣武门)一带特别热闹,有的二三十人为一队,有的四五十人为一队,在大师兄或二师兄率领下,拿着刀或枪,到各处店铺去查洋药、洋油、洋布、洋蜡等洋货,查出洋货当场烧掉，并且对店铺写有洋货铺、洋药房等"洋"字号的也都放火焚烧，所以不少洋货铺改写为"广货铺"或"杂货铺"，洋药房改写成"大药房"。

农历五月二十日（阳历6月16日），大栅栏中间偏两路北一家专卖洋药的"老德记洋药房"虽然也将"洋药房"改成了"大药房"，但店中的大批洋药并没有销毁，尚存在店中，引起义和团的愤怒。在大栅栏设坛的义和团大师兄率领几十个团民各持刀枪聚在老德记大药房的门前。事先一个团民携带引火之物进入店中，店外大师兄在老德记大药房的店门上画了个"十"字，口中念着咒语，一会儿老德记大药房就燃起了大火。一时之间，烈焰飞腾。笔者父亲说，那天恰巧正刮着大风，风助火势，火借风威，大火向四处蔓延。义和团不许救火，命令各家烧香，跪地祷告神灵，说这样自家的店房就不会被烧。各家店铺的掌柜和管事人不敢违抗，就一边焚香一边跪地祷告神灵。店中的货物就没往出搬。俟火势更猛，再想往外抢搬货物已不可能，眼看着店房和货物俱焚，叫苦不迭。

大栅栏、大齐家胡同、观音寺、杨梅竹斜街、煤市街、煤市桥、纸巷子、门框胡同、廊房三条、廊房二条、廊房头条、前门大街西侧、前门箭楼、西荷包巷、东荷包巷、西月墙、粮食店、珠宝市、西河沿等处，从五月二十日上午直烧到二十一日清晨才熄灭，只有前门瓮城的关帝庙、观音大士庙和门框胡同内的过街楼未遭火烧。幸运的是，因为起火在白天，仅仅伤了几个人，没有死人。事后有人估算这场火烧掉了两千家大小店铺。而且，前门外一带是当时北京店铺最多、最繁华的地方，金店银楼、珠宝店、钱庄、炉房、绸缎布庄、钟表眼镜店等重要行业都集中在这里，所以财富的损失已无法估算。我们还可以从当时目睹前门大街大火的复侬氏与杞庐氏合写的《都门纪变百咏》中的两首竹枝词，看看这次大火之端和损失的惨重。其一，"大栅栏前热闹场，无端一炬烬咸阳。问渠闭火多奇术，为底神灵误主张。"词后注："……相传团众有闭火之术，至此独不灵验。"其二，"祝融虐焰上千宵，金店银炉一例烧。百万商民齐束手，市里景象太萧条。"词后也有注："大栅栏之火，金店炉房尽毁，京中银源顿竭。银号钱铺典肆，一律停闭，市面萧条，为从来所未有。"

　　义和团在山东兴起时是"反清灭洋"，后来被清政府所利用，改为"扶清灭洋"。义和团反侵略维护国家的主权活动是爱国的。但是，使用的办法手段是封建迷信落后的，甚至是愚蠢的。盲目毁坏财富物资，滥杀无辜实不可取。

　　义和团团民在北京内外城的大街小巷到处张贴宣传品，如："庚子义神拳，戊寅红灯照。丙午迷风起，甲子必来到。壬申不算苦，二四加一五。遍地红灯照，壬申到庚午。己酉是双月，庚子才算苦。等到乾字号，神追鬼又叫。家家户户每晚向东南方焚香叩头，可保平安。"还有"广泽王爷有求必应。有灾难急难之事，而向东南方虔呼'广泽王爷'三声，必有解救。"据我父亲和我大爷说，这些宣传品和义和团有什么行动事先在坛里先"扶乩"，是一种迷信活动。预备一个砂盘，两个人各扶长杆一头，长杆中间捆着一根棍，棍的一头垂在砂盘上。而后由大师兄燃香向神码祷告、跪拜。所有在场之人也随着跪下叩头。两个扶杆之人扶着杆在砂盘上任意活动，棍就在砂盘上画出怪异的道道，即所谓"神佛之语"。缺少文化知识的义和团团众深信不疑，跟着去执行。他们并对愚昧无知的广大义和团团众说："我们可以请关老爷、孙大圣、姜太公等众神下凡，附我们的体。我们可以避刀枪。洋鬼子的洋枪洋炮也把我们怎样不了。"但是真的上了战场，他们照样被洋枪打倒。

　　义和团在查洋货，放火烧老德记大药房的同时，还去烧教堂，杀二毛子。宣武门内的南堂、崇文门内孝顺胡同的亚斯利堂、八面槽的天主堂等大小教堂全烧。二毛子是指中国信奉天主教和耶稣教之人。义和团最恨这种人，因为他们依靠外国的势力去欺压中国人。说二毛子吃里扒外，帮助外国人做坏事。

　　义和团攻打东交民巷使馆区和西什库教堂。我父亲说，义和团攻打东交民巷和西什库教堂时，他天天挑着食盒给义和团团民送饭。他说："我从同兴堂饭庄将饭菜放入食盒里，挑出取灯胡同，奔廊房头条，一进前门就到了东交民巷西口，路很近。"义和团往东交民巷投掷火炬，燃烧洋人的楼房，掩护大队人马攻击洋人。攻到跟前，团民遭到洋人枪炮的射击，倒下一排，又攻上来一排，前仆后继，英勇作战，双方都有伤亡，战争打得很惨烈。

　　义和团攻打东交民巷使馆区的同时，还发起了对西什库天主教北堂的进攻。我父亲说，他有时也给进攻西什库天主教北堂的义和团团民送饭。他看到西什库天主教北堂四周都是义和团，清军架着炮往里打，打得教堂内的洋鬼子和二毛子乱跑号叫。

后来听说是西太后的出尔反尔，最初下命令让义和团和清军攻打东交民巷，后来又下懿旨，保护使馆。西什库天主教北堂没攻下来是清廷权臣荣禄与北堂的传教士樊国梁之间有特殊关系。荣禄暗中令军队不要猛攻，只摆样子，虚张声势，所以久攻不下。

在北京义和团反对外国侵略势力的运动正激烈时，6月17日，德、日、英、法、美、俄、意、奥八国侵略军攻陷大沽口，而后攻占天津。8月14日攻入北京城。15日清晨，西太后携光绪皇帝走神武门出西直门，逃往陕西而去。

据《庚子大事记》一书所记："是晨（农历七月二十日），日本兵以炸药轰开朝阳门。午刻，日俄兵由朝阳门，英美兵由东便门分道而进，炮弹雨下，乘势直至正阳门外，进占天坛、先农坛。申酉之间（下午四点至六点），宣武门上，忽然大炮连声如霹雳而东。时守门者为兵部尚书正红旗都统敬信，或劝其下城，尚书曰：'我职守攸关，未发一炮而走，不为也。'于是督同守城官兵，在敌楼向东南开大炮三十余门，以击天坛等处。故西人钦佩不已。"英美侵略军攻占外城后，随即向内城放炮。美国兵在正阳门上架炮攻击皇城。经过一天一夜的巷战，北京城被侵略军攻占。

北京被八国联军攻占后，他们划界占领。外城以前门大街为界，东归英军地盘，西是美军地界。内城南部，大清门（民国时期的中华门）以东至崇文门内大街由英军占领，以西至宣武门内大街划归美军。崇文门内大街以东由法军管，宣武门内大街以西是英军辖地。东单牌楼至东四牌楼划给俄军，西单牌楼至西四牌楼为意军地界。东华门外也划给意军，西华门外归法军管。东西牌楼以北由日军占领，西四牌楼以北为法军统治区。地安门以东和以西为奥军管。由于当时德军尚未到，故没有其地盘。划了地界后，各国侵略军开始携带枪支武器闯入居民家查找义和团，杀害和平居民，并翻箱倒柜，抢掠金银珠宝等贵重财物。

我父亲和我大爷是义和团团民，虽然在义和团里不是大师兄、二师兄等头头，只干些做饭送饭的活儿，但也算义和团一员，要是被侵略军查出，也要掉脑袋。因此，就离开了取灯胡同同兴堂饭庄，回家避难。当时我们家在广渠门内大街以南东半壁街的笔杆胡同。这里比较僻静，而且这一带居民又不知他们哥俩参加过义和团，帮助义和团做过事，所以逃过了一劫。他们说，各家各户老百姓特别害怕洋鬼子，一看到荷枪实弹的洋鬼子进院就吓得浑身打战，不会说话了。因为那会儿洋鬼子打死一个中国人就如弄死一个臭虫。所以各家各户门前都挂个白布旗，有的旗上还写着"××顺民"（在美军地盘就写美国顺民，在英军地盘就写英国顺民）几个字。大家以为这样侵略军就不进院了。但是，他们还是照样进院抢掠奸淫烧杀。真是遭劫的在数，在数的难逃。

在八国侵略军占领北京时，当时北京内外城共有二百多家大小当铺、三百多家钱铺都被抢了。当铺是个有抵押放贷的行当，用钱的人必须拿着抵

义和团民在菜市口刑场被杀

押品向当铺借钱，抵押品的价值还必须是所借的钱的两倍或三倍。因为当铺一般规定18个月赎当，就是18个月内还钱把抵押品取走。如果满18个月不来赎当，此抵押品就算"死当"，当铺有权将抵押品卖掉，以此获得高额利钱。当当的人，能够按期赎当，一般是付月息2厘或2厘5。所以在旧北京穷人既离不开当铺，也恨当铺。我父亲说，当时抢当铺，除去走不动的老人和小孩外，不论男女全去抢了。所以，多少年来留下个"光绪二十六年抢当铺"的口头禅，意思是人人可以发一笔小财。又比如，一个人有事急着走，另一个人就会说："你忙什么？去抢当铺呀？"

德军比其他侵略军晚进北京几天。划给德军的地界是东起崇文门外大街，西至城墙，北起崇文门、前门、宣武门、西便门，南至东柳树井、平乐园、三里河、珠市口、西柳树井、虎坊桥、骡马市、菜市口、广安门内大街。这个地域改为德军占领的地盘后，居民惊恐万分，因为都感到英美洋兵虽然也可怕，但总比德兵对人的凶狠要好得多。如《庚子记事》上记："城外德国洋兵众多，前门西宽敞之庙俱已住满，又在前门东占据各处住宅。如柯知府住东河沿李宅，余则长巷几条、草厂几条、兴隆街、三里河、薛家湾、火把厂、五老胡同、木厂胡同、打磨厂、北官园等处，凡新鲜宽大民房，皆为洋人霸占。只将人逐出，一切衣裳器具均不准携带，全家资财皆倾陷矣"，"京师此次大劫，城内与东北方受灾最重。前三门外与西南方，被难较轻，必有大福之人在彼，故有轻重之别耳。言虽无稽，而死亡实实如是"。

北京城内受灾最重，《庚子记事》载：十月"十五日，前门内皇城以东各衙署，如吏部、兵部、工部、钦天监、鸿胪寺、太医院、詹事府……各衙门，俱被各国洋兵驻扎……户部银库，早为洋人所盗，两次纵火焚毁一空"。

庚子事变，从义和团进京，至八国侵略军攻占北京城，给北京折腾了个天翻地覆，各家各户，不是遭大灾就是遭小灾。前后一年多，直至第二年清政府与侵略者签订了不平等的《辛丑条约》，侵略军撤走后，北京才算安定下来。

巡警阁子和巡警

1949 年以前，北京人都将警察办公的驻地——派出所叫"巡警阁子"。当时的警察派出所建设格局是个长约 6 米宽 3 米的木板房，起脊瓦棱，铁板房顶，外涂红油漆木板的墙体。屋内用木板隔成里外屋两小间，屋门在外间的左侧，为了采光墙上的窗户都装上玻璃，顶棚和四壁都用大白纸糊着，所以屋内很是明亮。派出所内的设备极为简单，外屋有个八仙桌，两把椅子，一条二人凳。里屋有张二屉桌两个小凳子以外，为了夜间警察轮换休息，有张单人床铺，此外还有电话和书写办公用的纸笔等物，重要文件就是居民户口簿和往来公函。派出所外木板房墙上挂着一块上写"北平市 ×× 区警察署第 ×× 派出所"的木牌。屋门外上方装着一盏红色圆球形状的电灯，此灯整夜放着红色光芒，让人从远处就知道这里就是派出所。当年，全北平每个派出所的建筑用的材料，形状、大小以及所内设备都一样。因为都是用木板圈起来，不是正规房屋，所以老百姓都叫它"巡警阁子"。

据老人讲，清代管理北京的社会治安、捕盗等事项由步军统领衙门和顺天府共管，下设"坊"，坊下设"铺"进行管理。一坊管一片地区，一铺管几条街巷和胡同。铺中的铺丁和练勇按时下街巡察，特别入晚后要查夜。清代夜间禁止百姓在街上行走和停留，违者为"犯夜"，要处罚。

巡警和巡警阁子早在清末时就有了。清王朝组建巡警是革新政治推行新政的一项措施。以康有为、梁启超为首的维新变法虽然失败了，但在八国联军攻占北京，清政府最后被迫签订了辱国条约的打击下，认为必须革新政治。光绪二十七年（1901 年），清政府与英、美、俄、德等十一国签订《辛丑条约》

后，侵略军从北京撤走，清政府的步军统领衙门委派刚组建的警务处负责维持北京内城治安。光绪三十一年（1905年），北京外城组建工巡总局维持外城的社会秩序。同年底，在前门内户部街户部衙门设巡警总厅，下辖内、外城巡警总厅。民国二年（1913年），巡警总厅改称警察厅，裁撤内、外城巡警总厅，将内外城划为二十个区，每个区设一个警察署。民国十七年（1928年），警察厅改称公安局。民国二十六年（1937年），公安局改称警察局。

北京警察机构组织系列从属关系是，北京警察局辖内、外城各区的警察署，署下有若干个分驻所，分驻所下边就是派出所，也就是巡警阁子。据《北京市志稿》记载：民国三十七年（1948年），派出所"计内城二百零四处，外城一百三十六处。民国十四年一月，警察厅接管四郊，复于每一分署设派出所一百二十八处。民国十七年，改组公安局，于九月归并城郊派出所为三百二十二处。"每个派出所有两名警长，一名户籍警，七名警察，共十人。

民国年间的警察管的事务多，除当管的户口、处理居民之间的矛盾纠纷、防盗擒贼、防火救火、交通秩序、街巷卫生等外，还管猪羊屠宰、娱乐场所的弹压、收取房捐、慈善捐、自治附加捐等项。民国年间的警察虽然滋生了一些弊端，做了一些伤害百姓的坏事，但也做出了一些成绩。如民国以前，马、牛在城市中行驶任意而行，在道路上经常叉车，交通不畅。京师警察厅规定，车、马一律在左边行进，从而解决了多少年来车马道路难行的问题。1945年抗日战争胜利后，由于美国援军的车辆是右行，为了与援军取得一律，所以也改为右行。在防火救火方面，组建了消防队，在北新华街、东四牌楼、西四牌楼、崇文门外蒜市口和南新华街搭建了五座警钟台，俗称"望火楼"，以观望火情。为了维护正常的社会秩序，制定了《违警罚法》章程，对妨害社会秩序、妨害公务、妨碍交通、妨害社会风俗、妨害卫生和妨害他人身体财产的行为者给予惩罚。

剪辫子是社会潮流

清代满人八旗妇女都是"两把头"发型，汉人妇女脑后梳个疙瘩，未婚女子梳辫子。男人无论旗人还是汉人都是头的前部剃光，后部梳成三股相编的辫子。

在满清没有入关前，男人是拢发包巾。满清入关以后，强迫男人改拢发包巾为梳辫子，到清亡，民国成立，脑后的辫子已经拖了二百六十多年了。孙中山先生领导的革命党人推翻腐朽专制的清政府，要建立人民平等的国家。男人脑后留辫子就表示是清朝的子民，剪掉辫子说明不做清政府的子民了，与清政府决裂。所以，孙中山先生于1905年在日本时就将自己的辫子剪掉了。

1912年元月，中华民国临时政府成立，通令：限期剪辫、禁止赌博、劝禁缠足……但是，男人留辫子已经五六代人了，很多人也不知道留辫子的历史根源，要马上改变这种已成为习惯的风俗，老百姓是难以接受的。

笔者父亲是1884年生人。他对我说："民国政府要求剪辫子，不仅我不愿意，连你九个大爷他们都不愿意。但是民国政府说，你自己不剪，政府去人给你剪。没办法，剪吧！一狠心就剪掉了，改剃光头。时间一长，也就习惯了，而且觉得剃头比留辫子省事还干净。留辫子要天天梳洗，几天不梳洗就犯味儿。而且脑后拖个长尾巴也碍事，干活不方便。那个时代，只要脑后有辫子的人都必须剪。他们剪辫子的心情大概都与我一样。"

袁世凯导演的北京兵变

1911年（宣统三年）10月10日，革命党在武昌发动武装起义取得胜利。随之，湖南、陕西、江西等十几个省相继响应。12月29日，在南京开会，17个省的代表进行投票，选举孙中山为中华民国临时大总统。1912年1月3日，选举黎元洪为中华民国临时副总统，任命黄兴为陆军总长，王宠惠为外交总长，陈锦涛为财政总长，蔡元培为教育总长等。

1912年1月1日，中华民国临时政府在南京宣告成立，制定了《中华民国临时约法》，规定"中华民国由中华人民组织之，……中华民国之主权，属于国民全体"。临时政府通令：限期剪辫，禁止赌博，劝禁缠足，废止跪拜等一系列民风民俗的改革措施。

武昌起义和中华民国临时政府的成立，对腐朽的清政府是个沉重的打击。清王朝急忙派兵前往镇压，负责镇压起义军的袁世凯一面派大军赶到武昌加紧进攻起义军，一面派人与南方革命军接触议和。在取得南京临时政府承诺，袁世凯只要赞成共和，临时大总统一职就由袁世凯担任后，袁随即逼清帝退位。

中华民国临时政府定都在南京，

袁世凯

欢迎袁世凯来南京就职。袁世凯却另有打算，因为他的势力在北方，到南京就职会受到挟制，所以迟迟不去。1912年2月25日，孙中山派教育总长蔡元培为特使，率团员4人到北京迎接袁世凯到南京就任临时大总统职。蔡元培等一行人到京时，袁世凯热情接待，派人到车站迎接，举行高规格的欢迎会，安排舒适的住所，并一口应承把一些急于处理的事务处理完毕就可以启程赴任。但袁世凯在暗地里与几个亲信密谋对策。密谋的结果是指令他的亲信下属曹锟演出了一场"兵变"闹剧，让南方特使看看，晓得已经退位的皇族心有不甘，还蠢蠢欲动，军队待机而动，可能会招来外国的干涉等借口，袁世凯不能去南京就任临时大总统，还是定都北京，在北京就职的为好。

　　按袁世凯的部署，2月29日晚7时许，北京城里骤然枪声大作，"兵变"闹剧准时开演。驻扎在朝阳门外的曹锟率领的北洋第三镇第九标炮兵营起来闹事。乱兵涌到朝阳门，城内驻军自动打开城门，放闹事乱兵进城。接着，北京内城和外城闹事之兵搅在一起，边放枪边放火抢劫杀人。内外城的繁华商业街东四牌楼、王府井大街、前门大街和大栅栏里的金店、钱铺、首饰楼、钟表店、洋货铺及其他店铺大多数被抢。北京城内枪声大作，火光冲天。住

北京兵变中被焚毁的街房

在东单牌楼以北煤渣胡同里的南方特使蔡元培等人听见枪声就警觉起来。后来听到枪声越来越近，就商议赶快找个安全地点藏身。大家什么也顾不得拿，狼狈地跑到东交民巷使馆区六国饭店避难。蔡元培等人刚走，乱兵就闯进了特使驻地乱抢一阵。

第二天晚上，"兵变"闹剧又在西城的西单牌楼、西四牌楼等处表演了一回。两天兵变，北京城内尸横遍地，内外城约有1万多家店铺受害，损失白银数千万两。因为1912年是农历的壬子年，所以又称"壬子兵变"。不仅北京一地发生了"兵变"，3月1日和2日，袁世凯在通州、长辛店、黄村、三家店、高碑店等北京附近地方也制造了大小不等的"兵变"。

蔡元培特使率团回到南京后，经过多方研究，1912年4月1日，孙中山辞去中华民国临时大总统职务，让位于袁世凯。4月2日，临时参议院议定临时政府迁都北京。

黎元洪和段祺瑞的府院之争及张勋复辟

袁世凯当上了中华民国大总统后，又想当中华帝国的皇帝。袁世凯与其亲信经过精心策划，鼓吹帝制，于1915年12月13日，宣布中国为"中华帝国"，1916年为"洪宪元年"。袁世凯穿龙袍在中南海居仁堂接受百官朝贺，大封爵位，并定于1916年元旦举行"中华帝国皇帝"的登基大典。袁世凯的倒行逆施、背叛共和，招来全国人民的一致反对。云南的蔡锷首先举行起义，不久，贵州、广西、广东先后宣布独立。袁世凯称帝从1916年元旦至3月22日，共83天就废止了。同年6月，袁世凯忧愤而死。

袁世凯死后，中华民国大总统由黎元洪继任，补选冯国璋为副总统，段祺瑞为国务总理。

1917年初，第一次世界大战已经打了两年多。关于中国是否参战，黎元洪和段祺瑞发生了争论。黎元洪不主张参加战争，而段祺瑞主张参战。争论不休，形成大总统黎元洪代表的总统府和段祺瑞代表的国务院之争，史称"府院之争"。后来发展到段祺瑞逼迫黎元洪解散国会，黎元洪则解除了段祺瑞的国务总理职务。段祺瑞不甘示弱，他所控制的一些省掌握兵权的督军纷纷宣布独立。黎元洪斗不过段祺瑞，于是邀请长江巡阅使张勋入京，调节府院之间的矛盾。

张勋是清王朝的忠实走狗。辛亥革命时，他任江南提督，驻军南京，顽固抵抗革命军，屠杀民众数千人，战败后又退至徐州。清帝逊位后，民国政府要求剪掉辫子，被张勋拒绝。张勋本人和他属下的官兵脑后还都拖着长辫，所以，张勋人称"辫帅"，他的部队则被称为"辫子军"。

张勋率4000辫子军进京后，逼黎元洪解散了国会，又强迫黎元洪去职。

辫子军

7月1日，张勋进宫将废帝溥仪扶上宝座，恢复了帝位。溥仪颁布"即位诏"，称"亲临朝政，收回大权"，改1917年7月1日为"宣统九年五月十三日"，摘下五色旗改挂龙旗，封张勋等七人为内阁议政大臣，张勋兼直隶总督、北洋大臣等。

笔者父亲和大爷说，张勋复辟期间，前门大街五牌楼上挂出了龙旗。有些人剪辫子时没有剪，将辫子盘起，用帽子罩上，这时就重新将辫子放下来坠在脑后。有些人已经将辫子剪掉，现在只能弄个假辫子扣在脑后以表示对清王朝的忠心。有些人原在清王朝中有官职，他们就将补褂、朝服、官靴等都穿了出来。清代服装已经没有了，就到估衣铺去买。马聚源帽店又做起了官帽，内联升、天成斋等靴鞋店开始做官靴，西草市的戏衣庄赶做补褂、朝服。这些店铺很是忙了几天。

但是，大多数平民百姓对封建专制的皇帝王朝是深恶痛绝的，听说小皇帝溥仪又在紫禁城做起了皇帝，都表示坚决反对。段祺瑞看见黎元洪已经倒台，但没想到张勋却将溥仪弄出来搞起了复辟，于是在天津组织了"讨逆军"，起兵讨伐张勋。

张勋的辫子军重要营盘在天坛，布防在天安门、景山、东华门和西华门，他在南河沿的住所也有重兵防守。7月12日清晨，讨逆军分三路进攻北京城。以上张勋布防各处都发生了战斗，而以天坛的战斗最为激烈。

笔者母亲曾对我说，当年我们家住在天坛以东的东半壁街笔杆胡同，这一带的老百姓怕满天飞的子弹射入屋内，都将棉被挂在了房檐下。经过一天攻防战，张勋的辫子军投降了。张勋逃入东交民巷的荷兰使馆避难。溥仪在皇位上坐了短短12天，就只能再次宣布退位，复辟宣告失败。段祺瑞重新掌握了北京的大权，副总统冯国璋取代黎元洪做了大总统。段祺瑞控制的北京政府宣布，派出1600名劳工到法国帮助协约国对德作战，加入了第一次世界大战。

"五四运动"与北京的移风易俗

北京大学原是 1902 年创办的京师大学堂，地点在景山东街，1912 年迁至沙滩改名"北京大学"。1917 年，蔡元培任北京大学校长时，学校的学风不正，教师队伍良莠不齐，不学无术之人也混在其中。学生的纪律涣散，有些学生不愿上课读书，整天在外吃喝玩乐鬼混。蔡元培的办学方针是"思想自由，兼容并包"，就是无论思想是新是旧，只要有学问都可以在学校任教。经过有计划的整顿和改革，并聘请既有真才实学、思想又很新颖的陈独秀、胡适、李大钊、鲁迅等人来校任教，到 1918 年，北京大学已办成既是学术研究单位又进行教学的最高学府，而且还是传播新文化的阵地。陈独秀主编，胡适、李大钊、钱玄同、刘半农、沈尹默和鲁迅参加编辑写稿的《新青年》杂志，提倡"民主"与"科学"，反对"孔教旧学"；提倡新思想、新文化，反对旧思想、旧文化。

以北京大学为传播阵地的新文化、新思想，迅速向全国发展，起到了思想解放的作用。

"五四爱国运动"也发生在北京，并发展到全国各地。前文（黎元洪和段祺瑞的府院之争及张勋复辟）已经介绍了段祺瑞重新控制北京政权后，派出 1600 名劳工到法国帮助协约国对德作战，参加了第一次世界大战。打了四年的战争，于 1918 年 11 月 11 日，以协约国的胜利而结束。北京听到胜利消息后，人们欣喜若狂，虽然我国没有出兵参战，但协约国战胜德国，也有中国人的血汗，我们也是战胜国。

1918 年 10 月 10 日，当了一年多中华民国大总统的冯国璋下野，接任者是徐世昌。上任不久的徐世昌听到战争胜利的消息，自然十分高兴，如此光彩之事竟然能让自己遇上。11月18日，徐世昌特意在紫禁城太和殿前广场举行了阅兵式表示庆贺。当晚，北京大学学生举行了提灯晚会。

关于"庚子事变"时，德国公使克林德被杀在东单以北立的"克林德牌坊"拆除后，改为"公理战胜坊"的情况，《老北京公园开放记》中的《中央公园开放记》是这样记载的："1918年11月11日，第一次世界大战结束，德国沦为战败国。中国因北洋政府曾于1917年参加英法方面的'协约国'对德宣战，此时也成了'战胜国'。在举国欢庆胜利时，民众捣毁了克林德坊。后来将克林德纪念碑散件运至中央公园，重新组装竖立，并将原文字全部除掉，另外镌刻了'公理战胜'四字，以作为第一次世界大战胜利的纪念。"

但就在中国人欢庆胜利，都认为这次中国的国际地位将有所提高时，世界列强却根本没将中国放在眼里，依然把中国当做它们宰割的对象。1919年1月，英、法、美、意、日等列强在巴黎召开"和平会议"，英、法等国代表不理睬中国政府的要求，将原德国强占中国山东的一切特权，转让给日本。

5月1日，中国外交失败的消息传到北京，人们既震惊又愤怒，谴责列强只有强权，没有公理。蔡元培也得到消息，北洋政府命令中国代表在合约上签字。5月3日晚，北京大学学生与北京12所学生代表在北京大学礼堂开会。学生们情绪愤怒，慷慨激昂。会议决定，5月4日举行游行示威。

5月4日下午，北京大学、高等师范学校、民国大学、汇文大学、朝阳大学、农业专门学校、工业专门学校等13所学校约3000多名学生聚集在天安门广场开会，有人讲演，与会学生高呼"外争国权，内惩国贼"、"还我山东"、"取消二十一条"、"拒绝在和约上签字"等口号，要求惩办亲日派曹汝霖、章宗祥、陆宗舆。会后，按学校排队游行，走至东交民巷西口被外国人拦阻不许进去。中国的地方不许中国人进入，更激起学生的爱国之心。队伍沿公安街往北又顺东长安街往东，奔向赵家楼曹汝霖宅找曹算账。学生们边走边喊口号，同时舞动标语小旗。标语小旗上写着："还我山东，还我青岛！""取消二十一条！""惩办卖国贼曹汝霖！""惩办卖国贼陆宗舆！""惩办卖国贼章宗祥！"等。路上，北京市民盛赞学生们的爱国之心。当游行队伍来到位于赵家楼的曹汝

"五四运动"时官警解散学生集会

霖住宅，受到军警的粗野阻拦。有一个学生会武艺翻墙入院，打开大门，让学生们闯进大门。有人在厨房放起了火，有人寻找曹汝霖未获，但遇见了章宗祥，将他痛打了一顿。北洋政府下令军警对学生进行镇压，逮捕学生30多人。

5月5日，北京各大学、各专科学校的学生代表开会，决定从现在起罢课，要求释放被捕学生、惩办卖国贼、拒绝在和约上签字，并通电全国，请求支援。很快，天津、上海、长沙、广州纷纷响应，举行示威游行，声援北京学生。

5月7日，北洋政府迫于形势，无奈释放被捕学生。各校学生复课。同时，提出抵制日货运动，向北京各界人士宣传不买日货，不用日本货，提倡国货。后来，北京商界在学生爱国热情的感召下，也提出不卖日货，不用日货，不在日本人办的《顺天时报》上登广告的倡议。

"五四运动"发展到6月3日，上海工人罢工、学生罢课、商人罢市，运动中心从北京转移到上海。北洋政府在全国各界巨大怒潮压力下，被迫于6月10日，由徐世昌下令撤了曹汝霖、章宗祥、陆宗舆的职，用此平息运动，维持军阀的反动统治。

"五四运动"中被拘留学生返校

此照片上方的题字是："中华民国八年五月四日北京学界游街大会被拘留之北京高师爱国学生七日返校时摄影"。

6月28日，中国巴黎和会代表顾维钧等人在巴黎拒绝参加签字仪式，没有在和约上签字，受到国人的赞扬。"五四运动"取得了伟大的胜利。

"五四运动"对北京的影响是广泛的。下面仅就"五四运动"对北京移风易俗方面的影响做简要介绍。

北京是文化古都，封建迷信的东西根深蒂固，特别是男尊女卑表现得很突出。女人是男人的附庸，女人处处受男人的限制。虽然在戊戌变法以后女权有所提高，但也微乎其微。北京在"五四运动"后，出现了一些新式女性。她们的装束是齐眉短发，不描眉，不涂浓粉；上身穿高领衬衫，下着黑色长裙，长筒袜，黑布鞋。社会上管这种打扮的女人叫"五四女性"。

笔者就认识这么一位时代新女性，曾采访她前后约两个月。她叫刘淑度，幼年时就喜欢篆刻，后拜在齐白石门下学习，又曾给鲁迅刻过两个名章。刘淑度祖籍山东德州，生于1899年，家庭守旧。她父亲在外边工作，带着家眷度日，在河北保定住过，后又到上海。1923年随父亲来北京，边上学边自学篆刻。当时是"五四运动"后第四个年头，学校中的女同学思想维新，很少有封建守旧女性的表现。刘淑度受她们的影响，随即入乡随俗了。她说1924年在北京女子师范大学上学时，校长杨荫榆无故开除学生，学生搞了一次"驱杨运动"。经过一年斗争，杨荫榆被免职。刘淑度说，经过这件事，自己就敢说敢道了。

刘淑度为了学篆刻到处求师访友，登门拜访过董鲁安，求过寿石工、陈师曾、白息侯、张海若、章南溪等著名篆刻家，最后经贺孔引见才登门见到齐白石，1927年正式拜在齐白石门下。如果刘淑度思想守旧，就不会到处跑，她来北京后，在五四新思想影响下，才可能敢于抛头露面到处求名师、访名人。

"五四运动"的新思想新文化对北京男女婚姻革新影响更大。过去男女青年的婚姻必须是"父母之命，媒妁之言"，还要经过算命、批八字，经过喜轿铺用轿子给抬过去，举行对妇女带有侮辱性的烦琐的仪式才算礼成。男女青年结合，两人不仅谁都不了解谁，而且有的根本没见面，就听父母一句话而定。批八字是算命先生那一套骗人之术，不是科学。女青年坐轿子下轿子时，男青年先用弓箭射，表示女人身上有妖气，等等。

"五四"以后的新女性和具有新思想的男青年结婚时，就将守旧封建迷信那一套都抛弃了。他们结婚也有一定的仪式，但简单，不坐轿，是坐马车。当时北京有马车行出赁供人乘坐。马车是从欧洲传进来的，车厢像个小屋，前后左右都是玻璃，可坐两人。前面左右是两个小轱辘，后面左右有两个大轱辘。马和车厢之间有个高台，赶车人就坐在高台上。结婚用的马车，车厢四角系彩绸以示喜庆。后来也有从汽车行租汽车的。不过，当时新式结婚的人是少数，大多数还是守旧结婚。二十世纪三十年代，北平有个"紫房子"专门承租新式婚礼一切用具，采用新式结婚的就逐渐增多了。

"五四运动"时提出的抵制日货、提倡国货运动搞得轰轰烈烈、深入人心，直到1937年"卢沟桥事变"日本占领了北平才告结束。抵制日货给日本对中国的经济侵略以深重打击。1894年甲午中日战争后，中日签订了不平等的《马关条约》，从此日本货大量输入中国，特别是东洋布占据着中国市场，中国生产的棉布受到排挤。"五四运动"抵制日货、提倡国货，北京百姓响应爱国学生号召，不买洋布，买国产布，商人不卖洋布，卖国产布。当时北京将中国自产布叫"爱国布"。

北京市场的"爱国布"主要就是河北高阳一带地方生产的棉布。高阳县一带地方历史上农村家庭副业纺织业就很发达，他们生产的"爱国布"虽然没有洋布薄、细，但比土布要好得多，布面既平整，花色又鲜艳、齐全。当年，在北京人人都以穿"爱国布"为荣，以穿洋布为耻，店铺也以卖"爱国布"为荣，以卖洋布为耻。

1928年，一些爱国工商界人士在北京前门箭楼设国货陈列所，目的就是抵制（东）洋货，提倡国货，发展中国实业。陈列的传统工艺品有玉器、象牙雕刻、料器制品、珠翠、地毯、刺绣、掐丝珐琅、绢花等，手工业品有丝绸、瓷器、棉布、日用杂品以及各种食品等。每天参观人群不断，轰动北京全城。有人编歌赞叹道："前门箭楼看国货，货物琳琅品种多；福建雕漆放异彩，北京珐琅名显赫；湘蜀刺绣花样好，苏杭刺绣人争购；铁锅讲究三线合，广东束鹿声价高；南剪张小泉为王，北剪王麻子为首；江南花布纤维细，河北土布粗又厚；中国人就是爱国货，振兴中华也要提倡国货。"

同懋增南纸店和明清历史档案

民国年间，北京西单牌楼的同懋增南纸文具店，从历史博物馆以废纸价钱买进 15 万斤明清两朝的历史档案文献，转手卖出赚得高额利润，使原本生意不振的买卖兴旺发达起来。

同懋增南纸文具店位于西单牌楼报子胡同东口外南侧，面阔三间，经营的商品不仅有毛边纸、银粉纸、元书纸、高丽纸、虎皮宣、南宣等各色纸张，还有毛笔、块墨、砚台等文具办公用品。虽然同懋增南纸文具店地处西单牌楼的要冲之地，行人和车辆往来不断，店里商品又齐全，但因开业晚（创办于清末民初），资金又不足，所以生意萧条，只能勉强维持店铺门市营业，使得牌匾不倒。

民国十年（1921 年）的一天，一位时常来同懋增南纸文具店购买纸张办公用品的历史博物馆办事人员进店，对店铺掌柜讲述，历史博物馆最近要处理一批历史档案文献，按废纸论斤卖。如果你们能将这批历史档案文献买下，可赚一大笔钱。这批历史档案文献有明清两朝文臣武将的各种奏折，皇帝的朱谕、敕谕，外藩属国的表章，历科殿试的大卷，诰封圣旨以及各种书籍等，是研究明清时期政治、经济、文化及科举考试的第一手资料。

原来这些历史档案文件都存在紫禁城内库房里。清末库房年久失修，房顶开裂漏雨，所以这些历史档案文件必须搬出，先移至紫禁城内文华殿，后又移至安定门内的国子监。进入民国，历史博物馆筹备处在国子监成立，这批历史档案文件归历史博物馆筹备处管理。后来历史博物馆筹备处迁到故宫的午门，这些历史档案文件也运来，就堆放在午门外东西朝房里和端门门洞中。

为什么历史博物馆筹备处要将这些历史档案文件当废纸卖了呢？据著名国学家王国维在《库书楼记》中所写，历史博物馆"馆中资费绌，无以给升斗，乃斥其所藏四分之三以售诸故纸商。其数以麻袋计者九千，以斤计者十有五万，得银币四千圆，时辛酉冬日（民国十年1921年旧历十一月）也"。当时不仅历史博物馆筹备处财务空虚，给员工发不出工资，历史博物馆筹备处隶属的教育部和其所属大、中、小学校都欠教职员工的工资。据当时报载："三月十四日，北京大学、法政专门学校等国立八校教职员为抗议当局积欠经费，于是日和次日先后举行罢教，并于四月八日全体辞职。四月十二日，八校二千多学生赴国务院、总统府请愿。十五日，八校校长向教育部辞职。十九日，北京各中学校为声援八校，举行罢课。三十日，北京政府被迫接受八校教职员所提要求后，教职员始决定复课。"

以上情况说明教育部所属部门和大、中、小学各校经费短欠，发不出工资，将堆放在午门外朝房和端门门洞的历史档案文件卖掉好发工资；而且清宫存放历史档案文件的库房损毁漏雨，"暂移于文华殿之两庑，地隘不足容，……其案卷则阁议盖以旧档无用，奏请焚毁"，恰巧这时学部参事罗振玉发现这些将要被焚毁的旧档是有用的国粹，建议不能烧。《库书楼记》记载："……适上虞罗叔言参事以学部属官赴内阁参与交割事，见库垣中文籍山积，皆奏准焚毁之物，偶抽一束观之，则管制府千贞督漕时奏折。又取观他束，则文成公阿桂征金所奏，皆当时岁终缴进之本，排比月日，具有次第。乃亟请于文襄，罢焚毁之举。"这些历史档案文件因而得以幸存下来。民国十年，教育部和所属各单位经费不足，发不出工资，被迫将十五万斤分装于九千麻袋的历史档案文件，以四千块银圆的价格卖给了同懋增南纸文具店。

同懋增南纸文具店买这些历史档案文件，打算转手卖给抄纸坊做"还魂纸"，也就是将历史档案文件放入大土坑里加水化为纸浆，做造纸的原料。他们雇用五十辆马拉大车，从天安门里午门前往广安门外一座大庙里运，前后运了约二十天才运完，而后派两名伙计看管，并派人到处联系买主，急于卖出，因为同懋增南纸文具店没有资金，是从一家银号贷款五千银圆才将这批档案文件买下，卖出后才能尽快将贷款还清，早还一天少拿一天的利息，拖着不卖就要承担高额利息。另外，急于卖出的原因还有，这九千麻袋的历史档案文件都是碰火就着的纸张，所以派人日夜看管，生怕发生火灾。据当年在同懋增南纸文具店当伙计的朱伟武说，零售几天后，大约只卖了一千斤，就停了下来。据说有一些新的主顾，准备一次全部买去，其中安福系的司法总长董康愿出价八千银圆全部购买。这项买卖还未商定；又有琉璃厂悦古斋古籍书店的经理岳某来找同懋增南纸文具店的掌柜程运增，说他可以介绍另一位愿出一万五千元的买主，但事成后要给他介绍费一成。悦古斋的岳某伙同前清遗臣金息侯、宝熙等对程运增说，他们为了敬惜字纸，行善事，愿意全部购买，要程少赚点钱卖给他们。

隔日，罗振玉、金息侯跟悦古斋岳某一同来到同懋增楼上签订合同，由罗振玉签字，并交来二万二千元的一张支票，买卖成交。这些历史档案文件最终被罗振玉买去是无可争议的，但细节和价钱说法不一。当时人王国维在《库书楼记》中说："壬戌（民国十一年，1922年）二月，参事（即罗振玉）以事至京师，于市肆见洪文襄揭帖及高丽王贡物表，识为大库物，因踪迹之，得诸某纸铺，则库藏俱在，将毁之以造俗所谓还魂纸者，已载数车赴西山矣，亟三倍其值尝之，贷京津间，得银万三千元，遂以易之。于是此九千袋十五万斤之文书卒归于参事。将筑库书楼储之，而嘱余为之记。"

罗振玉和金息侯将这些历史档案文件买下后依然在这座大庙里存放，一边整理，一边与人商洽，如果合适就将这些历史档案文件出手。不久，就以两万二千块银圆之价卖给了一个叫李盛铎的人。据说，李盛铎曾将一部分历史档案文件运往天津，一部分卖给了当时的历史语言研究所。还有人说，日本人曾买走一些。这批历史档案文件分散多处。有人说，罗振玉曾大声疾呼保存国粹，但他又买了又卖，从中渔利。不过，他们买这批历史档案文件的款项是"贷京津间，得银三万元"，是借来的要还给"京津之间"朋友的钱，所以，转手卖掉也是不得已。总之，他使这批历史档案文件免于焚毁，留在世上，可以说办了件好事。同懋增南纸文具店是一家本小利微、生意不景气的店铺，在买卖这批历史档案文件中，赚了几千块银圆，充实了资本，买卖兴旺起来，在南纸文具行业，很快成为一个知名的店铺。

第二次直奉战争与冯玉祥发动北京政变

从 1920 年起，中国北方进入军阀混战时期。段祺瑞是安徽合肥人，他拥有的军队属于皖系军阀。冯国璋和曹锟都是直隶（河北）人，他们是直系军阀，吴佩孚虽不是直隶人而是山东人，但久在直系军队中带兵，所以也是直系的首领。张作霖是东北奉天（辽宁）海城人，所以称为奉系军阀。

1917 年，张勋复辟失败以后，段祺瑞任北洋政府的国务总理，继续控制北京政权。他以参加第一次世界大战为名向日本大量借款，购买枪炮弹药、武器装备，招募新兵，壮大了皖系军队的实力，并因此与直系军阀、奉系军阀产生了矛盾。1920 年 7 月 14 日，直系军阀与皖系军阀同时在北京东面的京津铁路线和北京西面的京汉铁路线接火交战。直系军阀在奉系军阀策应下，仅用了 5 天就将皖系军阀打得大败，并在涿州将皖军的前敌总司令曲同丰等人掳获。段祺瑞被迫下野，北京政权操纵在曹锟、吴佩孚和张作霖手中。

1920 年直奉两派协力打败皖系军阀后，由两派首领共同合作掌握北京的政权。但好景不长，只一年多，两派就出现了裂痕。1921 年年末，张作霖支持他的亲信梁士诒出任国务总理。张作霖想通过梁士诒扩充自己的实力，直奉两派的矛盾由此产生。1922 年 4 月 29 日，第一次直奉战争爆发。双方军队分别在北京西面的长辛店、北京南面的马厂一带交火。直系统帅吴佩孚率部队迂回奉军之后，打败奉军。5 月 20 日，奉军被赶出榆关（山海关），北洋政权完全落在了曹锟、吴佩孚之手，梁士诒被赶走。

6 月，曹锟逼徐世昌辞去大总统之职，迎前任大总统黎元洪复职。黎元洪委任颜惠庆为国务总理，但他这个傀儡大总统只干了一年。1923 年 6 月，曹锟将他赶下台，为自己当大总统扫除了障碍。

1923年10月5日，国会议员投票选举大总统，590个国会议员每人得到银圆五千块，指名点姓要他们投票选举曹锟为大总统。结果当然也完全不出曹锟的预料。

1924年9月15日，第二次直奉战争爆发。第一次直奉战争，奉系军阀张作霖战败后，退出关去，卧薪忍辱、招募人马进行练兵，准备复仇。直系军阀吴佩孚也没闲着，在河南练兵做迎战准备工作。导火线是1924年9月初，直系军阀所属的江苏督军齐燮元与福建的直系派孙传芳，同皖系军阀浙江督军卢永祥发生战争，称为"江浙战争"。奉系军阀张作霖因与卢永祥是同盟，出兵攻打山海关，直奉第二次战争由此爆发。双方在山海关至热河（承德）一带摆开战场。10月17日，奉军攻进山海关，直军反攻，双方的争夺战打得十分激烈，互有伤亡。直军急等援军到来，但心里另有打算的直系第三路军总司令冯玉祥在古北口按兵不动，他派人回北京探知北京驻军都已开赴前线。10月24日，冯玉祥急速回师北京，发动政变，将大总统曹锟囚禁起来。冯玉祥属下的将士都遵循倒戈回师时的训示"不扰民，真爱民，誓死救国"，所以北京的社会秩序井然。冯玉祥将军队改名为国民军，冯玉祥为总司令，下辖三个军，并派军队攻占天津。直系吴佩孚得知冯玉祥倒戈并已控制北京后，知道自己腹背受敌，无法再继续作战，就率残部从塘沽乘轮船向南方逃去。第二次直奉战争，以直系军阀战败而告终。

冯玉祥致电广州，邀请孙中山先生来北京商谈国家大计。从这件事可以看出冯玉祥在第二次直奉战争中进行北京政变，不是个人恩怨之事，而是要解决国家南北分裂的大事情。1917年袁世凯的"皇帝梦"破灭之后，段祺瑞解散国会，北方进入军阀统治和混战时期。孙中山在广州组建护法军政府。从此南北各有政府，军阀们试图用武力统一中国。冯玉祥邀请孙中山先生来北京就是商谈南北统一的问题的。

冯玉祥要做的第二件事是将小皇帝溥仪驱逐出紫禁城。辛亥革命后，清帝逊位，民国政府提出允许溥仪继续留在紫禁城内，并保留皇帝尊号，每年补助50万圆款项使用等优待条件。这在世界革命史上是少有的，而且也给民国政府留下了祸根，必须拔去。

  11月5日，冯玉祥命京畿警卫司令鹿钟麟赶溥仪出宫。1925年2月，溥仪居住在天津。1931年年底被日本侵略者秘密携至东北。1932年成为伪满洲国的执政。1934年3月，改称伪满洲国皇帝。

  冯玉祥为了防止直系军阀吴佩孚等人的报复，所以就联合奉系张作霖、皖系段祺瑞共同对抗吴佩孚。1924年11月24日，冯玉祥、张作霖等人宣布"中华民国临时执政府"成立，推段祺瑞任"临时执政"。

段祺瑞执政府成立

"三·一八"惨案

在第二次直奉战争中冯玉祥倒戈，政变成功后，成立了中华民国临时执政府。冯玉祥、张作霖和段祺瑞三人共同掌握了临时执政府的政权。张作霖是胡子（土匪）出身，性情粗野好战。东北军进关后，始终未停止从津浦路往南直打到长江下游。段祺瑞为人奸诈，又是搞政治的老手。张作霖和段祺瑞虽然都从这次冯玉祥倒戈政变中得到了好处，但对冯玉祥这种做法有所戒备。所以，张作霖与段祺瑞二人搞到一处，孤立冯玉祥。时间一长，两边矛

"三·一八"国民大会

"三·一八"烈士追悼会

盾越来越深。一次，奉军内部闹事，在天津火并起来。张作霖求助日本才将内乱平息。张作霖认为此事是冯玉祥挑拨而起，于是率兵攻打冯玉祥的国民军。小日本支持奉军，1926年3月7日，派军舰炮轰国民军在大沽口的阵地。国民军自卫还击，打退日本军舰的进攻。小日本不甘心，又与《辛丑条约》各签约国串联。17日，各国20多艘军舰在大沽口海上向中国示威，并向段祺瑞执政府提出撤除大沽口炮台等防御工事等无理要求。历史上称为"大沽口事件"。

大沽口事件传到北京后，引起各界人士的极大愤慨。3月17日，国共两党组织100多个团体在北京大学第三院集会，严正谴责日本等国的侵略罪行，决定18日上午10点在天安门前召开国民大会，会后举行游行示威活动。18日上午10时，北京各界人士两千多人在天安门前集会，声讨日本等国对我国领土主权的侵犯和无理要求及段祺瑞执政府的卖国罪行。会后，下午1时，两千多名各界人士进行示威游行，到段祺瑞执政府所在地铁狮子胡同（今张自忠路）大门前请愿，遭到早有准备的军警的疯狂镇压。站在游行队伍前面的女学生杨德群、魏士毅和女师大学生会主席刘和珍纷纷倒下，当场牺牲28人，重伤189人，送医院抢救无效，又有19人死亡。这就是段祺瑞制造的震惊中外的"三·一八"惨案。

十余天后，鲁迅先生在《纪念刘和珍君》一文中，愤怒地说：3月18日是"民国以来最黑暗的一天"，"为了中国而死的中国的青年"是我们的榜样，向你们致哀。

4月9日夜，京师警备总司令鹿钟麟受冯玉祥之命率部队包围了执政府。段祺瑞等皖系军政要人逃入东交民巷日本使馆。10日，鹿钟麟在布告上讲："段祺瑞祸国殃民，无所不至。……迫不得已，采用严正办法，严行制止。"

奉军进京城百姓遭灾与张作霖的白色恐怖

　　1926 年 4 月中旬，冯玉祥的国民军先后从天津、北京撤走，而后张作霖的奉军与张宗昌的直鲁联军开进北京。直鲁联军属于张作霖的奉系军阀派系。李景林的军队活动在直隶，张宗昌的军队在山东，两个军阀所联合的军队称为"直鲁联军"。奉军和直鲁联军军纪很坏，十几万的军队不在外边搭帐篷宿营，而去抢占百姓的房子，把百姓赶走，这使得北京数万百姓无家可归露宿街头。他们买东西不给钱，拿起来就走，对待百姓不是打就是骂。市上店铺开门做买卖的很少，街上行人也很稀少，市面一片萧条。当时有童谣："张宗昌吊儿郎当，破鞋破袜子破军装。"笔者父亲说："北京见过很多军阀的军队，奉军和直鲁联军纪律最坏，连土匪都不如。"

　　土匪出身的张作霖掌握北京的大权后，什么宪法、国会、大总统都不要，他将奉军和直鲁联军改叫"安国军"，自封为安国军大元帅、总司令，孙传芳和张宗昌为副司令。张大帅说的每一句话都是法律，要给谁升官说一句话就升官，要杀谁就杀谁。

　　张作霖与其他的军阀一样，最怕共产党，最恨的是宣传"赤化"。《京报》馆长邵飘萍办报的主旨是新闻救国。他办的报纸揭露过袁世凯与日本秘密签订的卖国"二十一条"，热情赞扬过"五四爱国运动"，并揭露曹汝霖、陆宗舆、章宗祥等卖国贼的丑恶嘴脸。"三·一八"惨案发生后，他在文中指出："段祺瑞是惨案的元凶，应受到审判。"由于邵飘萍以大无畏的精神站在反对外国侵略者，军阀卖国、惨杀人民的最前线，北洋军阀最怕他也最恨他。段祺瑞政府将他列入了通缉的黑名单里。

邵飘萍

4月24日下午，在宣武门外魏染胡同《京报》报馆，邵飘萍被张作霖派来的军警拘捕。未经审判就以"勾结赤俄，宣传赤化"的罪名，于4月26日押赴先农坛二道坛门刑场。临刑前，邵飘萍身着长衫，外罩马褂，仰天大笑，从容镇定地走向刑场，英勇就义。

8月6日，《社会日报》馆长林白水被张宗昌杀害。林白水原名獬，字少泉，壮年之后将"泉"字拆开，名"白水"，取意一身清白如水，又意"泉"字之"白"，如人之头，拆开头落地也不后悔。

1904年，慈禧大办七十寿辰时，林白水在报上写对联进行讽刺嘲笑：

"今天幸西苑，明天幸颐和，何日再幸圆明园？四百兆骨髓皆枯，只剩一人何有幸？

五十失琉球，六十失台湾，七十又失东三省。五万里版图弥蹙，每逢万寿必无疆。"

辛亥革命后，林白水在宣武门外棉花头条创办《社会日报》，自任馆长和主编，聘请志同道合之人任记者和编辑。1926年8月5日，他的文章《官僚之运气》中写道："狗有狗运，猪有猪运，督办亦有督办运。苟运气未到，不怕你有大来头，终难如愿也。……某君者，人皆号之为某军阀的肾囊，固其终日在某军阀的胯下也。"林白水在文章中对张宗昌大骂，将张宗昌比如狗猪，将张宗昌的亲信智囊潘复称为"肾囊"，说明其无耻。

张宗昌见文后，大声惊叫，责令宪兵队快把林白水拘捕。当天深夜，林白水在棉花头条《社会日报》馆被捕，晨4时在先农坛二道坛门刑场被害。

1926年10月，张作霖大肆拘捕共产党员和进步人士，制造白色恐怖。中国共产党北方区委书记李大钊为了保存革命力量，已在3月底与中共北方区委机关秘密进入东交民巷苏联大使馆，继续进行反对帝国主义和反对军阀的

李大钊、路友于、张挹兰

斗争。1927年2月，一名叫李渤海的中共北京市委负责人被捕叛变，供出李大钊等人隐藏在苏联大使馆，并交代出大批中共党员名单。

1927年4月6日，在日本侵略者的支持下，张作霖的300多名军警将苏联大使馆包围，同时对远东银行等处进行搜查，李大钊等60余人被捕。4月28日，伟大的无产阶级革命家、中国共产党主要创始人之一李大钊，在北京被军阀张作霖以绞刑杀害，时年38岁。与李大钊同时被害的还有范鸿劼、杨景山、谭祖尧、邓文辉、谢伯俞、英同荣、姚彦、张伯华、李银连、谢承常、路友于、吴华、张挹兰、阎振三、李昆、吴平地、陶永立、郑培明、方伯务十九位烈士。

此后，张作霖还大批逮捕青年学生，杀害中共北方局书记王荷波等十八人，北京师范大学教授高仁山等九人。

笔者父亲说："军阀张作霖及其军队在北京的所作所为，使得百姓对他们恨之入骨。当听说1928年10月4日张作霖在皇姑屯被炸而死后，都庆幸地说：'罪有应得，大快人心！'"

南北统一，北京改称"北平"

1924 年 10 月，冯玉祥发动北京政变成功，去电广州邀请孙中山先生来北京商谈南北统一的国家大事。孙中山先生满怀希望于 11 月 3 日乘永丰舰离开广州北上。

孙中山来北京时，早身染重病，但他不顾自己病体的安危，只求得不兵戎相见，实现南北和平统一。在天津病情就加重了。火车开进北京前门东站，欢迎他的各界人士超过 30 万人。这 30 万人共同的愿望是，和平使者在北京，南北和平统一的目的能实现。

经过孙先生各种努力，但张作霖和段祺瑞不顾国家的兴亡、老百姓的死活，顽固坚持军阀立场，拒绝孙先生的主张。1925 年 1 月 15 日，孙中山病情突然恶化，26 日进协和医院，手术后诊断为肝癌晚期。孙先生在生命垂危时向报界发表谈话：此次进京"非争地位争权利，乃为救中国而来"。3 月 12 晨，孙中山先生在铁狮子胡同临时行辕辞世。

孙中山先生带病北上解决南北分裂、和平统一的努力失败了。广州国民政府别无选择，只能武力统一了。

1926 年 7 月 9 日，国民革命军约 10 万人，从广州誓师北伐。经过近两年时间，1928 年 5 月，国民革命军进入直隶境内，张作霖发电要求停战谈判。经过双方谈判议定：张作霖和平将北京交出，奉军退走山海关，国民革命军不追击奉军。

1928 年 6 月 3 日凌晨 1 时 15 分，张作霖率部撤出北京。张作霖专列 4 日拂晓 5 时 23 分行至奉天城郊皇姑屯，被日本关东军预埋的炸弹炸成重伤，回大元帅府后不治而亡。

6月4日，国民政府任命阎锡山为京津卫戍总司令。8日，国民政府第三集团军阎锡山部开进北京。第三集团军第七军军长张荫梧被任命为北京警备司令。

6月28日，国民政府通令，直隶改称河北省，北京改称北平，为北平特别市，国民政府定都南京。

新生活运动和童子军

二十世纪二三十年代，我国的优良传统孝、悌、忠、信、仁义道德，友好的人际关系日趋沦丧。军阀的不守信用，尔虞我诈，败坏道德，严重影响民间，兄弟之间阋墙、争夺祖产之事不断出现，凶杀大案也时有发生。前门东站行李房发现的一个铁箱里装着肢解的尸体的凶杀案就发生在这个时期。此案在北京轰动一时，后来有人将此案编成纪实小说《怪铁箱》在报上连载。

南京国民政府根据当时的社会状况，于1934年提出了"新生活运动"，以改变社会风气。其内容在笔者的记忆里有"孝悌忠信，礼义廉耻"八个字的社会道德准则。当时的各机关衙署和中小学的门前都建有八字影壁，左侧影壁上写着"孝悌忠信"，右侧影壁上写着"礼义廉耻"。

新生活运动的另一内容是讲究仪表，着装整齐，在茶馆酒肆禁止赤背，接人待物要注意文明礼貌。车辆一并靠左边行驶也列为新生活运动内容之一。此前，虽然在清宣统年间就有车辆靠左边行驶的规定，如民谣说"靠左边行分两旁，章程订之本周详。马车别有通融法，飞走中间方不妨。"但因为没有很好执行，仍然经常发生交通事故。经过新生活运动，重新强调了车辆靠左通行后，一列而行，的确极大地减少了交通事故。这种车辆靠左同行的办法，直到1945年抗战胜利后，才参照美国交通规则，从1946年元旦起改为车辆一律靠右行驶。

新生活运动也将早在1929年就已推行的童子军纳入其中。1929年，教育部颁布的《小学课程暂行标准》规定，要实行初级童子军训练。笔者幼年大约十岁左右，1933年至1935年之间在崇文门外北河漕文武小学就曾是童子军的一员。童子军军服无论男女都是黄褐色，上衣是上边开口，钉有三枚古铜扣子，下边为连接的筒子形，衣袖为紧缩袖，左右两肩配肩章，胸前只在上方左右各有个带盖的衣兜；下裤腿是松紧口的，皮带的黄铜盖上铸"智、仁、勇"三字；用白蓝两色斜角对接布做领带；头戴一顶盆状太阳帽；腰间挂着白法绳、水壶和口哨，手执齐眉木棍；行礼用右手的食指、中指和无名指三指相并举在帽檐处，表示"智、仁、勇"，以此作为培养少年儿童的标准。

翊教女中党童子军宣誓典礼

童子军除学习操练、行军、宿营一些极简单的军事知识外，还到花市大街（河北省大兴县）第一国术社学习武术，参加社会活动，在街上执勤站岗，发现行人有不文明行为进行劝导和纠正。

笔者在文武小学边学习文化知识，边参加童子军活动，虽然时间不长，大约就是两个年头，小日本占领北平后，童子军就被迫停止了活动，但我认为这段时间是我童年生活中最快活的。

"一二·九"运动

  1931年"九·一八事变"发生，在蒋介石不抵抗命令下，张学良将军率领东北军一枪没放撤进山海关。东北三省大好河山被日本侵略者侵占，数千万同胞兄弟姊妹在日本鬼子铁蹄下受蹂躏。小日本侵占了东北后，就将魔爪伸向华北，阴谋鼓动无耻的出卖民族利益的中国败类搞华北自治。1935年11月25日，汉奸殷汝耕等人在日本关东军特务机关长土肥原指使下，在河北省通州成立伪冀东防共自治委员会，宣布脱离南京国民政府，将通州、顺义、昌平、怀柔、平谷、密云、延庆、赤城、龙门等冀东大片土地划入其管辖范围。

  在此之前，1935年6月9日到7月6日，日本华北驻屯军司令官梅津美治郎和国民政府军事委员会北平分会代理委员长何应钦二人之间的书函往来达成的协议，即《何梅协定》，确定：河北省境内一切国民党全部取消；驻河北省的东北军第五十一军、国民党宪兵三团和中央军撤出；河北省主席于学忠免职；解散国民党在河北省的党部机关，禁止一切反日活动。由于国民党对日本的侵略退让妥协，使河北省一切权力被日本控制。

  华北危在旦夕，中国共产党驻莫斯科代表于8月1日发表《为抗日救国致全国同胞书》，即《八一宣言》。

  蒋介石的国民党政府一再妥协退让，而日本侵略者步步进逼，要求华北脱离中国政府自治。蒋介石迫于日本的压力，撤销北平军分会，筹备成立"冀察政务委员会"，实际就是河北省与察哈尔省两省自治。

  12月9日是原定冀察政务委员会成立的日子，当时北平的天气异常寒冷，北风呼啸不止。在中国共产党的领导下，北平各大、中学爱国青年学生数千人，冲破国民党军警的阻拦，到国民党政府军事委员会北平分会驻地新华门请愿示威，并高喊"反对华北自治"、"打倒日本帝国主义"、"停止内战，一致对外"等口号。在游行示威途中，学生遭到军警用高压水龙的喷射，受伤和被捕数十人。但冀察政务委员会也不得不延期成立。

12月10日，北平学生联合会决定自11日起罢课。"一二·九"运动得到上海、武汉、广州、南京等城市学生的声援，纷纷举行示威游行。

12月16日，冀察政务委员会又准备成立。北平万余学生在中国共产党领导下，举行示威大游行。他们分别在前门和天桥开会，进行街头讲演，数千名市民围观听讲。国民党政府派来大批军警进行镇压，三四百学生受伤，二三十学生被捕。

虽然冀察政务委员会在12月18日成立了，但12月9日和12月16日两次游行示威运动，掀起了抗日救国的新高潮。

"一二·一六"运动

"卢沟桥事变"与二十九军大刀队

日本侵略者制造"卢沟桥事变"时，我正在崇文门外东半壁街一家私塾房读书。这个私塾房设在一座庙宇里，两间低矮的配殿就是二十多个学生的课堂。每年一到炎热的夏天，屋中闷热，老师请棚铺在屋外搭个凉棚，学生挪到棚下读书。

我记得农历民国二十六年（1937年）六月初一，上午大约十点多钟，我们正在凉棚下读书，忽然一架翅膀下涂着"红膏药"标志的飞机低空从凉棚

卢沟桥

上"嗡"的一声掠过。从未见过飞机的学生都惊呆了，老师的脸上也显出非常害怕的神态。在我们小孩子的脑海中，认为凶恶的日本鬼子已经打到我们的家门口了。学生的读书声听不见了，老师平日手执教鞭在地上来回走动，催促学生"念呀！念呀！"的声音，现在也停止了。老师语气低沉地对我们说："不背书了，收拾书包回家，明天再上学。"

走在街上，行人也都是惊慌的样子。回到家里，父亲母亲和几家街坊正在院子里议论。有人说日本鬼子的飞机在北平上空肆无忌惮地乱飞，不知要干什么？一位大叔说："你们还不知道？刚才我走在崇文门外大街上，卖报的喊：'号外！号外！'小日本鬼子在卢沟桥与二十九军打起来了。"接着院中的张大婶说："我听人家讲小日本在我们国家东边大海那边。挺老远地跑到我们家门口欺侮我们，真可恨！简直是强盗！"

这就是震惊世界的"卢沟桥事变"，是日本军国主义蓄谋已久一手制造的侵略我国的借口。据当时二十九军二一九团三营营长金振中回忆："我于民国二十五年（1936年）春，奉命接管宛平和卢沟桥防务。当时卢沟桥的形势已日趋紧张，日本侵略军已占领丰台，并不分昼夜地在卢沟桥一带进行军事演习，实有险恶用心。"

金振中接到上级命令，注意监视日军行动，如日本侵略军挑衅，一定要坚决回击。民国二十六年（1937年）五月二十八日，金振中为了侦察敌情，换上便服到铁桥以东500米左右的日军演习地，察看日军动态。刚过卢沟桥火车站，便远远看到日军不顾雨淋道路泥泞，以卢沟桥为目标进行攻击演习，后面的炮兵如临大敌，紧张地构筑工事，再后面隆隆不绝的战车声越来越近。这说明日军正在为发动侵略战争做准备。

第二天，也就是民国二十六年五月二十九日，公历1937年7月7日，夜10时许，忽然听到日军演习营地方向响了一阵枪声。少顷，绥靖公署许处长来电话说，日方说他们一名演习兵被宛平城内的华军捉进城去，他们要进城搜查。在这对面不见人的雨夜，日军到卢沟桥警戒线内演习，明明企图偷袭宛平城，因我方守备森严，无隙可乘，便捏造了丢失日兵一事。他们进城搜查是假，诈取城池是真。所以，我方拒绝了日军的无理要求。日军立刻凶相毕露,疯狂地向我阵地发动攻击。我二十九军三十七师一一〇旅二一九团三营,为了保卫祖国的神圣领土,坚决进行了反击。我国的全面抗战就此爆发。

笔者幼年时代,正是祖国北方危亡时期。民国二十年(1931年)"九·一八事变",笔者七岁;民国二十二年(1933年)长城抗战,笔者九岁;"卢沟桥事变",笔者十三岁。日本侵略军在我国东北的奉天(沈阳)制造的"九·一八事变",炮轰北大营,东北军没有抵抗就撤进了山海关。日本侵略军占领东北三省后,又接着占领了热河省。但是,日本侵略军从热河向长城的各口推进时,在喜峰口和古北口遭到二十九军的顽强抵抗。二十九军的张自忠部和冯治安部的武器远不如日军的飞机、坦克、大炮等机械化部队的武器精良。但二十九军的官兵凭着守土报国,誓杀日本鬼子的决心,发挥善于近战夜战的优势,用大刀、手榴弹杀伤敌人数千人。所以,在"卢沟桥事变"前,我脑中的印象,二十九军是爱国抗日的。

民国二十四年(1935年),二十九军奉命到北平、天津驻防。此后,北平的街上经常看到头戴灰色军帽,身穿灰色军装,打着灰色裹腿,脚蹬青布洒鞋,肩背步枪,背插一把大刀,一队一队排着整齐队伍执勤的二十九军官兵。二十九军装束很平常,与当年其他派系的军队装束没什么两样,但是每个士兵都背插一把大刀,刀把上系着一条长长的红绸子,特别引人注目。

我国的十八般兵器中比较原始的刀,简单来说有两种,一是刀把长刀头短,像《三国演义》中关羽和黄忠等使用的就是这种刀,俗称"大刀";二是刀把短刀头长,像过去武人腰中挂着的短刀,俗称"腰刀"。二十九军使用的大刀并不是关羽和黄忠等使用的那种大刀,而是过去武人使用的腰刀。可是,为什么将二十九军使用的这种腰刀叫"大刀"呢?二十九军使用的刀是纯钢打造,刀背厚,刀刃薄,锋利无比。在长城喜峰口保卫战中,二十九军在一个深夜,摸进敌营,用刀砍杀日本鬼子三千多个,给日本侵略者自发动侵华战争以来从未有过的打击。所以,老百姓盛赞二十九军使用的杀鬼子的刀为"大刀",二十九军为"大刀队"。

在过去的旧军队中,二十九军军纪是比较好的。像直系、皖系、奉系等军阀的军队都在北京驻过,有的我没有赶上过,有的虽然赶上了,但由于年岁太小，没有印象。但听长辈说，他们军纪都不好，尤其是东北军。二十九军是公买公卖，不扰民。旧军队老百姓都怕，但他们不怕二十九军。我记忆中，一个中国传统节日，二十九军与百姓同庆，官兵与北平百姓合演各种香会。我在崇文门外大街看到了他们表演的高跷会。一个士兵蹬的高跷绳子松了，他坐在千芝堂药铺门前太平水缸沿上系绳子，几个看热闹的百姓走近与这个士兵攀谈起来。这是过去军队官兵与百姓之间从未有过的事。

二十九军的大刀很锋利，能砍鬼子的头。但是，大刀与飞机、坦克、大炮、机枪比起来，就很原始、很落后了。所以，只能在近距离肉搏时使用大刀或在敌人疏于防守，摸进敌营时使用大刀。这种胜利的取得完全凭勇敢精神，这在当时国家经济贫困，科学技术落后，没有现代化的武器的情况下，也是没有办法的办法。

北平沦陷百姓骂张自忠是"汉奸"

　　1937年7月7日夜，日军妄称丢失一名士兵，要求我宛平城二十九军守军打开城门，让他们进城查找，遭到严词拒绝后，一看诈城失败，就一齐开火猛攻宛平东门。守城的三营营长金振中用以攻为守的作战方法进行抵抗，派出一个连出西门绕至敌人右侧主动攻击敌人，一交手就将敌人的队形打乱，随即就展开了肉搏战。当时正是农历五月底，没有月亮，天空一片漆

宛平城

黑，看不准人，只要不说话，谁也不好下手，所以双方伤亡不大。到了下半夜，东方发白，虽然还看不准人，分不清颜色（敌人是土黄色军装，二十九军是灰军装），但是日本鬼子的军帽后挂着一块布，好像小孩子的"屁股帘"。二十九军官兵看见有"屁股帘"的，就抡大刀猛砍，杀得敌人 叫嗷惨叫，到处乱跑。二十九军三营士兵也付出了一定的代价，但是敌人的损失是惨重的，敌人的此番进攻也被击退。

因为二十九军官兵的英勇抵抗，也因为日本侵略者在等待援军的到来，日本军方通知我们北平政府，表示愿意和平解决。据当时宛平县县长王冷斋在《卢沟桥事变始末记》一文中记载，1937 年 7 月 "9 日 4 时，我接到北平电话说，日松井机关长来称失踪日兵已寻到，现在可以和平解决，双方已商定停战办法：（一）双方立即停止射击；（二）日军撤退至丰台，我军撤向卢沟桥以西；（三）城内防务除宛平原有保安队外，并由冀北保安队担任，人数限300 人，定于本日上午 9 时左右到达接防，并由双方派员监督撤兵"。在停战协定执行过程中，虽然日方多次破坏；但在我方义正词严的指责下，双方停战维持了两天。日方在停战期间，从天津、古北口、榆关等处向北平运兵。自7 月 11 日战争再起，而且战争由卢沟桥宛平城扩大至八宝山、长辛店、杨村、廊坊、南苑等地。各地进犯之敌，都受到了二十九军官兵的迎头痛击。

自日本鬼子炮轰卢沟桥宛平城，中日战争打起来之后，虽然北平城内没有战争，但是小日本的战机时常在北平上空飞过。由于老百姓都牵挂着中日战局，害怕二十九军战败，要做亡国奴，所以居民们天天三五成群议论纷纷，谣言四起。一个人说："卢沟桥让日本鬼子夺去了。"大家听后默不作声。又一个人说："一天深夜二十九军去摸鬼子的营盘，一个年仅十八岁的二十九军小兵一个人用大刀砍死了十几个小鬼子。"大家听后高兴不已，表示解气。北平街巷胡同居民人心惶惶，而北平各大小店铺的商人更是恐慌，他们既怕做亡国奴，又怕店铺被抢。特别是经营钱庄、银号、首饰楼、绸缎庄、米面粮店等大店铺的掌柜经理更加惊恐。所以，从卢沟桥战争打起来之后，这些大店铺就晚上开门做生意，白天关门停业。后来中日战争越打越激烈，至农历六月中旬，即公历的 7 月中旬就整天不开店门了。中小店铺大多数也将店门紧闭，不做生意了。只有那些卖油盐酱醋的和小粮食店还没关店门，但也都是半掩着店门了，熟人来买东西敲门才开，生人绝不让进门。自卢沟桥事变后，北平街头就看不见推车担担卖青菜的了。北平居民吃青菜原本都由城外菜农供应，由于中日战争爆发，北平城各门紧闭，卖菜的菜农进不来，所以北平城内青菜奇缺。

在这个战乱的日子里，北平市民不论从商的还是卖苦力做工的，不论是家资富有还是贫穷人家，都是在天天担惊受怕中度日子。时间熬到农历六月底（公历7月底），街头巷尾传出：伪冀东防共自治政府的保安队总队长张庆会（有人说是张庆余）率领两万多伪保安队员在河北省通州誓师反正，捣毁了伪冀东防共自治政府，捉住了汉奸头子殷汝耕（由于看守不严，又让殷汝耕逃了狗命），攻入日本驻通州的特务机关、守备队和警察署等日伪机关，毙伤日本人和高丽棒子三百多人（过去都管投靠日本帮助日本人做坏事的朝鲜人叫"高丽棒子"）。这个消息大快人心，大人小孩听了都很高兴。

但是，同时也有个极不幸的事情发生，人们互相议论着。一天上午，大家发现平日在街上荷枪实弹，背后背大刀的二十九军维持治安的巡逻小队伍不见了。我家南边外三区第十二段警察阁子前就贴着一张非常引人注目的"公告"。具体内容我记不起来了，大意是：北平市民要各安其业，遵纪守法。落款是：冀察政务委员会代理委员长、北平市代理市长张自忠。

老北京五十年

48

北平市民都知道，冀察政务委员会委员长是二十九军军长宋哲元，北平市市长是秦德纯。张自忠是二十九军三十八师师长兼天津市师长。怎么一夜之间，张自忠却成了冀察政务委员会的代理委员长、北平市代市长了呢？而且有人说，二十九军军长宋哲元、北平市市长秦德纯和二十九军三十七师师长冯治安等率领二十九军一夜之间全往南走了。接着有人说，为什么张自忠没有走，是不是投降了日本人当了汉奸，顶替了宋哲元、秦德纯，要迎接日本人进城？其中也有人说，张自忠是抗日名将，不会投降，不可能当汉奸。他在前几年（1933年）长城喜峰口抗战时，曾统率二十九军三十八师与冯治安的三十七师并肩作战。当时，张自忠和冯治安的部队武器装备只有步枪、手榴弹和大砍刀，面对的却是拥有飞机、坦克的日本现代化队伍。二十九军的阵地几次失而复得，相持多日。一次战斗中，二十九军三十八师选出两支英勇善战、大刀舞得熟练的士兵，分成两队，从左右两侧偷袭小鬼子。他们挥舞大刀闯入敌阵，用大刀砍杀敌人。同时，阵地上正面的战友也快步下山加入战斗。敌阵打乱，溃不成军。喜峰口抗战，仅张自忠的三十八师就击溃了日军的两个步兵联队和一个骑兵大队。二十九军大刀队杀出了威风。所以，像张自忠这样的人不会投降小日本，做小鬼子的奴才。

但是，无论怎样说，别的将领带着队伍走了，他没有，而且成了冀察政务委员会的代理委员长和北平市的代市长，所以仍有很多老百姓认为张自忠当了汉奸。

张自忠将军的不白之冤、汉奸之嫌，经过了整整十年才洗雪。民国三十六年（1947年），民国政府颁布张自忠将军国葬令，并在张自忠将军生前曾战斗和工作过的北平、天津、上海和武汉等各选一条路，命名为"张自忠路"，以示纪念。北平就将铁狮子胡同改名为"张自忠路"。由此，北平百姓知道，张自忠不仅不是汉奸，而且是抗日战争中为国捐躯的将军。

1940年5月，枣宜会战时，张自忠将军被日军重重包围，壮烈地殉国在战场上。

张自忠将军参加徐州会战和武汉会战后，因战功卓著，被提升为第三十三集团军总司令。1940年5月，枣宜会战开始，日本军队打算左右两路包抄围攻中国军队，进而全歼。中国军队则用反包抄战略攻击小鬼子军队。所以战斗进行得异常激烈。张自忠奉第五战区司令部之命，于5月7日亲自率领司令部直属特务营和七十四师的两个团渡过襄河，从敌后将敌人切成两段。可是，张自忠所率之部队却遭到小鬼子两面的攻击。张自忠并未后退，打算拖住小鬼子军队，以便于友军攻击敌人主力。

5月1日，此次会战开始时，张自忠就决心战死沙场，并书告所部主将尽忠报国，誓死杀敌："只要敌来犯，兄即到河东与弟等共同去牺牲。国家到了如此地步，除我等为其死，毫无其他办法。要相信，只要我等本此决心，我们国家及我五千年历史之民族，决不致亡于区区三岛倭奴之手。为国家民族之决心，海不枯，石不烂，决不半点改变。愿与诸君共勉之……"如此用血和泪写成的誓言说明，张自忠早做好了以死报国的思想准备。

战斗打到 5 月 15 日，第五战区司令部命令张自忠："……敌人大军正由钟祥方面渡河西进，命你部放弃正面之敌，向钟祥敌后攻击。"张自忠率部队即向南挺进，沿途遇敌就战，边打边走，一夜急行军，到达宜城洪山区叉子口时，部队已疲劳得无法继续前行，同时还遭遇数倍于己的日寇拦截。5 月 16 日拂晓，张自忠部队就与敌人交上了火。张自忠率部队抢占三个有利地形的山头，它们之间可以用炮火相互支援。但是，敌人数倍于张自忠所率之部队，东南西北四面都有敌人。战到中午，一团的阵地丢掉。下午，日军炮火猛攻张自忠的阵地。此时，张自忠身上已有六处伤，副官劝他后撤转移，被他拒绝。不久，两个日本鬼子持枪冲了过来。张自忠猛地跃起，扑向敌人，后面另一鬼子用刺刀将张自忠刺倒。张自忠停止了呼吸，热血洒在祖国的大地上。

在抗日的战场上，张自忠将军奋勇杀敌，最后献出了自己的生命。此前，北平沦陷，张自忠留平并不是投降日寇当汉奸，而是跳火坑，忍辱负重，掩护宋哲元率二十九军主力从北平安全撤走。

《卢沟桥事变后张自忠留平事件考》一文引用了国民政府《总统府机要档案》的两则电文。一则是 1937 年 7 月 28 日蒋介石致宋哲元电："宋主任明轩兄：希速离北平，到保定指挥。勿误，如何？盼立复。中正手命。"此电文说明蒋介石命令宋哲元从北平撤出，到保定指挥对日战争。另一则电文是宋哲元 1937 年 7 月 28 日致电各军政部，全文是："分送各省市、各绥靖、各总司令、总指挥、各军师长、各院部会钧鉴：哲元奉命移保，所有北平军政宜统由张师长自忠负责处理。特电奉闻。"这则电文说明，张自忠留平是受宋哲元之命令。宋哲元的用意是，公开撤走定会遭到日军袭击，受到损失；而令张自忠留平，让日本侵略者从表面看宋哲元所辖的冀察政务委员会和二十九军没有移动，而秘密地在一夜之间迅速从北平往保定撤退。

张自忠留平掩护宋哲元率二十九军撤出北平是担了极大风险的，待宋哲元他们安全离开北平后，他就可以隐藏起来，待机逃走。关于张自忠是如何逃出北平的过程，在张自忠七弟张自明《张自忠由北平脱险经过》一文有详细记述："先兄为了不做俘虏，免被控制陷害，于是秘密隐藏在东交民巷东口

老北京五十年

50

的德国医院。……住了几天后，又派身边的副官廖保贞找美国友人福开森，请他设法营救。福开森是著名学者，是先兄的朋友，侨居中国多年，对受日本帝国主义欺侮、侵略的中国极为同情。……在福开森家里，先兄看到平津沦陷，敌人继续向中国腹地侵略，全面抗战的形势已经形成，而自己身陷敌区，无异在虎口之中，心情焦灼万分，度日如年。"张自忠后在一些爱国人士帮助下离开北平。"先兄在福开森家换穿一套工人服装，戴着工人帽子，完全是工人模样。（1937 年）9 月 7 日早晨四点左右，天色朦胧，街上行人稀少，他（从礼士胡同福开森家）徒步走到大烟筒胡同至朝阳门马路旁等候汽车来接。一会儿，甘先生（美籍商人）果然开着汽车到达预定地点停下，先兄上车坐在前边司机台旁，伪装司机助手样子。趁着天色未明，汽车急驰到朝阳门。日军检查，没查出任何破绽，便放他们通过关卡。……通县是平津间公路交通的咽喉要道，各城门口都有日军把守，严加盘查，通过这个城区是非常困难危险的。这位美籍商人知道通县县城边沿有一个规模较大的教堂，教堂的大门在城外，后门通向城里，于是他把汽车一直由前门开进教堂，穿过教堂大院，由后门驶出，开到城里，这就躲过了日军的盘查。他们通过通县街衢一直驶向开往天津的大路。一路上顺利无阻，经过北仓过了引河桥，开入当时的意大利租界地。"这样，张自忠逃出了北平，而后投入抗日队伍，率领军队抗击日本的侵略。

北平沦陷，日本鬼子进城进行搜查镇压

1937 年 7 月底，以冀察政务委员会代理委员长、北平市政府代市长张自忠名义题签的安民公告，北平老百姓只见过一次。此后，再也没见过以张自忠的名义发出过任何公告。

张自忠的安民公告贴出大约一两天，就出现了中国人的败类、替日本侵略者办事的汉奸江朝宗为会长的北平维持会的告示。这个告示肉麻地说，"友邦"日本到中国来是帮助中国摆脱英美的控制，与"友邦"日本建设大东亚乐园，百姓要各安其业等等。这个时候日本侵占北平大局已定，但日本的军队还没有开进北平，有一些胆子大的老百姓就指着维持会江朝宗的告示低声骂："江朝宗是日本人养的一条狗，当然要说日本好。"没几天，大约在 8 月初，伪北平市政府成立，江朝宗当上了伪北平市长。8 月 8 日，大批日本军队开进北平城。在日本军队进城那天，伪北平市政府曾命令老百姓去欢迎。但是，老百姓对日本既恨又怕，没有人去。到前门大街欢迎日本军队的只有已经成为日本人的走狗或准备当汉奸的没有良心的中国人。

日本军队进城后，很快派军队控制了市政府、警察局、财政局、税务局、各区公所和电话局、电灯公司、自来水公司等政府机关和有关民生的要害部门。北平城的各城门和街道的重要路口都有日本兵站岗值勤，检查行人。日本侵略者又派出成队的全身武装，端着长枪、腰挎"王八盒子"的日本兵，荷枪实弹，两只贼眼紧盯着街上来往的行人。他们发现可疑之人，立刻叫到跟前，先搜身而后验看人的双手，如果手上有老茧，特别是人的右手食指上有老茧，就认为是当兵抗日的，一边哇呀哇呀叫唤说："不是良民，心的大大的坏啦！"

老北京五十年

52

北平沦陷

马上带到日本宪兵队，进去之后便是九死一生。说你是当兵的抗过日，不承认，先用皮鞭抽打，而后用烧红的烙铁在人的身上烙，或往人嘴里灌辣椒水，压杠子。总之，一切残酷刑具都可能用上。所以，北平沦陷时，在北平的日本宪兵队就是一座人间地狱、魔窟，死在这里的中国人无法计数。

当年，北平在日本鬼子统治下，男女老少都不愿意出门上街，有事出门，怕遇见鬼子兵，怕出入城门脸，因为城门脸有鬼子兵站岗。老百姓看见鬼子兵，从心里紧张害怕，想看鬼子兵，又怕与鬼子兵目光相对，很不自然。越紧张，越不自然，越会引起鬼子兵的注意与怀疑。鬼子兵将这种可疑的老百姓叫住，检查后，没有发现任何疑点，就用大枪托往人身上一捅，骂道："八格牙路！开路的！"

日本军队进入北平城后，让老百姓更害怕的是，日本鬼子时常不断地夜间挨门挨户地查户口。日本鬼子兵、翻译官和伪警察等一大群武装人员每次查户口，一般都在零点至四五点钟，在人们熟睡的时候。先是咚咚地砸门，门开得稍晚一些，他们就一边骂，一边用皮带抽人。院中的住户，一个不剩地都须快快地跑到院中等待审查。夏天，男人都是上身光着下身穿着一条短裤往出跑，女人也只能穿单衫、单裤出来。冬天气候寒冷，日本鬼子也不多等，边捶屋门，边吼着让人们快出来。有的人害怕鬼子打骂，更怕让鬼子带走，就只好赤着身子只披个大棉袄跑出屋站在冰天雪地中等待鬼子审查问话。日本鬼子夜间查户口，都是当地警察拿着户口单，一个一个地叫，叫一个审查一个。户口单上有其名，而人没在，要查问户主这个人上什么地方去了，干什么去了，几天回来。如果是临时户口，就问得更细了。如果是临时来的人，没报户口，此人必定被带走审查。

　　北平被日本鬼子统治了八年，北平的老百姓做了八年的亡国奴，提心吊胆地过了八年。

日本侵略者的"以华治华"和"分而治之"

　　日本侵略者侵占北平城后，一面派军队对老百姓进行法西斯统治，一面采用"以华治华"的阴险办法，网罗汉奸，组织伪政权，以欺骗善良的中国人，达到稳定殖民地秩序的目的。

　　1937 年 12 月，日本侵略者派出以前文相平生剑三郎为头子的顾问团，在北平指令汉奸王克敏、汤尔和、董康等筹建伪政权。1938 年 1 月 1 日，伪中华民国临时政府在老百姓的咒骂声中正式宣告成立。王克敏为行政委员会委员长，汤尔和为议政委员会委员长，董康为司法委员会委员长。2 月 4 日宣布：行政委员会下设五个部，王克敏兼任行政部总长，齐燮元任治安部总长，汤尔和兼任教育部总长，朱深任司法部总长，王揖唐任赈济部总长。不久，又增设实业部，王荫泰任总长。伪临时政府一切大权都掌握在日本顾问团手中。

　　1938 年年底，国民党汪精卫集团从重庆叛逃，堕落成无耻的卖国贼，当了汉奸。1940 年 3 月 30 日，在南京成立伪中央国民政府，汪精卫任伪国民政府代理主席兼行政院院长，陈公博任立法院院长，温宗尧任司法院院长，梁鸿志任监察院院长，王揖唐任考试院院长，周佛海任财政部部长兼警政部部长。伪国民政府一切大权也都控制在日本人的手中，汪伪等大汉奸只是傀儡而已。

　　汪精卫的伪国民政府成立后，北平的伪中华民国临时政府撤销，改称伪"华北政务委员会"。北平的伪（临时政府）华北政务委员会的委员长，从 1937 年年底到 1945 年 8 月 15 日，先后由王克敏、王揖唐、朱深、王克敏、王荫泰等大汉奸充任。北平市的伪市长先后由江朝宗、余晋龢、刘玉书、许修直等四个汉奸充任。

1938 年 4 月 17 日，伪中华民国临时政府将北平改名"北京"。中国政府对此未予承认，依然称为"北平"。

日本侵略者对中国沦陷区的统治，使用日本顾问在幕后发号施令，汉奸站在伪政权的台上表演，起着欺骗百姓的作用。

以上讲的是日本侵略者在中国沦陷区用汉奸组织伪政权的"以华治华"的统治办法，下面再说说日本侵略者对中国沦陷区采取的"分而治之"的控制办法。

日本侵略者在其所侵占的中国领土上，指令汉奸组建起四个伪政权：

一、1932 年 3 月 1 日，在日本关东军头子策划下，将东北三省从中国的版图上勾掉，成立伪满洲国，都城设于长春，退位的前清皇帝溥仪为执政。9 月，《日满议定书》签订，日本取得了东北三省政治、经济、军事等一切权利。1934 年 2 月，伪满洲国改称"伪满洲帝国"，溥仪成了傀儡皇帝，年号"康德"。

二、1937 年 12 月筹建的伪中华民国临时政府（1940 年 3 月改称伪"华北政务委员会"），政治中心设在北平，辖河南、山东、河北（北平以北的南口为当时的察哈尔省，承德是热河省省会）、山西（山西北部属于蒙疆地界）

伪政府成立时的正阳门和五牌楼

从图上可见五牌楼上的题字是"庆祝新政府成立"。

四省。

三、1939 年 9 月 1 日，在日本侵略者操纵下，将蒙古联盟自治政府、晋北自治政府和察南自治政府拼凑在一起，成立伪蒙疆联合自治政府，首府在张家口，汉奸德王（即蒙古贵族德穆楚克栋鲁普）为主席，辖绥远、察哈尔、热河、晋北等地。

四、1940 年 3 月，汪精卫集团在日本指使下在南京成立的伪国民政府，所辖地域是长江以南的江苏、湖北、湖南、江西、浙江、福建、广东等省份。

北平的伪华北政务委员会名义上隶属于汪伪集团的伪国民政府，而实际是独自为政的。所以，在日本控制下的中国土地上，人为地分成了四个伪政权。它们不仅名称各异，政治、军事、经济和文化也都各自掌控，就连货币都各自发行。

如此"分而治之"，削弱了被占领地区人民的反抗力量，有利于日本侵略者进行控制。

伪新民会及无孔不入的奴化教育

1937 年 12 月中旬，伪中华民国临时政府成立后不久，伪新民会也宣告成立，大汉奸王克敏为会长。相继，新民学院开办，伪"北京新民会"成立，余晋龢为会长。同时，《新民报》创刊，日本人武田南阳为社长兼主笔。中小学校使用新民教科书。伪北京新民会在机关、医院、各级各类学校和各工矿及商业等各行业都设有分会，在青少年中设有"青年团"、"少年团"。

伪新民会是在日本华北特务机关长喜多诚一的指示和控制下建起来的，其目的正如《首都指导部成立宣言》所记："过去国民党军阀把持政权，以高压手段摧残民意，以苛捐杂税剥削民脂，倒行逆施，达于极点。今日新政权既经竖立，本会当拥护新政权……一方面，把政府的善政宣告于民众，一方面把民众的痛苦陈诉于政府，使政府和民众打成一片……"

此宣言说明，伪新民会成立的宗旨，是要老百姓接受日伪的统治，拥护伪政权。如果说这个宣言讲的话还隐晦的话，而伪首都指导部发表的《建设东亚新秩序运动告市民书》中就讲得很明白了："……透视建设东亚新秩序的重要，中国人拥护东亚新秩序不是慑服于日本，而是脱离于恶劣蒋政权后唯一自力更生的门径。日本友邦也曾这样的声明过：'日本真正所希望的不在灭亡中国，而在使中国兴隆，不在征服中国，而在与中国协力合作。日本愿意与那同为东亚人的中国国民相互提携，建立真正的东亚。'这种坦白真诚的声明，使我们看了以后只有倾服。国际间和交朋友是一样的事，我们遇到忠实的朋友不交，还能与奸诈的人为伍吗？所以中日两国在平等互助的原则下已一天天接近起来，同时在建设东亚新秩序的大纛下，建设日华满三国东亚协同体制是一种切要的事已极明显……"

这个"告市民书"，要北平市民同侵我国土、杀我同胞、抢我财物、奸我姐妹的日本鬼子交朋友，还说什么日本鬼子是"忠实的朋友"，向人们灌输"日华亲善"、"共存共荣"等奴化思想。从而说明，伪新民会是向中国百姓进行奴化教育的机构。

伪新民会所属的北京新民会指导各机关、学校和各行业分会向其会员进行"建设大东亚共荣圈"、"中日提携"和"友邦是帮助中国建设王道乐土"等奴化宣传。伪新民会尤其强调对中小学校青少年学生的奴化教育。北平的中学和小学，无论公立还是私立，都必须使用新编的内容亲日的教科书。小学校的日语课在1939年时，每学期上五六次，不考核。中学校的日语课则列入正课，有正式教材，考核不合格不能升级毕业。还规定，中小学校学生在每天早操时，除由体育老师带学生操练外，还要向伪临时政府的"红黄蓝白黑"

日伪统治时期的学校

五色"国旗"和日本的"膏药旗"行注目礼，并且要唱新民会会歌：

天无私覆，地无私藏，会我新民，无偏无党。

春夏秋冬，四时运行，会我新民，顺天者昌。

东方文化，如日之光，会我新民，共图发扬。

亚洲兄弟，联盟乃强，会我新民，振起八荒。

北平沦陷时，1939年笔者在和平门里顺城街私立北方中学上学。这个学校是男生校，西邻是北方中学附设女校。有时男女生早操一起上，听校长和日本教官训话，大讲什么"亚洲有史四千年，中日同文同种，中日共存共荣"，用这种陈词滥调向青年们进行奴化教育。还说："大日本皇军用枪炮打进中国，是来帮助中国建设大东亚共荣圈。"并且让学生唱亲日歌曲，以"王道乐土，中日提携，友邦来帮助中国"等吹捧小鬼子的题目进行作文和讲演比赛，以

日伪统治时期学校里上日语课的学生

此向青年学生灌输奴化思想，培养汉奸。

　　小日本鬼子嘴里喊着"中日亲善，共存共荣"，但行动和态度上是"大日本是征服者，是主人；中国人是被征服者，是亡国奴"。学校的校长是傀儡，实权掌握在日本教官手中。无论对学校的校长、老师，还是学生，小鬼子教官的态度总是盛气凌人、粗野无礼的。一次，两个女生在校园内只顾说话，没注意身边走路的日本教官。这个小鬼子就当众对这两个女生连骂带打，而后将两个女生送进伪警察署才算完事。

吴佩孚誓死不当汉奸

日本侵略者从 1931 年制造"九·一八"事变，侵占东北三省，到 1937 年制造"卢沟桥事变"，侵占平津等地，实行的都是一方面武装占领，一方面高唱"大东亚共荣"、"中日同文同种"，网罗那些丧尽民族气节的败类充当汉奸，进行"以华治华"。

在北平，王克敏、汤尔和、江朝宗、余晋龢、王揖唐、齐燮元等汉奸粉墨登场，组织伪政权，对老百姓进行欺骗性统治。网罗到的大官就让当大汉奸，小官当小汉奸。但是，人是不一样的，被日本侵略者网罗去做傀儡的，毕竟是少数。那些富有民族气节，在社会上有一定地位的人，有的潜出北平跑到大后方，有的到了解放区，还有的进了东交民巷使馆区。其中有一个人，过去曾统领过几十万大军，占有半个中国地盘，他就是人称"玉帅"的吴佩孚。吴佩孚就住在东四北大街的什锦花园胡同 11 号（今 23 号）。抗战爆发后，他哪里也不去就在家中住。早年他曾贴上了这样的门联明志：

> 得意时，清白乃心，不纳妾，不积金钱，饮酒赋诗，犹是书生本色；
> 失败后，倔强到底，不出洋，不进租界，灌园抱瓮，真个解甲归田。

但日本侵略者不会放过他，坚持要求他出来为日本做事。日本人以为这样他们在中国的统治就可以得到巩固，侵华战争就能顺利进行。于是就指派已经屈服他们、原是吴佩孚部下的齐燮元等人多次到吴佩孚家劝说他出来出任伪职。遭到吴佩孚的拒绝后，日本特务头子土肥原贤二又亲自来吴宅，花言巧语哄骗吴佩孚，一是请吴出来调解中日之战，求得中日和平；二是以高官厚俸为诱饵，让吴出来当汉奸。土肥原贤二曾一连三次登吴宅"拜访"，妄想吴能够出来当他们的傀儡，但得到的都是严词拒绝。

无论日本侵略者对吴佩孚怎样欺骗劝说都无济于事，但他们还是不死心。他们于1939年1月30日，导演了一出130人的"中外记者会"。他们设圈套用吴佩孚的口气编造了一纸讲话稿，让吴佩孚在记者会上宣读，逼吴佩孚就范，使其参加伪政权，当他们欺骗中国百姓统治中国的傀儡。吴佩孚正想找机会向全国人民表明自己的态度，所以就同意参加记者会。吴佩孚在记者会上根本没看日本人给他准备的讲话稿，态度严肃地说：中国与日本为什么交战，因为日本军队强占了中国的东北、华北和平津等地，日本必须从这些地方撤走军队，把这些地方交给中国，还有和平可言。日本侵略者阴谋设计的这次记者会倒成了谴责日本野蛮侵略邻国领土的宣讲会，把日本人弄得很尴尬。

原中国国民党副总裁、中央政治委员会主席、国民参政会议长汪精卫于1938年12月离开重庆至越南河内，发表投降日本的"艳电"，做了可耻的汉奸卖国贼。同年10月9日，汪精卫受日本的指使，曾给吴佩孚写信劝吴出来参加伪政权。吴佩孚在汪精卫原信上写道："（汪）公离重庆，失所凭依，如虎出山入柙，无谋和之价值，果能再回重庆，通电往来可也。"寥寥几句回复，鲜明地表明了自己的态度。

日本侵略者通过几个月数次对吴佩孚的诱降，企图让他出来参加伪政权，都遭到吴的回绝。日本侵略者对吴佩孚起了杀心。1939年11月，吴佩孚患牙疼，请来德国医生医治，医生说须住院拔除病牙。因德国医院在东交民巷使馆区，吴佩孚誓不进入。据吴佩孚之孙撰文回忆，日本得知吴佩孚得了牙疼病后，12月4日，日本特务头子川本、伪治安总署署长大汉奸齐燮元，命日本军医强行给吴佩孚"治疗"。吴家人拦阻，齐燮元说，大帅是国家的人，一切由国家主持安排。日本军医用手术刀在吴佩孚浮肿的右腮下气管与静脉部位一刀割下，血流如注。吴佩孚立刻气绝。当时有人喊了一声："快打强心针！"日本军医在医药包里找了一番，摇头表示未带。随即跳到床上强压胸腔和心脏，进行"人工呼吸"——名为"抢救"，实是加速吴的死亡。

当时，吴佩孚的声望不仅在中国，而且在世界上也是有相当影响的。日本侵略者在华当局，一方面掩盖其致吴佩孚死亡的不可告人的诡计，一方面又显示自己的所谓"政治胸怀"，吴佩孚虽是敌将，也要进行"祭奠"。日伪头面人物连日本侵华最高司令官都参加了公祭仪式，华北沦陷区各省市下降半旗三天致哀。

中国国民政府从重庆发来唁电，表彰吴佩孚"精忠许国，大义炳耀"。唁电全文如下："先生托志春秋，精忠许国，比岁以还，处境弥艰，劲节弥厉，虽暴敌肆其诱胁，群奸竭簧鼓，迄后屹立如山，不移不屈，大义炳耀，海宇崇钦。先生之身虽逝，而其坚贞之气，实足以作励兆民，流芳万古。"

中国共产党驻重庆代表董必武发表谈话讲："吴佩孚虽然也是一个军阀，但有两点却和其他军阀不同，第一，他生平崇拜我国历史上的伟大人物是关（羽）岳（飞），他在失败时也不出洋，不居租界自失。……他在失势时还能自践前言，这是许多人都称道他的事实。第二，吴氏做官数十年，统治过几个省的地盘，带领过几十万大军，他没有私蓄，也没置田产，有清廉名，比较他同当时的那些军阀腰缠千百万，总算难能可贵。"

吴佩孚的丧事依照中国传统搭丧棚，请僧、道、尼诵经，置办酒席宴请前来上祭的宾朋。出殡是用六十四大杠，前边执事齐全。当时并未入土掩埋，暂停到旧鼓楼大街的大石桥拈花寺里。

1945年抗战胜利后，蒋介石中央政府发来明令褒电："故吴上将军佩孚，于沦陷期间，忠贞不屈，大节凛然，为国陨殁。为表彰忠烈，追赠陆军上将衔。"而后以"故旧袍泽"及"平市各界"的名义发起公葬，从大石桥拈花寺移灵到北京西郊玉泉山西侧墓地下葬。

1939年闹大水，北平灾民遍野

1939年秋天，北平沦陷已经整两年。北平的百姓在日本侵略者统治下，艰难地熬过了两年。日本鬼子强加在人们身上的人祸已经使平津和河北一带百姓难于承受，但1939年秋天又连阴天，大雨不断，引起河水暴涨，闹大水出了天灾。人祸加上天灾，使得北平、天津与河北一带的百姓陷入水深火热之中。

过去民间常说："有钱难买五月旱，六月连阴吃饱饭。"这里说的五月和六月是农历。"五月旱"，是这个月里不要下雨，对庄稼有好处，种庄稼的老农讲须让庄稼蹲一蹲，即"蹲苗"，让农作物发育根部，控制水肥。到了六月需要水肥了，连阴天下雨对农作物的发育生长极为有利。1939年那一年，农历五月（公历6月），真没雨。进了农历六月（公历7月），最初还是没有雨，到了下旬下起了雨。老农开始还很高兴，都认为雨虽然下晚了几天，但对庄稼也有好处。但没想到连阴天，下起雨来没完没了，而且越下越大。进了农历七月（公历8月），雨还没停。大雨下了一个多月。北平西边的永定河，东边的潮白河、北运河暴涨、决堤。潮白河与北运河连成一片，昌平、顺义、怀柔、密云等县都被淹，死伤600多人。通州全城都泡在水中。天津市区水深九尺。北平市内的护城河、龙须沟之水外溢，什刹海也满了坑。北平内城房屋院落多数规整、坚固，还好一些，而外城是劳动群众居住区，房屋墙体建筑简陋，木料次，多用碎砖建成，经连天雨一泡，有的房屋漫水，多数墙倒屋塌。据《中国水灾年表》记载，1939年平津、河北大水，"受淹面积达4.94万平方千米，受灾农田346.7万公顷，被淹房屋150万户，灾民近900万人，死伤 1.332 万人。冲毁京山、京汉、津浦铁路 160 千米，公路 565 千米"。

　　北平虽然也被大水淹了，但是北平地势高，雨水都往东南方流泄，只塌了许多破旧小房。因此，大批灾民都逃往北平求生。

　　从公历 8 月中旬起，北平就见到了灾民，后来逐渐增多。笔者在街上见到的灾民各个形容憔悴，扶老携幼，挑担背包。有的沿街乞讨，有的在崇文门桥头、东四十字路口等处行人众多之地，等待有人雇工，还有的在前门大街、王府井大街等繁华地点给自己的儿女头插草标，卖儿卖女。10 月是北平灾民最多的时候，到处可看到两三个或成群的灾民，有的在路边休息，有的吃玉米饼子进餐。夜晚大都在店铺前廊下或棚子下过夜。不久，天气逐渐凉了。大约在霜降后，北平街头灾民少了。可能是大水下去了，有些灾民返乡整理或修建住房去了，有些可能已经有了安身之处了。剩下的，家乡没有安身的地方，只能留在北平依靠乞讨维持生活。最凄惨的就是这些无家可归留在北平过冬的灾民。因为那时北平的冬天十分寒冷，三九天零下十七八度是常有的，地都冻得裂成大口子。穷苦人没有住处，身上无衣，肚中无食，是很难熬过冬三月的。在正常年份，北平的冬天刮起西北大风后，街头就常出现"倒卧"现象。这是老北平人对冻饿而死在街头的一种俗称。1939 年冬天，北平街头"倒卧"的明显比往年多得多。

给到北京逃难的妇女散放银钱

在北平沦陷前，贫苦市民和灾民的生活也是很悲惨的。但是，民国政府的救济院和一些乐善好施的人家会设立粥场，还能够使一些贫苦市民和灾民喝到一两碗稀粥。肚中有些食物，既能充饥又能抗寒，生命就有可能维持下来，熬过寒冷的冬三月。北平沦陷后，日本侵略者哪里管中国人的死活，伪政权虽然也设立了赈济部，但只是为了摆摆样子，实际并不去救济灾民。

"新北京"和日本向北平移民

日本是东亚太平洋中的岛国。自 19 世纪 60 年代明治维新后，国家富强起来，此后就不断向外扩张，觊觎亚洲大陆地域辽阔、物产丰富、人口众多，但政治腐败、国力衰弱的中国。1895 年，中日马关条约签订后，日本控制了朝鲜半岛，并以此为跳板，于 1931 年制造了"九·一八事变"，强占了中国的东北三省。1937 年，"卢沟桥事变"后，又占据了多少年来梦寐以求的北平。

日本侵略者错误地认为，中国政府腐败无能，百姓人心涣散，无力反抗，占据北平是永久的。所以，日本侵略者当局，一是制定了建设北平的规划，一是大批向北平移民。

1939 年 7 月，日本侵略者的"北京都市计划大纲"出笼。日本的知识界认为，北京地理位置优越，北部的燕山山脉和西部的太行山脉是北京的屏障，东南形成开阔的平原，永定河与北运河流经其西部和东部，气候与雨量适中，再进一步发展交通，并对北京城市进行合理计划的扩建，其作用将会大大增加。

"北京都市计划大纲"大致是将北平的东郊定为工业区，旧城区除依然是居住区外，利用古迹辟为旅游区，西郊建设成为新市区。

东郊的工业区在"北京都市计划大纲"出笼时就开始动工兴建，成立了华北烟草公司制烟厂、大信造纸厂和北京锻造厂。当年，北平的东郊不是农田就是坟地。这三个工厂圈占农村、农田和坟地平均约四五平方千米，而且都是强占土地，使得农民失去了家园和耕地，虽然有些年轻力壮的进了日本工厂做了工人，可是工资微薄劳动强度大，而多数人更是沦落为沿街乞讨的乞丐。

日本侵略者当局为了加强与东郊工业区的联系，沟通城乡的交通，于1940年在朝阳门以南、古观象台北侧的城墙处，打开了一个豁口，称"启明门"，即现在的建国门。如果不是打开这个缺口，只能走内城的朝阳门，外城的广渠门。打开这个豁口，就少走很多的路，省了时间。启明门内道路北侧，日本侵略者建了一座"神社"。

旧城区的计划主要将前海、后海、故宫、北海、景山、中山公园、天坛等景区发展成为旅游观光区，并建设旧城区的道路与周边地区的公路交通。但是，在八年沦陷中，其计划并未实施。

西郊的新市区的计划是在旧城区外建设一个新的城市，以减轻旧城区今后发展人口逐渐增加的负担。据《日人侵略下华北都市建设》一文记载：新市区的范围，"东距墙四公里，西至八宝山，南至现时京汉线附近，北至西郊飞机场，全部面积约合65平方公里，其中主要计划面积约占30平方公里，余为周围绿地带"。在新市区里有军事机关、行政官署、居民街区、商业街、体育场、公园及日本神社等。在新市区建日本人祭祀的神社的计划和当年民间传说可以判断："新北京是为日本人建的。""新北京"是二十世纪四十年代，北平百姓对新市区的称呼。

1940年，在北平的东城墙下开启明门豁口时，也在西城墙阜成门南，西单以西打开了"长安门"，就是现今的复兴门。开这个门洞的目的就是使旧城区和新市区取得密切了联系，两者来往方便。

从1939年日本侵略者的"北京都市计划大纲"出笼，新市区即时开工后，持续到1941年12月8日太平洋战争爆发。此后，日本的侵略战争连续失利，所以，到1945年日本无条件投降，新市区只建了600余房屋，完成了新市区一小部分工程。因此，北平西郊大部分耕田和坟墓茔地没被圈占。那些失去田地的农民就在饥寒交迫的死亡线上挣扎。

日本侵略者从本国往北平移民是北平旧城区和内城百姓的灾难。

1937年"卢沟桥事变"前，侨居在北平的日本人并不多，但事变之后，日本人移往北平的大量增加。至二十世纪四十年代初，北平的日本侨民约有三四十万。这些日侨百分之九十九选择在北平内城居住，因为北平外城街道狭窄，房屋低矮简陋，而内城街道整洁，院落宽大，房屋高敞，大宅院多。但是，多数日侨的住房不是自己花钱建设或公平购买的，而是使用卑鄙手段强占而来，不是诬陷房主是抗日分子，就是诬陷房主是不良分子，把人赶走。如果他们出钱购买，也是拿出低于当时市价百分之四五十将房子买下。

1940年至1945年，北平沦陷期间，内城的东单和西单以北，北新桥和新街口以南，每条胡同都有日本侨民居住。日本人的住宅多数都养着一条凶恶的大狼狗，狗咬伤人的事经常发生，挨咬的人只能自认倒霉，没处去说理。日本住的房屋院落格局大都保持原样，而内室都按日本风俗改建。屋门改为推拉门，屋内地上都铺着厚厚的垫子，进屋脱掉鞋就席地而坐。屋中没有高桌、高凳，只有北平人用的炕桌。笔者印象中，北平人做饭取暖生火炉烧的是煤球，从日本侨民移来北平后，开始有了蜂窝煤。西红柿可能是从西方培植生长起来的。笔者印象里，卢沟桥事变前，北平没有西红柿；而北平沦陷时期，日本人的饭菜中，往往用西红柿炒菜。

一条胡同中，如果有一家日本人居住，全胡同的中国居民见到日本人，无论是大人还是小孩，大家都存有惧怕心理。因为日本人是征服者，自己是被征服者、亡国奴。日本人也有待人很和善的，不欺人，但为数很少，多数日本人都以东亚主人自居，欺压胡同里的居民，成了全胡同的霸王。

"孔子拜天坛五百当一元"

——物价暴涨 百姓生活艰难

北平在1937年"卢沟桥事变"前，物价平稳，百姓生活安定。流通的货币有中国银行、中央银行、金城银行、交通银行和河北银钱局发行的一元、五角、两角、一角的纸币；还有"大人头"，就是铸有袁世凯头像，一元面值的白银币，以及面值二十文的铜币。

铜币有面值五十文、二十文和十文三种，市上流通的以二十文的为主。一个二十文的铜币俗称"一大枚"，铜币又称"铜板"或"铜子"。铜币的面值单位是"文"，而纸币和银币的面值单位是元、角、分。两者需进行换算，见下表：

铜币			银圆或纸币		
数字	文	吊	分	角	元
1	20				
2	40				
2个半	50		1		
5	100	1	2		
25	500	5		1	
50	1000	10		2	
250	5000	50			1

备注：半个铜币即一个小铜币，也称一小枚10文。

因为银和铜的比价问题，不完全总是铜板50吊换一块银圆。在"卢沟桥事变"前，有几年铜价涨，就是铜板46吊换一块银圆。

当年由于物价低廉，所以市场上和百姓日常生活离不开铜板。笔者上私塾时，每天早点用两个铜板买一个芝麻烧饼，一个铜板买一个焦圈。一袋炮车牌洋白面，44市斤两块银圆，小米面二分钱一斤，玉米面一分钱一斤。一块银圆可买四斤猪肉，白酒则能买七斤。如果拿一个铜板到油盐店，可买一提（十六两秤的一两）醋、两三根香菜、一小杓黄酱这三样东西。虽然当时普通百姓收入低，但由于物价低廉，日子也好混。

但是，自1937年"卢沟桥事变"，北平沦陷，日本人占领了北平城后，他们疯狂地搜刮沦陷区的物资，对老百姓敲骨吸髓，物价不断暴涨，老百姓的生活一天比一天艰难。1938年2月，伪中国联合准备银行在北平成立，汉奸汪时璟任总裁。发行粗糙的联合准备银行的纸币，俗称"联银券"。日伪政府出布告，让百姓拿中国、金城、交通等银行出的纸币和银钱局铸的银圆、铜币去兑换联银券，布告上还写着：一年后，旧币一律禁止使用。老百姓看后，

兑换银圆
从清末到民国二十四年（1935）的二十余年间，流通的货币有银圆和铜元，还有银行发行的纸钞。兑换银圆是一种很常见的行业。至于每块银圆折合多少铜元则无定数，随市面行情有涨有落。

人人忧心忡忡，深知日本人开始向老百姓下手，压榨百姓的血汗了。谁也不拿中国银行出的纸币和银圆、铜板去兑换联银券，如果有也只是那些忘掉自己的祖先，甘心当日本人奴才的汉奸，去谄媚他日本主子的人。但日本鬼子逼得很紧，同年8月，宣布旧制贬值，旧制一律按9折使用。1939年3月11日，宣布旧币禁止使用，一律使用伪联银券。从此，中国银行、金城银行、交通银行发行的纸币和银圆、铜板在社会上绝迹了。

北平的老百姓对中国各家银行发行的纸币都十分喜爱，而对"大人头"——银圆和铜板就更加珍爱了。富有者除去必须将银圆和铜板兑换"联银券"外，特意留下一些装入瓷罐里，埋入地下保存下来。也有那种家中生活虽然不富余，但尚能维持者，最后也留下几个"大人头"，几个铜板，像对待古玩珠宝一样，对待几个"大人头"和铜板。

日本侵略者在北平开办伪中国联合准备银行，发行伪联银券，主要目的是用联银券搜刮进行侵略战争所需的五金、药材、布正、粮油、肉类等，以及日本国内急需得到的各种物资。由于日本小鬼子滥发伪币，所以不断地引起市场上物价飞涨。"卢沟桥事变"前，市场通行货币最低面值是一铜板20文，而伪联银券1938年发行的是一分、二分、五分、一角、二角、五角、一元、二元、五元、十元几种面值。一分比二十文增加了一倍半，物价也就涨了一倍半。由于市场上物价上涨，特别是粮、油、盐、酱、醋、柴、煤等日常生活物品的涨价，使得北平的普通百姓月月入不敷出，家庭生活陷入贫困。老百姓的日子不好过，北平的中小工商业也不好经营，卖出的货当时是将钱赚了，但货涨钱了，用卖的钱买不回同样、同等级的商品，其实是赔钱了。因之，当时北平有很多工商业无法维持店铺继续经营下去，只能倒闭歇业。据当年《晨报》1939年1月14日的统计报道，北京1938年10月至12月，三个月内歇业店铺共1616家之多，这份统计报道不单只有个数字，而且写出了歇业店铺的字号和所在街名。

市场中的商品不断涨价，促使伪联银券面额，从10元、20元、50元到100元等相继出现。大面额伪"联银券"的发行，反过来又刺激物价的上涨。这种恶性循环，互相影响刺激，大约在1940年或1941年，伪联银券出现了面额一张 500 元的。因为这种 500 元一张的伪联银券，票面印有天坛祈年殿和孔子图像，而且孔子立像面对天坛祈年殿，好像在祭拜。因之在百姓中传出"孔子拜天坛五百当一元"的民谣。说明日本人统治下的北平与"卢沟桥事变"前相比，物价已经上涨了五百倍。老百姓在这个民谣中反映出对日本鬼子的仇恨、谴责。在百姓中互相传说的民谣还有：

　　日本、汉奸开的联合准备小店，

　　准备是假准备，

　　骗人是真骗人。

　　拿便纸抢铜子，

　　用烂纸换银圆。

　　小鬼子心太狠，

　　先用枪炮占江山，

　　又发烂纸吸人的血汗。

一代名厨师四海之死

王四海祖居北京，生于清同治十三年（1874 年），弟兄二人，他是老大。按叔伯弟兄大排行，他是老四，所以叫王四海。他家原住崇文门外茶食胡同，后迁至河泊厂。王四海念过两年私塾，14 岁就到前门外取灯胡同同兴饭庄学徒。先学茶房后改学厨工。跟当时名厨师贾厨学手艺。贾厨的刀工极其讲究，他切的肉和青菜，大小长短、薄厚宽窄，都一样匀整。而且分量掌握也准确，投料不用秤，只凭手抓，想抓四两，准是四两，不差分毫。贾厨煎、炒、烹、炸火候掌握得好，因此，他做出的菜，色香味俱佳。

王四海对贾师傅极其尊敬，学习又刻苦，经过两三年时间，就将贾厨的烹调技艺学到手，并当上了同兴堂饭庄红案掌勺师傅。

进入民国时期，由于各高官贵户办家宴的兴盛，一些大饭庄的名厨为了多赚钱而辞柜，去做承包酒席的买卖。当时有名的黄厨、刘厨、张厨，以及王四海的师傅贾厨等，都是受欢迎的家庭承包酒席者。张厨专做戏曲梨园行的买卖，刘厨主要承包一些高官大员的宴会，黄、贾二厨多应富商大户的喜庆宴席。

王四海是贾厨的重要助手，掌勺、切菜、端菜、摆桌都干。二十世纪二十年代初，贾厨因病去世。不久，王四海就接替贾厨办起了包办酒席的生意。开始买卖不兴旺，王四海有生意就认真做。一次，经朋友介绍，应了一户为小孩子"洗三"的 10 桌酒席。这家是北京有名的大户"盐查"记，家住崇文门外南五老胡同。王四海知道"盐查"记在北京交际广，认识有钱有势的名人多。如果这家买卖做好了，就会打开局面，生意就来了。

所以，王四海下大力量把10桌酒席做得出色。他订购了10桌江南产的碗、盘、碟等底色洁白、图案鲜艳的细瓷像具，这是为"盐查"记小孩子"洗三"10桌酒席做准备的。王四海知道菜好，盛菜的像具也必须精美，如此才能显出菜漂亮。到日子，王四海亲自掌勺，并请来几个得力伙计帮忙打下手。

按北京的风俗，过去小孩子"洗三"，往贺者都是女客。妇女喜欢吃清淡、外观漂亮的菜肴。王四海投其所好，头一道菜，先上四碟鲜果，一碟削成荷花状的苹果；一碟蜜饯红果；一碟削成菊花形的荸荠，上面还放些青、红丝；一碟蜜饯海棠。随着上了一壶绍兴酒，一壶红葡萄酒。这四碟果品，不仅香甜可口，而且色彩缤纷，耀眼好看。各桌女客赞不绝口。第二道菜是四盘炒菜，炒虾仁、滑溜里脊、溜鲜蘑、溜鱼片。这第二道菜也很对女客的口味。尤其对炒虾仁和溜鲜蘑更是齐声喝彩。第三道是大菜，黄焖鸡、糖醋鱼、清蒸鸭、四喜丸子。最后是烩海参。这次买卖，王四海虽然没赚钱，但是赢得主人和客人的一致赞扬。王四海烹调手艺好，饭菜可口，不胫而走，找王四海订酒席的人越来越多。

从二十世纪二十年代末到三十年代中期，王四海包办酒席的生意兴隆一时。王四海之名全城皆知。他又从江西景德镇订做了20桌带有"四海"字样的蓝花瓷器。铁锅、铁勺都用广兴铁铺的"二道线"产品。各种调料都由专门店铺供应。平日就有几个伙计给他干活，忙时临时请20来人帮忙。王四海承包酒席既有燕窝鱼翅等高档海鲜酒席，也应干炸丸子、溜肉片、米粉肉、爆三样等一般席面。无论高档酒席还是一般席面，王四海都用好料，不用次货，而且做工细、烹调认真，做出的菜肴色香味俱佳。

平日，为老人办寿宴，为孩子办"洗三"、"满月"，找王四海订酒席的不断，一遇黄道吉日，娶媳妇、聘姑娘等办事人家多时，王四海就应接不暇了。

王四海包办家庭酒席名声远扬，生意也兴隆，但好景不长。1937年"卢沟桥事变"爆发，日本鬼子侵占了北平。日本人一面进行军事占领，一面进行疯狂的经济掠夺。自此，北平的经济一片萧条，尤其是饭庄、饭馆等餐饮业一蹶不振。北平有名的大饭庄、饭馆相继倒闭歇业。因为日本侵略者对粮食、油脂、鱼肉等生活必需品控制严格，饭庄、饭馆买不进原材料，无法营业。

王四海的生意更无法维持了。原材料不断涨钱，进货和应买卖都成了困难。"七·七事变"前，一袋"福兴"牌面粉或"兵船"牌面粉（44市斤）约2元，到1940年，1市斤面粉就涨至2元。战前，猪肉（带骨肉）1元7市斤，1940年涨至3元1市斤；普通白酒由1元3市斤涨至4元1市斤。此外，煤柴也涨了几十倍。由于物价一天一个行情，王四海也不好应买卖了，今天应了，明天物价涨了，应的买卖也就赔了。还有，王四海的顾客大多是商人。商业买卖不振，所以办事订酒席的自然寥寥无几。因为没有买卖，王四海就解雇伙计。王四海为了维持自己的生活，开始将铜、锡制品的家具送进当铺换回几个钱生活。后又将好瓷器家具也卖了。当卖一空后，王四海同他的老伴到亲戚家求饭吃，但亲戚家哪家也不富裕，吃一两顿可以，常去吃饭就不行了。之后就沿街要饭，大约在1940年冬，身上无衣，腹中无食，他在一个纷纷大雪的日子投井自杀了。一代名厨师王四海是被小日本鬼子逼死的。

北平粮荒和害人的混合面

　　"卢沟桥事变"前，北平的粮食供应很充足，没有缺货的时候，而且品种齐全。粮店、油盐店等遍布在大街小巷里，此外，在主要商业街里还有粮栈、磨坊、米庄、面粉厂斗局和粮食市等经营粮食的店铺、集市。

　　在"卢沟桥事变"前，北平不仅经营粮食的店铺多，买粮食方便，而且粮价低廉，穷苦人好生活过日子。但是，从日本侵略军攻占北平后，粮价月月涨钱，粮价从未平稳过。用老百姓的话说："小日本鬼子进京城，玉米面和小米面价钱月月升。"粮食涨价的原因是，日本侵略者在华北沦陷区疯狂地抢掠各种物资，特别是重点抢粮食以供军粮。所以，北平的粮食供应不足，价钱不断地上扬。二十世纪三十年代末，华北几个省特别是河北省先因大雨农田被淹，至四十年代初又连年干旱，庄稼颗粒无收。粮店的货源来自农村，但是农村近几年不是涝就是旱，再加上日本军队"烧光、杀光、抢光"的三光政策，华北一带的农村粮食也十分短缺，所以粮店买不进粮食，北平发生了粮荒。当时笔者看到，大小粮店门前都围着一群人拿着小布面袋等着买粮食。而有些粮店都将粮柜上盛粮食的笸箩反扣着。这是粮食行业的规矩，表示没有粮食可卖。有的是实情，确实店中没有存粮了，而有的是奸商有粮食不卖，囤积粮食以卖高价。

　　大约是发生在1939年年底，有一二百名买粮的百姓堵在崇文门外，磁器口以南一家粮店前等着买玉米面。等到上午8点多店门开后，一个伙计对大家说："一个人卖二斤，卖一千斤，卖完为止。"开始大家排着队，一个人买完，下一个人买，秩序井然。但是，后来买粮的人越来越多，队伍排得长，约有五六百人。饥饿的百姓怕买不到二斤玉米面，争着往前跑，互相拥挤，如此队伍就乱了。有的人帽子被挤掉了，有的人鞋丢了，有的人被挤倒了。前边一个人倒下，后边的人拥上来也随之倒下。造成人压人、人踏人，一个老太太死亡，几十人受伤的惨剧。

1942年年初，伪北京市政府下令在北平实行粮食配给制。具体每人每月配给多少粮食，笔者已回忆不出了，总之，配给得很少，尚不够充饥。而且有时粮店无粮，不能将应配给的粮按数买到。当时不仅买不到粮，而且粮价暴涨。"卢沟桥事变"前，一斤好白面5分钱，后涨到伪币5元多。原来一斤玉米面1分多钱，后涨至伪币1元零5分。这两种粮食较"卢沟桥事变"前高涨达一百多倍。1943年，北平的粮荒更加严重，伪北京市政府的粮食配给根本无法按数量卖给老百姓。但是日本侵略者又不愿意将抢来的库存的好粮食拿出卖给北平饥饿的百姓。日本侵略者为了维持其殖民统治，安定地方秩序，不得不谋求解决对策。他们的办法是，命令全市粮食店铺将所存粮食如实填表登记，将各种杂粮混合在一起，掺上麸皮、橡子、米糠等，在伪警察的监督下，磨成面粉，美其名曰"混合面"。日伪报纸上记载："混合面是用50多种有营养成份的粮食磨在一起，对人体富于极大的好处……"，对中国人进行欺骗性宣传。伪北京市政府责令各粮店按户口配给卖于市民。

实际这种混合面成分复杂，并无一定标准。原本这种混合面就不是人吃的东西，喂狗，狗都不吃。再加上一些奸商加工时胡掺乱兑，质量更劣。笔者当时正在前门大栅栏里精明眼镜行学徒刚满徒。记得1943年夏天，掌柜的叫一个徒弟去西柳井大街大和恒粮店去买混合面，排了一早晨队买回来十几斤。中午开饭时，掌柜的和我们师兄弟几个人满怀希望能马上就吃上有50多种营养成分的"美味"混合面。但是厨师将刚出锅的混合面窝窝放到大家面前时，只见外观黑紫，拿起来手感粗糙。掰开后，里边和外皮一样黑紫，不过多了一些黑毛和秸秆等杂质，吃入口中既苦又涩又碜牙，无法下咽。掌柜的吃了一口，边说好吃，边站起来离开店铺走了。我们师兄弟几个一看掌柜的走了，也都放下混合面窝窝不吃了，大师兄吩咐小师弟将这些混合面窝窝用一块白布包起，拿到街上送给乞丐吃！

买卖兴隆的店铺可以不吃混合面，花大价钱买高价粮，有钱有势的人更可以不吃。但广大百姓不能不吃，而且混合面是他们赖以生存的唯一口粮。有的人吃混合面拉不下屎，有的人肚泄。这种混合面没任何营养，反而使人肠胃不适，周身无力。所以，当时患病死亡的和劳累体力不支死亡的人天天都有。有的报纸记载，因吃混合面，北平每天死亡 300 人。这只能是个约数，确切死亡的人数，日本侵略者掌握，但是他们不会让公开报道。不用说在家中和医院里死亡的人，就是在大街上暴亡之人每天就发生多起。暴亡在街的大多数是年轻的劳动者。如人力车夫和拉车运货的工人。食量大的人也是遭灾者，北平天桥艺人著名摔跤手张狗子，身高一米八开外，体重二百市斤，虎背熊腰，每顿饭吃 3 斤大饼、2 斤酱牛肉。1943 年北平闹粮荒时，纯净的玉米面都难见到，白面更看不见了，粮店只卖混合面。张狗子只靠吃混合面，连生命都难以维持，哪能再摔跤。为了维持生存，就去拉人力车。因为张狗子家住崇文门外南小市以南的天河大院，笔者当时住在南河槽，与张狗子住处相离不远。一次见到张狗子，原来肥胖的大圆脸，变成小瘦脸，虎背熊腰变成杨柳细腰了。以后再也没看见过张狗子，有人说张狗子饿着肚子拉人力车时，死在大街上；有人说，1945 年，日本无条件投降后，张狗子曾在东单的东大地处摔过跤。这都是传说，像张狗子这样大饭量的人，如果真能熬过那个豺狼当政的饥饿年代，真是个奇迹。

北平在日本侵略者统治时期，不仅闹粮荒，而且猪、牛、羊肉和食用油等也被日伪统治者控制，市场上货源奇缺，致使北平大小饭馆、饭庄经营困难，大批店铺倒闭。其中不乏著名的大饭馆、大饭庄，像前门外打磨厂的福寿堂、西珠市口的天寿堂、地安门的庆和堂、取灯胡同的同兴堂、隆福寺街的福全馆、什刹海沿岸的会贤堂等饭庄，以及米市胡同的老便宜，肉市的正阳楼等著名大饭馆，都是在这个时候歇业摘牌匾的。

去张家口"跑单帮"

日本军国主义者从 1937 年 7 月 7 日，发动侵略中国的"卢沟桥事变"后，相继又发动了侵略东南亚各国的战争，偷袭了美军在太平洋的珍珠港基地，爆发了太平洋战争。日本梦想与其军事同盟的德国、意大利瓜分世界。所以，日本需要大量的物资供应军队所需，而日本本土的物资有限。因之，日本侵略者就在中国占领区疯狂地掠夺各种物资，以满足其侵略战争的需要。

由于日本在北平通过"北平开发会社"所属的 17 个公司，对平、津及华北的煤、铁、电力、棉花、盐、粮食、有色金属等各种资源进行无休止的抢掠，致使北平工商业原料匮乏，无法维持营业，大批店铺关闭，特别是北平的各种小手工业作坊绝大多数都因为买不到原材料而歇业，大批的手工木匠失业。为了求得生存，有的手工工匠去拉人力车，有的去卖苦力，有的就沦为乞丐，有的凑了本钱去张家口"跑单帮"。

张家口是当年（北）平至绥（远省）铁路线的重镇，是当年察哈尔省的省会，又是日本操纵的伪傀儡蒙疆自治政府的驻地。虽然张家口从地位和经济发展都不如北平，但粮食、牛羊肉、皮毛、毛毯等都是北平缺少的物品。食盐、棉花、土布、棉线、烟叶等又是张家口紧缺之物，而北平市场上这些东西又容易买到。所以，人们就是根据张家口和北平两地的物品有无和差价，做起长途贩运，"跑张家口"做生意。跑张家口做生意的人都是从前门东站或西直门车站乘火车随身携带一二十斤食盐、几斤烟叶或三四十尺土布（一尺二面宽）、一二十包纸烟到怀来、下花园、宣化府、张家口等地卖掉。而后买些小米、绿豆杂面或莜面、大煎饼之类的东西乘车带回北平销售。这些往返于北平和张家口之间贩运物品的生意，多以个人为单位，故称"跑单帮"。又因都往张家口方向跑，所以无论在怀来、下花园或宣化府下车买卖物品，统称"跑张家口"。

去张家口跑单帮大约始于1940年。因为笔者有几门亲戚住在前门外东侧的河泊厂和打磨厂。这一带距离前门火车东站近，所以这一带是平绥、北宁、平沪线铁路上工作人员的聚居区。笔者前妻的二哥就在平绥线上跑车，因为北平的粮食紧张，见张家口市上不仅有粮食，而且价钱还便宜，所以就从张家口买些小米、大煎饼带回自家吃。张家口的小米叫"口小米"，没有北平的"伏地小米"好吃，但伏地小米好吃而没有，口小米就是人们的救命粮了。此后这一带失业贫穷之人，凑了几个钱用微薄之本跑起了张家口。

一开始，日本统治者和伪政府并没有管，跑张家口之人越来越多，到底有多少人从事这个职业，没有统计，也无法统计。可以说，当时前门、崇文门和宣武门以南住家的失业穷苦之人，大都参加跑张家口的行列。所以"跑张家口"成为当时一种职业，并成为当时的一种流行名词。

到1941年年底，日本统治者限制粮食、燃料、中西药品出境，以对八路军的根据地进行封锁。日本侵略军华北方面军司令部命令伪蒙疆政府组建经济警察，专门检办平绥铁路从南口站至包头站沿线各站违禁物品。

也就是在这一年，笔者的哥哥所在的印刷局倒闭了，他只得卷铺盖回家另谋职业。但印刷行业都不景气，都在裁人，没有用人的。哥哥没办法，就在街坊的指引下，参加了跑张家口的行列。开始很顺利，从北平带往张家口的纸烟、土布，下车就卖了。从张家口带回的小米、莜面放到市上也出手了。既赚钱又赚吃食，很高兴。但好景不长。一次，他从北平买了些食盐、棉线，在正阳门东站，进站上车都顺利，可到南口车站时就发现情况不妙，上来不少穿黑制服的经济警察，检查得很严。当时的平绥火车线是我国铁路工程师詹天佑所设计主持建成的。用"人"字形线路以缩短隧道长度。因为走山路，一个机车力量不能拖带十几节车厢，在南口再挂上一个机车，前边机车拉，后边的机车推，才能走出这段路。到康庄车站，就只用一个机车将这列车拉到张家口，返回时在康庄车站用两个机车，到南口改用一个机车到北平正阳门东车站。由于在南口和康庄两个车站，要挂机车和撤下机车，所以，南口站和康庄站都停车30分钟。日军和伪警察就利用南口和康庄停车时间长，上车检查客人。笔者哥哥去时没出事，回来时在康庄站，车上来了一大帮日本侵略军和伪经济警察，他们不由分说，见粮食、牛羊肉等一切物品就从车窗往站台上扔，这哪是检查，就是徒匪抢劫。这些穷苦跑张家口的，有的哇哇大哭，有的急得捶胸顿足。笔者哥哥带的三四斤小米也被"没收"了。

张家口是不能再跑了。为了生活，有的人就出山海关往奉天跑，有的人跑石家庄。平汉线铁路上检查得很松，买卖也好做。可是从1943年年底以后，情况发生了变化。美国飞机经常飞临平汉线铁路上空，用机枪扫射火车。不扫射客人的车厢，专打火车的机车。日本侵略者以防飞机打机车，就在铁路沿线上修建了许多高墙，形成"墙胡同"。飞机一来，机车就将客车车厢甩掉，跑进"墙胡同"，去防空袭。美国飞机如此经常飞临日本侵略者占领的华北地区上空，攻打火车、散发抗日传单。说明日本已无能力拦截美国飞机了，日本快完蛋了。

美国飞机专打火车机车，不打中国人。所以，这些"跑单帮"的始终坚持乘坐平汉线火车往石家庄跑，直至1945年8月15日，日本无条件投降。

日本侵略军 1855 部队和"虎烈拉"

北平在日本侵略者占领时期，1943 年 7、8 月间，曾发生过一次来势凶猛的霍乱传染病，夺去众多市民的生命。染上这种病就上吐下泻，而且日夜不停地吐泻。没有及时就医或医治不当，两三天时间人就大量失水，虚脱而死亡。据当时石景山制铁所的人说，仅 7 月份，石景山制铁所数千工人闹霍乱，死亡 2000 多人。而全市有多少人得此病，死亡多少人，因日本侵略者封锁消息，就无法估计了。

因这种霍乱菌感染快，传染迅速，死亡率高，其势怕人，似猛虎。因之，北平百姓称此病为"虎烈拉"。

笔者记得日本侵略者和伪北京市政府，曾摆出消灭霍乱菌，"救治"北平百姓的架势。卫生部门的医务人员在交通要道设点，强迫给行人注射"防疫针"。向过往蔬菜车上喷消毒药水。发现了病人，就将病人居住的胡同用绳子圈起定为危险区，强行将死人尸体拉至郊区焚烧，甚至病人还未亡就拉走烧掉。

北平闹"虎烈拉"的时候，也正是北平闹粮荒、吃混合面的时候。所以当时的北平居民都误认为混合面导致"虎烈拉"的流行，以为混合面是元凶。而且直至 2000 年《北京崇文区志》出版前，都是误认为混合面是北平闹"虎烈拉"的主要原因。《北京崇文区志》出版后，揭开了北平闹"虎烈拉"的秘密，指出："1943 年侵华日军 1855 部队在北平投放霍乱细菌，造成霍乱流行；境内玉清观、文昌宫、金鱼池、东花市、崇外大街、西打磨厂等地，发现了大批霍乱患者。"崇文区志只记载崇文境内之事，境外发现的霍乱患者无权记载。崇文区所辖地段只是北京城区东南方之一角。而当年日本侵略军 1855 部队在现今崇文区以外地区投放的霍乱细菌情况没有披露，因此当年北平全市包括郊区虽都有霍乱患者，但该志书没有记载。

《北京崇文区志》为了让今人和后人知道1943年北平沦陷时发生传染病霍乱流行的真相，除在正文中记有侵华日军1855部队在北平投放霍乱细菌外，另附"侵华日军1855部队"专记。现摘录部分段落，使读者了解这个制造细菌机构的组织情况及投放霍乱细菌的文字记载：

1937年以前，天坛公园西门南部设有中央防疫处，主要生产霍乱疫苗、伤寒疫苗、牛痘疫苗等生物制品。"七·七事变"后，日本侵略军强占此处，利用原有的生物制品设备进行菌种研制，并接受日军传染病患者治疗和部队给水卫生检验等。1938年，日军派菊池到华北派遣军防疫给水部，接替黑江任部队长，加紧筹划细菌武器研究，置办研究细菌武器的设施。1939年10月，日军在华北、华中、华南和太平洋地区组建细菌部队和数十个支队。华北派遣军防疫给水部称"北支甲第1855部队"，菊池调731部队任细菌研究部部长，西村英二被任命为部队长。同年，731部队昆虫研究班班长筱田统和饲养跳蚤班卫生兵鹤田兼敏调到1855部队充当细菌研制骨干，731部队长石井四郎负责1855部队的细菌生产和细菌研制工作的技术指导。

1855部队总部设在天坛西门内……1855部队主要研制和生产鼠疫、霍乱、伤寒、痢疾、黑热病、疟疾等细菌和原虫，并饲养老鼠、跳蚤和其他动物……1942年春，在冀中被八路军捕获的日本特务机关长大本清供认：日本在华北的北平、天津、大同等地都有制造细菌的场所，日军中经常配有携带大量鼠疫、伤寒、霍乱等菌种的专门人员，只要有命令就可以施放……1943年8月，1855部队在北平地区进行散布霍乱菌实验，霍乱迅速在市内外发生、蔓延。（崇文）境内的玉清观、文昌宫、金鱼池、东花市、崇外大街、西打磨厂等地，都发现了大批霍乱患者。截至10月底，城区共发现霍乱患者2136人，死亡1872人，其中路倒死亡92人。当时，西村英二命令受训的250多名候补下士官，上街检疫，将染疫者全部羁留，然后烧死或活埋。仅据战犯长田友吉供认，就有300多中国人被日军害死。事后，日军诈称霍乱系自然发生，并进行抵制试验，对华北交通线和北平地区的旅客及小件行李实行限制，在城门、车站、旅店、街头等地设立卫生站，强迫过往行人和居民注射疫苗，掩盖其残暴罪行。

日本侵略者利用北平粮荒，居民吃混合面胃肠闹病之机，在和平居民区投放霍乱细菌，造成众多百姓染上霍乱而死亡，从而看出日本侵略者的狡猾与凶残。

旧北京街道卫生局工事

日本侵略者用毒品毒害中国人

1937年"卢沟桥事变"后，日本侵略者对其新占领北平这块殖民地，不仅实行军事占领、政治控制、经济掠夺、文化奴役，更毒辣的是用鸦片烟、海洛因等毒品毒害中国人，从而摧毁中国人的身体与精神，使之丧失反抗的能力，达到永远做其亡国奴的卑劣目的。

鸦片俗称大烟，是用罂粟果实中乳白汁液制成的毒品，人久吸鸦片即成瘾。一旦不按时吸食，人周身无力，鼻涕眼泪俱下，工人不能做工，农民不能耕田，商人无法做生意，就成了废人。海洛因是用吗啡制成的毒品，因是白色粉末，故俗称"白面"，其毒性比鸦片还厉害。

清代晚期，英国的鸦片烟贩从印度往中国大量偷运鸦片，一些中国人吸食成瘾，引起清政府的重视。道光十八年（1838年），派林则徐到广州查办鸦片。在广州虎门海滩当众销毁230余万斤鸦片。英国政府为了维持其不正当的鸦片贸易，1840年派兵攻打我国，爆发了"中英鸦片战争"。由于清政府软弱无能，中国战败，

民国年间吸大烟的人

于道光二十二年（1842年），在南京签订了丧权辱国的《南京条约》，中国自此沦为半封建半殖民地社会。

以上历史事实说明，中国曾深受鸦片烟之害，中国人对鸦片烟恨之入骨。而1940年10月，日本侵略者指使伪华北政务委员会公布实施所谓"禁烟法"，在北平成立"禁烟局"，查缉鸦片贩子。但同时又允许公开开办"土膏店"，即鸦片烟馆，任人进馆吸食。"禁烟法"实施后，大小"土膏店"在北平像毒瘤似的一个个从大街小巷里冒出来。1942年，全市有700多个土膏店。在东四牌楼西北侧的隆福寺街上就有一品香、登云、延寿堂等5家土膏店和三家朝鲜人开的"白面房子"。虽然这5家土膏店规模都不大，一般只有五六盏烟灯，最多的也只有十一二盏烟灯，但在这不长的一条街，就有5家土膏店，可算开设土膏店最多的一条街。

北平最大的土膏店是前门外大栅栏里路北的公益厚土膏店。其旧址是北平开业最早、规模最大的天成信绸布店，这座绸布店的店堂前面是个院子，上有铁罩棚，店堂楼上下二层。天成信倒闭后，投靠日本人的中国败类在此开办了这座大烟馆。楼上是单间，供汉奸、特务、富商等人吸烟单独使用，约有40个单间。每间单间都有个大双人床，中间放烟灯，两个烟鬼在两侧面对面躺下吸烟。楼下除少数单间吸烟室外，是两个大吸烟室。大吸烟室里有个通连的大木板炕，每个大炕可供40个烟鬼同时躺下吸烟。

土膏店里不仅供烟鬼吸毒，而且还是坏人干坏事的地方。人贩子买卖人口；特务警察密谋对人进行敲诈；投机奸商做投机倒把生意等，都在这儿策划或交易。1941年冬，一个姓李的人贩子从河北保定乡下拐来一个长相俊秀，十三四岁的小姑娘，就是在公益厚大烟馆里，通过中间人，以500两大烟土的价钱，将这个小姑娘卖给八大胡同的一家妓院，中间人从中得到50两大烟土的好处。

北平各土膏店的烟土都是从平绥铁路线的张家口、大同、丰镇和绥远等地运来。当年，日本侵略者指定在以上地区种植大烟，特别是丰镇、大同种植大烟面积大、产量多。所以，北平的一些地痞流氓，丧尽人性的人与在平绥线火车上的"车僮"（乘务员）、伪铁路警察相勾结，从丰镇、大同、绥远和张家口往北平私运大烟土。有私运就有官运。日伪的北京禁烟局从丰镇、大同等地往北平运大烟就是官运。大烟土每件100两，形如小枕头，包装上贴着印花的就是纳税的"官烟"，没贴印花的就是没纳税的"私烟"。伪北京禁烟局和警察局查办的是私烟。土膏店是按烟灯纳税，一盏灯纳一盏税，灯多就多纳税，灯少就少纳税。据伪华北政府委员会于1940年给伪财务总署令："据北京京公署呈送烟灯捐督行办法请备案等情查事关烟禁抄发原呈等件令仰该署审议具复以懔核办。"该训令并将土膏店设灯手续及令伪警察局发给（烟灯）执照，交代得很清楚。从其伪华北政务委员会令伪北京公署收缴土膏店的烟灯捐和大烟土缴印花税，说明伪北京禁烟局是假禁烟，禁查的是不纳税的私烟，只要纳税就可以任意公开地卖。

北平的白面房子，都是投靠日本侵略者的少数朝鲜人开办的。这种白面房子多设于胡同或小巷里，简陋的一两间小房，既是住家又是贩卖白面的毒窝。因为吸食白面比较简单，不像吸大烟要躺在床铺上，站着用一小张包纸烟的锡纸，将白面撒在锡纸上，点一支纸烟就将白面吸入口中过了瘾，有了"精神"。

沦陷时期，北平有不少人因吸毒成瘾，最后将家产卖光，沦为乞丐；还有不少人的身体原很健康，由于吸毒变得骨瘦如柴，最终死于非命。

鸦片和"白面儿"使北平一些人深受其害，所以现在的北京人，想起当年的土膏店和白面房子，一是不寒而栗，二是深恶痛绝，而且更痛恨日本侵略者的毒狠。

老百姓的献铜献铁运动
——日本侵略者穷途末日已到

日本侵略者发动的侵略战争由于其野心大，不仅发动侵吞全中国的侵略战争，还发动了攻占东南亚各国的战争和太平洋战争，所以战争消耗了大量的物资。到了二十世纪四十年代初，日本侵略军不仅一般物资缺少，供应不上，制造枪械子弹的原材料——铜、铁更是匮乏。因之，从1942年1月至1945年3月，日本侵略军命令伪华北政务委员会在平津、华北等地民间搜刮铜铁三次，美其名曰"献铜献铁运动"。

现将日本侵略军命伪华北政务委员会在民间搜刮铜铁之原文件抄录于下：

胃第二九九一部队参谋山本显式函为函达特别蒐别蒐集碎金类办法由

呈阅

计开

一、 蒐集品目

1.普通钢类、铣铁类、特殊钢类

2.上述品目之废品（包含损坏物品）、死藏品、不用品、不急品等，可以更生利用作为原料者（旧铁轨及破坏发条等尤佳）

3.镍制品

4.铜、铜制品、黄铜及黄铜制品

二、 期间

第一期自民国三十一年（1942年）一月起至三月止三个月。

……

迳启者，案据民国三十一年一月二十日，胃一兵第二五号。北京既燕京道管内部外，武装各团体枪械整备要领第九条规定，为制造发给枪械拟左列办法蒐集碎金类，相应函达，查照为荷。此致

华北政务委员会 王委员长

胃第二九九一部队参谋

山本显弌

北平的百姓，除不明事理之人和投靠日本的卖国贼外，都知道日本侵略

日伪时期伪北平市政府有关献铜献铁的文件

军在民间发起的"献铜献铁"是他们从中国人手中搜刮的铜铁等金属类制造枪炮子弹，用来打中国人。所以人人都不愿意将家中的铜铁拿出来，献给日本鬼子。但在日本人统治下又没办法，只好勉强拿出一些废铜烂铁交出。

当时北平百姓家中器皿以铜制品为主，如洗脸的盆、烧水的壶、放什物的盘子等都是铜制的，还有如箱、柜的合叶、拉手以及大门的环子，都是用铜制成的。谁愿意将这些家中使用的东西往出"献"呢？但是，日本侵略军向汉奸的伪政府索要得紧，伪北京市警察局就向下属发布训令，要求各伪警察署、派出所在限期内向各商户、住户"劝导"，将锈破之铜、铁锅、壶等物交给派出所。

第一次搜刮铜铁，将商户、居民家中的破烂铜铁搜刮干净后，第二次就搜刮铜铁成品了。哪家不交就给扣上"私通八路"的罪名。所以商户和居民为了避罪，只得将家中还使用的铜铁锅壶"献出"。第三次就逼得居民将箱子和大柜的铜饰物起下来交出。所以，当年北平居民家中的家具上缺少饰物，就是让敌伪掠夺去了。

日本侵略军的三次献铜铁运动，第一次搜刮去铜 50 余万斤，第二次搜刮去铜 60 余万斤，第三次搜刮去铜 14 万多斤，共计 120 万多斤。其中有明清年代的八卦铜炉两件，铜缸六个，铜香炉四个，铜火炉 20 个等贵重古物。

日伪法西斯式的五次"强化治安运动"

1937 年"卢沟桥事变",日本侵略者攻占了北平。随后相继攻占了天津、河北、察哈尔、绥远和山西等华北广大地区。日本侵略者计划以北平、天津和华北为战略基地,扩大其侵略战争。

日本侵略者为了确保平津和华北战略基地的安全,防止中国政府和八路军的政工人员潜入进行反日活动和"不良分子"将粮食及军用品外运,接济八路军抗日根据地的物资短缺。所以发动了从 1941 年 3 月 30 日至 1942 年 12 月 10 日,五次"强化治安运动"。在五次"强化治安运动"中,在北平虽然各有侧重,但其主要手段是调动大批日本宪兵、伪治安军、伪警察昼夜不停地检查户口、抓人,百姓们是在法西斯恐怖笼罩下生活。

1941 年 3 月 30 日至 4 月 3 日,是第一次"强化治安运动"。在此期间,日伪在北平"包括四郊在内的整个市区,实行搜索式户口调查,以揭发检举不稳分子。"如北京宪兵队特高课长对实施户口调查的指示记载:"在此实施北京市户口调查之目的,在于为治安强化运动之组成部分,在包括四郊在内的整个市区,实行搜索式户口调查,以揭发检举不稳分子,管制枪炮火药、剧毒药物、燃烧剂、无线电机等,完善对国防重要设施资源、日华高等军事机关及要人的警卫,并加强对敌方阴谋之防范。"在日本宪兵队特高课长对调查户口指示中说明,搞强化治安,不是为普通的社会秩序和百姓的安居乐业,而是揭发检举"不稳分子",巩固日本侵略者在北平的殖民统治,调查户口是为强化治安运动作准备。

1941 年 7 月 7 日至 9 月 7 日,是第二次"强化治安运动"。日伪在户口调查的基础上，让居民照一寸脱帽相片三张，以颁发"良民证"。日伪规定：凡本市居民，无论男女，现年满十二周岁以上，六十岁以下者，应一律预备居住证单人相片。居住证一律用钢笔、蓝墨水楷字填写。将本人氏名（不许填别号）、年龄、籍贯、省县村庄住所、职业及与户主之关系，逐一详填。居住证贴相片后须留本人指纹。而且还规定，领居住证者须有保证人。其用意是保证人具保领居住证者是"良民"，如发现是"不良分子"并已潜逃，由保证人负责，起到连保之作用。当年，北平都称日伪时期发的居住证为"良民证"。颁发了"良民证"，"藉以分析良莠……使不良分子，宵小匪类无潜伏隐居匿名之机会或致作乱亦无逃避之余地"，从而达到控制全市居民的目的。

但是在第一次"强化治安运动"与第二次"强化治安运动"之间，6月8日，"今晨八时三十五分，（伪北京警察局警务科会计股书记杨佑华）行至三座门西司法部街北口外，见马路北边槐树上粘有异样文字，细看确系反动标语，言辞谬逆。当即急行撕下，携带来局。"

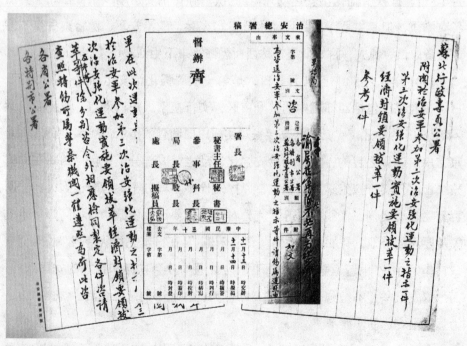

日伪时期伪北平市政府有关强化治安的材料

抗日标语是：

中国人不打中国人！

拥护蒋委员长抗日到底！

欢迎罗斯福大总统宣言参战！

多田司令已被我军活捉！

八路军抗日游击队司令部宣

此抗日标语，使日伪当局十分震惊，伪北京警察局多方侦察。伪北京警察局特务科科长袁规在《特务科呈报密侦计划书》中写道："案查司法部街北口槐树上发现反动标语一案，业经奉钧座批查缉……密饬本科各外勤人员分别外出侦究，一面召集各分局特务主任、特务侦缉队长到局，指示侦查办法。"虽然日伪兴师动众，但此案始终未破。

1941 年 11 月 1 日至 12 月 26 日是第三次"强化治安运动"。这次是日伪实施对八路军抗日根据地进行经济封锁。据《警察局饬令遵照封锁经济搬出重要物资办法》附《领发许可各区署及城门应注意事项》，"一、关于搬出应限制之物品，计煤油、绵丝布、印刷机器、医疗品、洋灰、电池、盐、硫黄等。"虽然日伪管制极严，对违犯者制裁极重，可是热爱祖国的中国人，不顾个人安危帮助八路军从北平内往抗日根据地运送物资。如 1941 年 11 月 4 日《警察局侦缉队呈解拉运物品接济八路军人犯康志海等一案》记：康志海素拉排子车为业，于旧历五月节前，有素识人刘树棠在报国寺海兴店门前雇妥伊车，往房山县本村拉运物品，每百斤运费二元……红白糖、海带菜、花生油、细草纸、鲜姜等物重八九百斤拉至本村……至次日又雇骆驼往西驮运……旧历七月既八月间……草药、洋烛、碱、黄酱、咸菜、咸鱼、洋袜、蚊帐、电石、报纸等物约一千斤约同村人陈利文共同拉运。"这一接济八路军，给八路军拉运物资案是第三次"强化治安运动"开始后第四天发现的。而康志海与八路军刘树棠素识人，即知道刘是八路军。

1942 年 3 月 30 日至 6 月 15 日，是第四次"强化治安运动"，1942 年 10 月 8 日至 12 月 10 日是第五次"强化治安运动"。这两次"强化治安运动"中，日伪纠集大批宪兵、特务、治安军、伪警察等，日夜不停地在北平城内查旅店，撞开居民的门查户口、验看"良民证"，发现可疑立即带走。北平城内一片白色恐怖。

日伪的五次"强化治安运动"虽然可怕，但并没有将北平人吓倒，该抗日的还是抗日，该接济八路军照样接济。

八路军的抗日活动从远郊往近郊发展。1943年8月18日，八路军十多人袭击了伪警察局香山支局。1944年11月7日，又袭击了安定门外大街派出所。

1942年10月30日，有"本市前门外打磨厂一百九十三号福祥纸店经理李雅山及加簇洋行店员郝雅斋等与八路军采买员刘更南、赵捷三、刘青山购买印钞票纸八十磅、B字纸三十二领、模造纸七十领、古斯马纸二十领，拟待机运往匪区。"又1943年1月11日，《警察局破获空前重大物资利敌案》记："在五次治运期间，警察局对于剿灭共匪、封锁经济等项极为致力。于上年十一月间，破获公兴纸庄、义盛成百货店、祥记纸行、永运商店、四箴药房、公记运载栈、德源长银号七家，数年以来，明知是八路军而希渔利，秘密交往生意不下数百次，数达百万之巨。"

日本侵略者的五次"强化治安运动"并没有将中国人的反抗镇压下去，相反，反抗得更强烈。

几次轰动北平全城的抗日枪弹声

"卢沟桥事变"后，北平虽然沦陷了，但中国人民没有屈服。八年里，爱国志士始终与日本侵略者及卖国汉奸进行着英勇抗争。粘贴抗日标语、刺杀日本军政要人及大汉奸以打击敌人的气焰，其中有几次抗敌斗争是轰动全城的。

刺杀汉奸王克敏

"卢沟桥事变"后，日本侵略者占领了北平。前文已经讲了，日本用"以华治华"的欺骗手段，搜罗那些中国人之中的民族败类组织伪中华民国临时政府，汉奸王克敏是行政委员会委员长。王克敏是浙江余杭人，清末时就在政府里任职。清亡后在北洋政府相继任中法实业银行和中国银行的总裁。后又任财政总长。1935 年在冀察政务委员会中任委员。日本军队侵占北平后，这个中国高官认贼作父，当了汉奸。

一支由原东北军人组成的"暗杀团"计划要为中国人除害，杀死汉奸王克敏。东北军即张学良将军统率的军队，他们既恨日本人，更恨替日本人办事的汉奸。因 1931 年"九·一八"事变后，他们的家乡被日本占领，家中的亲人在铁蹄下受蹂躏。1936 年"双十二事变"后，张学良将军被蒋介石软禁起来，东北军被改编。有些军人拒绝改编走上了抗日之路；有些军人组成了暗杀团，专杀日本高官和大汉奸。

这个暗杀团经过缜密的侦察，掌握了大汉奸王克敏所乘的汽车牌号、颜色，并经常出入煤碴胡同到日本宪兵队司令部进行活动。1938 年 3 月 28 日，发现王克敏又去日本宪兵队司令部了。东北军人暗杀团就在煤碴胡同东口附近选择神枪手埋伏好，等王克敏出现后立即行动。几声枪响后，王克敏被击中，但不是要害部位，未将其毙命。而与王克敏同乘一辆车的日本顾问山本荣治也被击中，伤重死在医院里。

煤碴胡同枪击王克敏事件发生后，日本宪兵队和伪北京市警察局的特务、警察在全市大搜查，但终无所获。日伪极其沮丧，北平的老百姓暗中庆幸。

全城"拿麻子"

刺杀大汉奸王克敏事件后，过了一年多，1940年冬，又发生了枪杀两个日本天皇特使的重大案件。

1940年11月29日上午，刮着西北风，天气异常寒冷，路上行人稀少。10点钟左右，从西边地安门方向过来两个骑大白马的日本军官。这两个日本军官就是日本天皇特使，到北平后下榻在中央饭店（现北京饭店）。当天上午

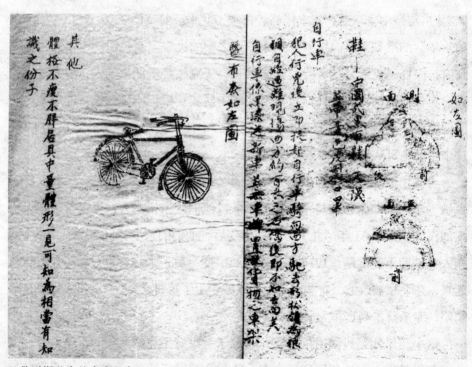

日伪时期北京的拿麻子告示

他们从中央饭店出来去往日本侵略军华北方面军总司令部驻地铁狮子胡同（现张自忠路）公干，为了看看北平的街景，不坐车改骑马，绕南河沿、沙滩，出地安门往东而行。当他们骑马走至南锣鼓巷南口处时，突然从背后射来几枪，两个特使应声落马。

事情发生后，日伪十分惊恐。日本宪兵队、伪北京警察局特务侦缉队、内五区伪警察分局特务队等闻风急速赶到现场，如临大敌似的一面将两个日本特使用车送往医院救治，在医院，一个特使死亡，另一个特使无生命危险；一面马上派军警将这一带地方严密封锁，各路口都有伪警察把守，并派人逮捕可疑之人。恰巧有个安定门外农民拉着一车黄土沿街叫卖，他走在地安门东侧时，正遇上两个特使被击中落马。开枪打日本特使的是骑自行车的人，他将两个日本特使打下马后，就从东往西，在马尾巴斜街（今东不压桥胡同）南口与卖黄土的打个照面往北进了马尾巴斜街不见了。内五伪警察分局的特务将这个卖黄土的带到附近第十九段派出所询问。卖黄土的说，看见一个骑自行车的人往西去了。因为这个人骑得特快，年纪多大、长得什么样，都没看清，好像脸上有麻子。这个卖黄土的可能真没看清，也可能有意胡说，将这个打日本特使的人说有麻子，以便掩护他逃出虎口。因此，北平各城门紧闭，辖口处设电网，城内各大小街巷胡同都设卡，检查行人。夜晚大批日本宪兵、伪警察、特务到处查旅店、查妓院，挨家查户口，见麻脸人就逮。所以，当时脸上长着麻子的人都不敢出门。尽管如此，全市各伪警察分局都逮捕了不少麻脸人，但是经过审讯都不是，只可关押一段时间释放了事。

在北平"拿麻子"的时候，不仅使麻脸的百姓天天躲躲藏藏，惊怕不已，而且给普通市民也带来很大的不便。关城门，郊区的粮食、青菜、鸡蛋和猪、牛、羊都进不了城。以上这些物品都是居民生活离不开的东西，但是市场上没有货，很多家庭都是吃馒头或窝头、咸菜维持生活。如此生活，过了一个多月，1941 年 1 月 15 日，刺杀日本特使的爱国人士麻景贤在北平西郊被捕。麻景贤是国民政府军统北平区行动组长。有的老百姓听说这位刺杀日本侵略者的爱国英雄不幸被捕后，爱怜责怪地说，为什么杀死日本鬼子后不离开北平，如果离开北平不就没事了，他们到哪里去逮呀！

西直门电车站枪击日本侵略者

1944年9月的北平，已进入中秋，夜晚更是凉爽。西直门内路北是当时有轨电车的北场，其东侧是1路电车的车站。晚上10点左右，路上行人、车辆都稀少。车站上只有一个日本侵略军同一个日本妇女在等车。车进站后，这两个日本人正要上后边的拖车时，突然有一个身着长袍的人，手持短枪将这个日本侵略军打倒，并抢去一支马枪后向东进北边的胡同逃去。

事件发生后，日本鬼子宪兵队色川分队长、伪北京警察局特务科、内四区警察署署长及特务股等数十人来到现场，将西直门内大街和附近一带地段街巷胡同派人把守，盘查过往行人，发现可疑之人立即拘捕，但一无所获。于是就纠集日本宪兵、日本警察、伪警察和特务、侦缉队等共460多人分23个搜索班，沿西直门大街各胡同及内五区管界的羊房胡同、李广桥、烟袋斜街、鼓楼大街等各街巷胡同挨门挨户搜查，弄得这一带居民人人自危。但不管鬼子怎样闹腾，也没有将枪击日本侵略军的人查出来。

拘捕不到人，伪北京警察局无法向其主子交差，极为气愤，最后伪北京警察局长在其下属伪内四区警察署长范勋阳的关于"内四区警察署报告日本兵在西直门大街被击情形"的报告上批示："当场采用手枪，该处交通警、派出所必闻枪声，出事之后，轰动满街，而我警察形同聋聩，不闻不问，可见该署平日教导无方，并置本局长谆谆训示及训令于脑后，实属可恨，命将负责官长警花名查清上报，听候处分。"以此作为了事。

光陆电影院爆炸

1945年日本侵略者发动的侵略战争败局已定，此时，不仅爱国的仁人志士坚定了抗敌的信心，一些有良心的，只是为了生活给日本人做事的伪职人员也参加了抗日斗争。

位于崇文门内东单北大街的大华电影院，在日伪时期叫光陆电影院。当时这个电影院是一家高档次影院，主要接待日本人。1945年3月25日下午两点多，正在放映电影时，发生了爆炸，场内一片惊乱。炸弹的巨响使附近店铺人员惊恐万状，大街交通为之阻塞。因电影院开演后场内电灯都熄灭，在场的日本男女看客哇哇怪叫，找不着场门。待了好一会儿才摸着门，一个个地跑了出来。等伪北京警察局长崔建初、日本宪兵队、日本警察署等一群人闻报赶到现场，马上宣布光陆电影院附近地段断绝交通，电影院场内之人不许随便出入，勘查现场，将死伤之人抬出。

笔者是当天下午 4 点左右去东总部胡同办事，路过光陆电影院时，看到还有很多日本兵、伪警察等在，看样子现场刚勘查完，路上车辆和行人刚被许可通行。

在光陆电影院里放置定时炸弹炸伤日本人的是王士敏和陈熊二人。王士敏家住北平西城小拐棒胡同，是一般百姓。陈熊是伪军少校军官，驻军在河南卫辉。该年 3 月 25 日，陈熊携带定时炸弹进入光陆电影院，偷偷将定时炸弹放在场中靠南边第六排座旁第二个暖气管的夹缝中。而后在电影院中寻找伙伴王士敏，由于场中在放映电影，看不清人，没寻着便离去。王士敏进场也没找到陈熊，就坐在放置炸弹的第二个暖气管附近，炸弹爆炸，王士敏被当场炸死。此外还有重伤三人、轻伤六人。

王士敏身上带有内四区小拐棒胡同 7 号"良民证"，日伪人员根据此证赶到小拐棒胡同 7 号检查，在王士敏家中搜出了收发电台一座、一些爆炸火药和四枚炸弹等物。陈熊离开电影院后，不知王士敏已被炸死，到小拐棒胡同 7 号来看王士敏，一进门被在此蹲坑的日本宪兵拘捕。

光陆电影院定时炸弹爆炸事件后，不到 5 个月，1945 年 8 月 15 日，日本就无条件投降了，中国的抗日战争取得最后胜利。

美制 B29 型飞机飞临北平上空

北平沦陷，到了 1944 年，老百姓做了六七年的亡国奴。虽然在北平发生过刺杀大汉奸王克敏、袭击日本特使"拿麻子"和西直门枪击日本兵等给百姓解恨、振奋人心的好事情。可是老百姓一看见在东四路口、西单和前门大街五牌楼上挂出"庆祝上海陷落"、"南京陷落"、"武昌汉口陷落"等日伪宣传横幅时，就心凉了半截，"认为这辈子没希望了，要做一辈子亡国奴。"老百姓最关心最想知道的是，中日战争真实消息，但是日伪对新闻封锁极其严密，电台和报纸上一点真话都没有。有人说："日本和伪北京政府办的电台和报纸除去'年、月、日、星期'是真实记载外，其余都是假的。"

1944 年深秋的一天，一帮"跑单帮"的街坊从石家庄跑买卖回来带来个惊人的消息。他说："这次我去石家庄跑买卖，火车刚过了保定大约是上午 9 点多，火车头就把客车甩了，窜进铁路两侧高墙里，防飞机用机枪扫射。飞机是我们国家的，从南方飞来专打敌人的火车头，不伤客人，以破坏敌人的交通运输。"这个消息，给在沦陷区的百姓带来了希望。

北平从 1943 年，日伪政府虽然命令在北平进行防空演习，店铺和居民的玻璃窗户都用白纸条贴上，窗帘都换外黑色里红色的窗帘，警报一响，都用这两色窗帘遮灯光，以防光亮外露，使空中飞机难找投弹目标。可是，防空演习多次，并没发现我们的飞机到来。

"跑单帮"的街坊带回好消息后，又过了两三个月，当时笔者供职的前门外大栅栏里的精明眼镜行，厨房的袁师傅从北平西郊海淀探亲回来对大家说："我们的飞机将日本鬼子的北平西郊飞机场给轰炸了。"大家听了暗自庆幸。

好消息一个接一个传来，不少人都说看见我们的飞机了。但我只听说了，没亲眼见呀，使我半信半疑。

事有碰巧，听袁大师傅说我们的飞机轰炸小鬼子的西郊飞机场不久，我去崇文门内东单办事，有个人低声说，白烟飞机又来了。那个人抬头往天空望，我也不由自主地往高空看。只见在很高很高的天空，有个小白闪光的东西，后边拖着很长很长的白烟。小白闪光的东西慢慢往前移动，白烟也随着往前移。不大工夫，走路的人都驻足往天空望。我心里高兴，我也看见我们的飞机啦！后来才知道这种能在万米以上高空飞行的飞机，是美制 B29 型飞机。

日本的神风敢死队

在笔者亲眼看到美制 B29 型飞机飞临北平高空前后那几天，在东总部胡同看见了日本的神风敢死队在街头向北平人忏悔，好像在表示他们日本快完蛋了。

看见日本神风敢死队那天，是数九隆冬最寒冷的一天。北风刮得很紧，一天下午两三点钟，先听到鼓声咚咚响，而后一队约有 20 人的日本兵，都穿着三角裤衩，赤着身，头上包着一块白布，白布上有两个红字"神风"。中间一人胸前挂着大洋鼓，余下的人每人挎个小洋鼓，从东总部胡同自东往西边走边打鼓。路上的中国人觉得天气这样冷，这队日本兵赤身在刺骨寒风中边打鼓边前进，这是抖机灵（北平土话，指人临死前的回光返照）呢！所以没有人正眼看他们，都表现轻蔑的态度。

我对这队日本兵如此表演很奇怪，不知道他们这是干什么。明白人对我说，日本人在太平洋战场上节节战败，太平洋上的岛屿一个个都让美军夺去，战争快打到日本本土了。而且美国飞机不断轰炸日本本土，所以日本人急了，决心做垂死挣扎，建立这支自杀式的神风敢死队，说是招募身体健壮的年轻日本人，无论是军人还是普通人都可报考，实际是指定强迫式收编为队员。经过短期训练，只要能驾机起飞即可入队，"一人一机，一机换一舰"，撞击美国军舰。开始由于美军没有防备，曾遭到攻击，损失一些海舰，后来美军做了防范，敢死队驾驶的飞机在中途就被美军击落了。

笔者看到这 20 来人是在北平被编入敢死队的。他们是在启明门（现建国门）内日本神社祭祀先人，表决心后，回日本侵略军华北司令部铁狮子胡同（今张自忠路），途经东西总部胡同时被我看到的。

老北京五十年

104

"八·一五"日本无条件投降

日本侵略者发动的侵略战争到了 1943 年，就失去了战争的优势。在中国战场上日本军队已没有能力向中国西南腹地发动大规模战争，在太平洋战场上也从攻势变为守势。到了 1944 年，日本的败局已定。从美制 B29 型飞机飞临北平上空，像笔者这样的普通百姓都知道日本已失去制空权。

在我的记忆里，日本无条件投降前，一天，日伪的《华北新报》上不显著位置刊载瑞士抗议美国在日本广岛投放原子弹的消息。后来又听说在北平的日本人分别在他们所属单位，围在极为严密的房子里听裕仁天皇在广播中宣读《停战诏书》，其中说道，如果我们不投降，大和民族就灭种了。日本人听完都痛哭流涕，有的还剖腹自杀了。

而北平人听说日本无条件投降后，全城沸腾了！受了日本鬼子八年气，做了八年亡国奴，现在知道日本鬼子完蛋了，怎么会不高兴？有的人哈哈大笑，也有的人流下了眼泪，这是喜悦之泪。

在日本宣布无条件投降那几天，由于人们的情绪激动，对日本侵略者痛恨，确曾发生了痛打日本人的事情。毕竟北平是文明古都，打日本人是极少数，打的也是那些作恶多端的日本人。日本人心里更明白，中国人恨他们。所以一般不出门，有事必须出门就换上中国的长袍、小帽、布鞋，不说话认不出是日本人。

以上只是笔者个人在日本无条件投降前后看到的和听到的。再用官方有文字记载的历史资料将这段历史说明，可能使人更清楚了。

早在 1943 年，国际上就断定日本必败。1943 年 11 月 22 日至 26 日，罗斯福、丘吉尔和蒋介石在开罗举行会议。1943 年 12 月 1 日发表了《开罗宣言》，其中对中国的问题是：历史上日本所窃取中国领土，如东北、台湾、澎湖群岛等归还中国。1945 年 7 月 26 日，中、美、英三国发表了《波茨坦公告》，促使日本无条件投降，并重申《开罗宣言》之条件必将实施。日本拒绝了。

　　8 月 6 日，美国 B29 型轰炸机在日本广岛上空投下第一颗原子弹，顿时广岛整个城市变成一片瓦砾。8 月 8 日夜，苏联政府对日宣战，160 万苏联军队出兵中国东北三省。8 月 9 日，美国在日本长崎投下第二颗原子弹。同时，中国共产党在延安召开紧急会议，发出了《对日寇的最后一战》的声明，八路军展开反攻。日本侵略者在各方的强大攻势下，只可宣布无条件投降。

日本宣布投降

在日本无条件投降前，由肖克将军领导的冀热察挺进军已将北平包围起来。该挺进军的司令部就设在现门头沟斋堂镇的马兰村。1997 年，当地人在此建起了冀热察挺进军司令部旧址陈列馆，供人参观。

日本无条件投降后，国民政府随即下达三道命令：

一、要求日军维持现状，不得向任何人投降；要求伪军维持地方秩序，乘机赎罪；二、要求八路军和新四军原地待命，不得擅自行动；三、命令中央军积极推进。

那段时间，北平人每天上午都能看到从前门里开出几辆坦克车往南出永定门，傍晚由南开进前门。这可能就是伪军在维持北平的地方秩序。从 8 月下旬，北平上空天天有成群的飞机飞过。并能在街上看见操南方口音，佩美式装备的军人。这些军人都是从南方乘飞机而来。

1945 年 10 月 10 日，是北平地区的受降日。国民政府第十一战区的司令官孙连仲负责北平地区，接受日军的投降，受降地点设在故宫的太和殿前。参加投降仪式的约十万人，都是从工矿、商店和居民中有组织而来。我供职的精明眼镜行也去了一个人，是我的师兄。他说，故宫的太和殿前是个开阔的广场，该殿建在一座高约五六尺的平台上。前有太和门，东西两侧有配殿。此建筑格局显着肃穆威严，受降地点设在这里，对日本投降者威慑力更强。

虽然人很多，但秩序井然。受降台设在太和殿前的平台上。日本华北军最高指挥官根本博等 20 名投降代表在我方人员指领下，从太和殿西旁门低头鱼贯而入，慢步走到受降台前，根本博在投降书上签字盖章后，日军投降代表依次将军刀呈缴上。此时，一架飞机从受降会场上低空掠过。会场群众情绪激昂地高呼："中国万岁！"

受降仪式礼成。散会后，参加受降仪式的群众感慨地说：昔日凶恶不可一世，曾视中国人为奴隶，今天却成了中国人的阶下徒。这是这些狂徒万没想到的，可是，这就是历史的无情。根据日本侵略军的所作所为，其历史下场是历史已经注定的。

如今，东四以北的张自忠路，西直门内大街以南的赵登禹路和宣武门西大街以北的佟麟阁路，就是在日本投降后，用在抗战中牺牲的张自忠、赵登禹、佟麟阁三位将军之名正式命名的。

日本人在东大地抛售物品在新北京待遣返

1945 年 8 月 15 日,日本侵略军听完天皇大诏后,知道他们不能在北平住下去了,必定被遣返回国。但是许多物品无法全部携带,他们经过清理,将不能携带的物品挑出来,开始在街上将收购废品的游商——打鼓的,唤到家中卖给他们。

前文《新北京和大量向北平移民》中,已讲了日本侨民在北平约四十多万人,大多数居住在北平的内城。如此众多的日本人,而且同时唤游商来收购物品,并且当时收废品的打鼓的人数又不多,他们收购不过来,因之,将收购价一压再压。待回国的日本人一看物品卖给打鼓的价钱太低,损失太大,后来就有日本人将物品拿到崇文门内,东单丁字街西南侧空场处摆放出售。

当年崇文门内西南侧,从东交民巷东口往北至东长安街原来有建筑。"庚子事变"后,清政府与法、英、美、日、俄等世界强国签订了不平等的《辛丑条约》,东交民巷划为租界地,并允许列强在东交民巷内驻兵。列强将东交民巷除南边有北京内城墙外,西、北、东三面建起围墙,墙外还挖有壕沟。如此,东交民巷俨然是个小国家。列强为了所谓东交民巷的安全,以防受到攻击,要求清政府将东交民巷围城外附近所有建筑物拆除。因此,崇文门内西侧除东交民巷东口外北侧有个同仁医院外,东长安街南侧从崇文门内大街往西至天安门以东的东三座都成了空旷之地。同仁医院以北的这片空地,有时有洋人在此打马球。其他时间,附近居民特别是青少年在此踢小足球、放风筝等,做体育游戏活动。因为此处位于东交民巷以东,所以人们俗称为东大地。

最初到这里卖物品的是少数日本人，后来日本人到此卖物品的越来越多。游人和买便宜物品的都是北平居民。日本人卖的物品有男女衣服，多是日本人穿的民族服装——和服，俗称"大袍"；还有手表、怀表、钢笔、围棋、炊具等物。日本人用的家具只有五桶柜和低矮的小桌子。

到秋后，日本人都必须集中至北平西郊的新北京，以便遣返回国。他们到新北京不是马上就能被遣返回国，因为人多，必须一批一批走。而且在新北京还要经过检查，每个人携带物品，有规定不让带的，或超过分量的还需自己处理掉。因之，有些日本人在新北京又摆摊抛售了一次物品。虽然在新北京没有在东大地的摊子和物品多，但新北京的物品都比在东大地卖时价钱便宜得多。因为这些日本人都确定了被遣返的准日子，在走以前物品卖不掉就得扔掉，因之价钱不论多么低，只要给钱他们就卖。这样，就引来了一些城里人到此买便宜物品。

东大地，这个从日本人在此摆摊销售自家物品，开办临时市场后，并没有由于日本人走后就停业，来摆摊的和买物品的人越来越多。但后来做买卖的已不再是日本人，而是中国人。卖的也不是自家物品，而是从别处买来到此来卖，变成经营的商品了。而且摊位从东大地一处，往北越过东长安街，在东长安街北侧的树林中也有了摊位。商品中有中式长袍、短衫、西服、呢帽、鞋袜、眼镜、钟表、餐具、茶具、厨具、针头线脑、化妆品、牙膏牙刷、自行车、各种小食品等几十种商品。商家有近千家。因地域已不是只有东大地一处了，所以改叫"东单市场"了。1950年，东单市场曾迁至南河沿大街便道上继续经营。1956年，北京市政府整顿市场，将东单市场近500户摊商迁至隆福寺，与隆福寺商摊合并，改成"北京市人民市场"。后来曾一度与东安市场、西单商场、北京市百货大楼合称为"北京四大商场"。

伪治安军打死青年京剧演员李鸣祥

1945 年 8 月 15 日，日本宣布无条件投降后，国民政府命令伪军维持秩序。北平驻防伪军是伪治安军，其头目是伪治安总署督办齐燮元。

伪治安军平日就到处胡作非为、无恶不作。这次国民政府将维持北平秩序的大权交给他们，因之，伪治安军大小头目就更无所顾忌了。

从"八·一五"日本宣布无条件投降到国民政府军还未到来前，这段时间北平的秩序最乱。盗窃、抢劫、奸淫妇女的事情不断发生。而且有的案子是他们伪治安军干的。以上这些坏事都发生在偏僻之处或夜深之时。可是伪治安军一个小军官开枪打死青年京剧演员李鸣祥，却发生在北平最繁华的前门外大栅栏里。

一天，大栅栏里庆乐戏园晚场还没开演，一个伪治安军小军官带着两个士兵来戏园看戏。他们来到票房（即售票处）要买五张前五排正面的票。可是，前五排正面的票已经卖出，给他们五张十排票，他们嫌远，又给他们前五排两厢（当时戏园分池座、左右两厢座）戏票，他们又嫌偏，非要前五排正面戏票不可。票房卖票的向他们好言解释说："前面的票已经卖出，您凑合点吧！"那个伪治安军小军官一听就火了，大骂："老子非要前五排正面的票不可，你们瞧不起人。"说着从腰间拔出手枪来。

这时，庆乐戏园的一个人过来劝他说："长官别生气！"这个伪军官用脚一踢，抬手用枪就朝票房里射去。卖票的一闪，子弹打在墙上，又反弹回来。可巧，鸣春社科班青年演员李鸣祥，从后台来票房找人，刚一进门，就被反弹回来的子弹打在脸部眼睛下。李鸣祥马上用手捂着伤口，往后台跑，有人说："子弹在里面，得去医院。"有人扶着李鸣祥到了廊坊二条一家私人诊所，还没治疗就停止了呼吸。伪治安军小军官一见打伤人了，他们乘乱溜走，不知去向。

汉奸的可耻下场

　　汉奸是出卖祖国利益、替敌人做事的人，这种人是民族的败类。日本侵略我国，我中华民族奋起抗战，可是殷汝耕、王克敏、王揖唐、金璧辉等一小撮人却忘掉自己是中华民族的一员，是轩辕黄帝子孙，不仅不抵抗，而且卖国求荣，做了汉奸。日本在我国在北平做的坏事，都有这些汉奸的一份。

汉奸王揖唐等

王揖唐（带墨镜老者）安徽合肥人。早年在日本学习军事。回国后任北洋政府内务总长、安福国会众议院议长、北方议和总代表，为安福系首领之一。抗日战争爆发后投敌，曾任伪华北临时政府内政部总长、伪华北政务委员会委员长、汪伪政府考试院院长、新民会会长。抗战胜利后被捕伏法。

1945 年"八·一五"日本无条件投降后，人们将热爱祖国，在抗击敌人时为国献出生命的张自忠、赵登禹、佟麟阁将军尊为烈士，并在北平和其他城市选出一条街路，用他们的名字命名，以志永久怀念之。对誓死不当汉奸的前直系军阀首领吴佩孚进行隆重国葬。而对殷汝耕、王克敏、王揖唐、金璧辉、齐燮元、王荫泰等无耻汉奸进行审判。

1945 年 11 月 16 日，国民政府军事委员会北平行营别动队将大汉奸川岛芳子，即金璧辉逮捕。据《北平军警宪逮捕汉奸人员登记表》档案中记：从逮捕金璧辉后，"自 1945 年 12 月 5 日起，军事委员会北平行营别动队、宪兵十九团，警备司令部会同保安警察队等拘捕汉奸 175 名。"其中有大汉奸王克敏、王揖唐、王荫泰、许修直、汪时璟、齐燮元等人。接着又将平津汉奸文元模、曹汝霖、殷汝耕、张壁、周大文、管冀贤、陶尚铭、杜锡钧、刘玉书、池宗墨、张燕卿等 140 多人逮捕。经过调查、庭审，除大汉奸王克敏畏罪自杀外，其他根据他们的罪行大小，分别判处死刑与徒刑。王揖唐、王荫泰、齐燮元、殷汝耕、金璧辉被判死刑。

在华北最大的汉奸是"伪华北政务委员会"（原叫伪"中华民国临时政府行政委员会"）委员长王克敏、王揖唐、朱琛、王荫泰四人。朱琛虽然在职也只是半年，但早亡。王荫泰从 1945 年 2 月 5 日，接王克敏为伪华北政务委员会委员长至"八·一五"日本无条件投降，仅六个月零十天。同时在委员长任中也没有做什么大坏事。可是他在 1938 年 4 月 1 日，加入伪临时政府后就当实业部总长，专门为日本侵略者掠夺华北资源，棉花、盐（二白）与煤、铁（二黑），为日本侵华战争服务，因此罪大恶极被判死刑。

齐燮元在华北伪政权中任临时政府中的治安部总长、华北政务委员会的治安总署督办和华北绥靖军总司令。经常与日军下乡"扫荡"杀害中国人。所以也判死刑。

殷汝耕早在 1935 年就成了日本侵略者的走狗，在日本指使下，制造了冀东事变，成立了伪冀东防共自治政府。殷汝耕原是国民政府河北蓟密区行政督察专员。1935 年 11 月 24 日，与日本勾结在通州宣布"独立"，脱离中央，该"自治政府"设在通州，下辖冀东 22 个县，殷汝耕任自治政府长官。行政、伪军都在日本控制之下。直至"八·一五"日本无条件投降,该自治政府才终止。所以殷汝耕被判死刑是罪有应得。

金壁辉,日本名叫川岛芳子,是个日本女特务。1931年"九·一八"事变后,任伪满洲国别动队司令。1937年"卢沟桥事变"后,来北平任伪华北人民自卫军总司令。平日总是女扮男装,刺探情报,是个死心塌地的女汉奸,也被判处死刑。

逮捕汉奸,审判汉奸,人人称快!

接收大员的"五子登科"

日本无条件投降后，国民政府在空运军队的同时，各方面的接收高官大员也从大后方乘飞机来到北平。李宗仁为国民党军事委员会北平行营主任，下辖北平、天津、青岛三市和河北、山东、察哈尔、绥远、热河五省，负责三市五省党政军一切事务。熊斌为北平市市长。孙连仲为第十一战区司令长官等，其他方面重要负责人也安排就绪。

国民政府各方面官员到达北平后，就开始按口：党、政、军、文化、教育、工矿、企业等进行接收。除接收日本侵略者和伪政府各机关的行政权力外，还要接收日本侵略者和伪政府及日伪高官的房产与其他财产，即"逆产"。

最初，北平的老百姓对从南方飞来的高官抱有很大的希望，认为在北平沦陷时，北平的权力都掌握在日本人和汉奸的手中，他们只会压迫、剥削百姓，不给百姓办事。国民政府派来的官员，建立的政府是中国的政府，掌权人是中国人，一定会给百姓办事。

但是这些接收大员却让百姓大失所望。从这些接收大员掌了北平政权后，北平的问题，也就是老百姓的问题，不但没解决，而且越来越坏。1946 年，北平的学龄儿童 32 万，有十五六万不能上学。同年底，两个美国兵在东单练兵场强暴北大先修班女学生。

特别使百姓失望的是物价暴涨。1947 年年初，北平有 250 多家零售店倒闭。5 月，大米每斤由法币 1000 元涨至 3500 元。国民政府还进行扩军备战，财政支出超过财政收入，巨额赤字就用发行纸币弥补，滥发纸币引起通货膨胀，造成民不聊生。

可是这些接收大员对老百姓的疾苦却漠然视之，不管不问。他们贪污腐化，见了钱就搂，因法币贬值，不愿意要，专搂美金和黄金。接收逆产时，抢内城的大四合院自家居住。接收好汽车不上交，留着自己乘坐，而且经常开着车让打扮入时的美女坐在自己身旁在街上兜风。在民间，法币和美金都俗称"票子"；黄金叫"金子"；大四合院与小四合院都叫"房子"；汽车叫"车子"；美女也好，丑女也好，民间叫"女子"，共五个"子"。我国古代历史上有一家五个孩子，因教育有方，五个孩子都通过科举考试得中为仕，俗称"五子登科"。所以老百姓就将当时只顾自己贪财，自己任意花天酒地，不给老百姓办事的接收大员是"五子登科"，进行讽刺。并将"想中央、盼中央，中央来了更遭殃"当做顺口溜在街上传唱。

轰动全国的沈崇事件

抗战胜利后，北平确比沦陷时期繁华热闹多了。商店招幌各式各样，入夜霓虹灯十分耀眼。马路上往来汽车、马车、人力车不断。但是交通秩序紊乱，美国兵和国民党军官的吉普车在街上乱穿乱行，不听交通警的指挥。让人看不惯的是美国兵三五成群从舞厅或咖啡馆喝醉酒出来，嘴里哼着流行歌曲，走路迤逦歪斜，在街上经常惹是生非。

1946年12月24日，正在北京大学先修班读书的女青年沈崇，在西长安街看完电影后返家途中，在东单牌楼被两个美国海军陆战队士兵强掳。因时值隆冬，天气寒冷，而且又是夜晚8点多。路上行人稀少，喊叫无用。沈崇是弱小女子，无力挣脱，被两个野蛮的美国兵拖至前文讲的东单东大地西侧，靠近东交民巷围墙处（即练兵场西侧）强暴。

第二天，首先报导沈崇被两个美国兵野蛮强暴的是亚光通讯社。而国民政府以"有污友邦"为名，禁止各报刊刊登此消息。这种不顾中国人的尊严，袒护美国人的行为，受到各界的反对。第三天，《北平日报》《世界日报》不顾当局的禁令继续报导。12月30日，城外的清华大学和燕京大学的学生进城，与北京大学及育英中学、贝满女中等校的学生约万人沿长安街进行游行示威，高喊"美军从中国滚出去"、"抗议美军暴行"等口号。游行中，学生向沿途市民散发传单——"一年来美军暴行录"，揭发美军在北平从1945年年底至当时所犯的种种罪行，激发众多市民对美军的愤慨。

抗议美军暴行的游行示威运动从北平开始，相继在上海、南京、天津等全国各大城市，爆发了共有五十多万名学生参加的抗议美军暴行的爱国运动，并得到朱自清、翁独健、郑天挺等知名大学教授的支持与同情。

　　女学生沈崇对全国人民给予的爱护与支持表示感谢，后来据传，沈崇放弃了学业，去五台山出了家。

三年内战中国民党政府的"抓兵、买兵、卖兵"

1945 年"八·一五"日本无条件投降后，中国共产党要求结束中国国民党的一党专政，建立一个独立、自由、民主、统一、富强的新中国。所以在蒋介石三次电邀之下，毛泽东、周恩来、王若飞于 8 月 28 日，乘飞机从延安到重庆与国民党进行和平谈判。经过艰苦的努力，蒋介石承认了基本建国方针，同意了各党派的平等合法地位与人民的某些民主权利，并同意召开政治协商会议。但是，在解放区经过民主选出的政府的合法地位及公平合理地整军问题方面没有达成协议。谈判用了 43 天，在 10 月 10 日签订了《国共双方代表会谈纪要》，史称《双十协定》。

但是，蒋介石的国民党政府在《双十协定》签订后不久，就撕毁协定，向解放区发动进攻，却以失败告终，被迫又与共产党于 1946 年 1 月 10 日，签订《停战协定》。1946 年 6 月底，国民党政府在军事部署就绪后，全面内战爆发。

国民党政府的士兵来源是征兵制，就是从地方基层政府按国家规定的当年服兵役的年龄段抽签而定。国民党的北平政府政区是内城六个区，外城五个区，郊区四个区。区设区公所，区公所下设若干个保，设保公所，保下有甲，有甲长一人。除甲长是当地居民兼职外，保长以上都是专职人员。征兵时，甲长将本甲中符合当年应征的男青年上报保长，保长命保干事造花名册报至区公所。区公所根据各保报来的应征青年名册，一个个做成标签，规定日期，在各方面参加监督下进行抽签。如该区应征青年服兵役为 20 人，实际该区有适龄青年是 30 人，谁被抽中谁就去当，没被抽中就暂缓去当兵。

可是在三年内战期间，一是谁也不愿去当兵，当炮灰；二是政治腐败，有钱人家给保长几个钱，买通保长，家中的应征适龄青年就不在抽签之列。

因之，中签的青年不去报到，区公所就派警察会同保干事去抓，抓到了就如押犯人一样押去入伍。

买兵，花钱买兵是出自商店。区公所要完成征兵任务，根据该商店的适龄青年人数，向该店要一个或两个人去当兵。商店经理如果让甲伙计或乙学徒去当兵，甲伙计或乙学徒家来要人怎么办？所以商店会花钱雇人去入伍当兵。

卖兵，是失业青年为了生活，收了买兵者的钱，替人家去当兵。在三年内战时期，卖兵者一般不是卖一次兵，而是两次或三次。他们有的是入伍后，得空跑回来了。有的是在阵前举手投降。解放军的政策是不杀不虐待俘虏，愿意参加解放军的可以参军，不愿参加解放军的给路费回家。

三年内战时期，国民党的军队人数多于解放军，装备精于解放军，但是被解放军打败了。国民党军队的兵役制是战败的重要原因之一。

国民党军中的老少兵

无法无天的国民党"荣军"

　　三年内战开始不久，大约是 1946 年 6 月底，就在永定门内大街、天桥公平市场和前门大街等处出现了头戴灰布软帽，身穿灰布对襟上衣、灰布长裤，脚踏黑布鞋，三五成群的国民党伤兵，并且在灰布对襟上衣的左侧缝有红色的"荣军"二字。这些伤兵一般都架一支拐杖，有的架双拐。他们经常在天桥的小戏园子、电影院和前门大街大栅栏商店里买东西。王府井、西单、东四等繁华地区也有穿灰衣裳的伤兵，但比较少。因为三年内战期间，国民党军队的后方医院在天坛西门里有个住院处。天坛西门里的后方医院住院处距天桥和前门大街很近，所以这些伤兵经常到这一带取乐或买东西。

　　一开始，伤兵们看戏、看电影还购票，到商店买东西还给钱。但到了1947 年以后，他们看戏、看电影就不购票了，去商店买东西也不付钱了。如果戏园子和电影院拦住他们不让进去，他们就不讲理地大声喊："老子抗战八年，现在又打八路军，受了伤，看个这玩意儿，还要钱？"说罢就往里闯。在商店买东西不给钱，商店伙计跟他们要钱，他们也是这一套。说完不给钱拿起东西就走。

　　由于内战越打越激烈，国民党的仗是每打必败，下来的伤兵也越多，在天桥公平市场到处可见穿灰色衣服的国民党"荣军"。他们把戏园子搅得不能开戏，把各艺人卖艺的场子搅得没有客人围观。因为普通看戏和看艺人卖艺的百姓，一见"荣军"就快快离开。

　　一次，天桥一个小戏园子正在演出，忽然从门外进来几十个穿灰衣裳的国民党"荣军"。看戏的百姓见这一大帮人闯进来，怕出事都赶紧走了。后来又来了一大帮"荣军"。这两帮"荣军"因为先来的"荣军"爱看这出戏，后来的"荣军"喜欢那出戏，争吵起来，先是对骂，接着互飞茶碗茶壶，打了起来。戏园子老板打电话，请来北平警备司令部的缉查队，开来一个连的人才将这两帮闹事的"荣军"压下去。

无法无天的"荣军"直折腾到北平和平解放才不见踪影。

买两卖两"大人头"与前北京市副市长赵凡

　　国民党蒋介石的军队先在西北战场被拖得精疲力尽，接着在中原战场让刘（伯承）邓（小平）大军越过陇海铁路，穿过人烟稀少的黄泛区挺进大别山；陈毅、粟裕的军队打进了苏豫鲁皖地带，将战争从解放区转进敌占区。紧接着国民党蒋介石的军队又在东北大败。

　　国民党蒋介石在军事上连连失利，在经济上更是一塌糊涂，市场物价不断飞涨。据当时报纸载：1947 年 1 月初，每担米 6 万元，6 月涨至 55 万元，7 月底涨至 65 万元，11 月上涨到 110 多万元，仅 11 个月上涨 19 倍。而当时的不法奸商乘机投机倒把，囤积居奇，大发不义之财。

　　国民党蒋介石的统治区物价飞涨，货币必然贬值。抗战胜利后，社会流通的是法币，伪联合准备银行的联银券作废。1948 年 8 月，国民政府法币发行量为 1937 年以前的 47 万倍，并开始发行票面 500 万的大钞，该年法币发行额达 600 多万亿元。因之物价飞速暴涨，法币信用扫地。国民政府蒋介石于同年 8 月 19 日，发行金圆券，收回法币。用 1 元金圆券兑换法币 300 万元。这实际是政府对百姓的一次大掠夺。不久，金圆券也贬值，在社会上失去信用。

　　这时，1937 年以前在社会上流通的银圆在市场上出现，因 1914 年铸造的银圆有袁世凯头像，故俗称"大人头"。"大人头"在百姓中信誉高，有钱者都用纸币金圆券去换银币"大人头"。因此，在永定门大街、崇文门外的磁器口、东四北大街、朝阳门内南小街、东单、西单等处，出现买卖"大人头"的黑市。二三十人或四五十人不等，每人手中都有五六枚或八九枚"大人头"，摇动哗哗响，嘴里还不停叫喊："买两卖两。"这种买两卖两"大人头"黑市可算当年北平的一景。

当年在北平搞地下工作，在中共北平平民工作委员会的赵凡（化名徐连仲），就是用买两卖两"大人头"作掩护。一天，赵凡正在永定门一带买卖"大人头"被捕。前门外大栅栏内庆乐戏园经理科的傅士钧（中共地工外围）接受任务营救赵凡，就找庆乐戏园的郭玉斌想办法。因为郭玉斌是庆乐戏园前台管事，经常与军、警、宪等打交道。郭玉斌问："这人现在押在哪儿？"傅士钧说："听说在南城缉查所。"郭玉斌到南城缉查所，一打听，熟人说："此人是八路军，是政治犯，早解往北平警备司令部了。"郭玉斌和傅士钧来到警备司令部，找到一个经常去庆乐戏园执行任务的王所长。郭玉斌问："您这里可押着一个叫徐连仲的人？"王所长说："打听他干什么？他是共产党、八路军。"郭玉斌说："他哪是共产党，是我一个最好的朋友，做小生意的。"王所长说："你不要管。"第一次去没有结果。

第二次，郭玉斌和傅士钧又去警备司令部找王所长。一见面，王所长就问郭玉斌："徐连仲不是共产党你敢作保吗？"郭玉斌说："我保！"郭玉斌在保证书上签了字，赵凡同志被救出。为了赵凡同志的安全，党组织命他离开北平，留下的工作由苏一夫接替。新中国成立后，赵凡回到北京，1964 年被选为北京市副市长。

东单修了临时飞机场

笔者印象里，北平从 1947 年下半年起就出现了战争气氛。因为有的邻居家在张家口的亲戚来北平避难，说国共两方面打得很厉害。有个邻居的朋友一家从东北长春逃了出来。不久，笔者出广渠门看见关厢警察分驻所修了堡垒，心中想，战争可能要逼近北平了。

1948 年三四月，在北平的各城门外，除前门、崇文门、宣武门这三座门，都修了防御工事。这时北平与武汉、西安、沈阳等地的火车时通时不通。到了 1948 年下半年，北平就在战争的气氛笼罩下了，富人外逃，中等人家买粮食，储存起来怕八路困城没粮食吃。贫穷人家什么也不怕，而且还很高兴盼望八路军来打北平。进入该年 11 月，北平各城门都关了，重要街道十字路口处都修了防御工事，堆上了土口袋。各大院也驻了军队。有人说，八路军已将北平包围了。各线的火车已停，南苑飞机场让八路军占了。

街上的商店虽然照常开门营业，可是进店购买东西的客人很少。北平警备司令部的执法大卡车满载全副武装的士兵，不断地在街上跑来跑去，使人深感恐怖。

有人说，这就是当年民国年间非常时期的"大令"，发现杀人、抢劫、犯法者可以当时处决正法。

十二月十八九日，笔者去东单保元堂药铺给我的儿子买暖脐膏，治孩子肚子疼。保元堂的膏药疗效好，所以在社会混乱时也仍到该药铺买膏药。当年我家住崇文门外大石桥南河槽胡同。我进了崇文门过东交民巷和同仁医院，就见沿崇文门内大街西侧马路牙子至东长安街以南道边（即前文介绍的东单东大地），都用苇席遮盖围起来了。我心里纳闷，不知这是要做什么，在苇席外不远处就有两个执枪士兵站岗，百姓不能靠近。我走至东单丁字街往苇席圈里边眺望，看见个银灰色发亮的小型飞机在那停放，我明白了，这里做了临时飞机场。

后来知道，北平城被围后，与外边的交通都断绝了。傅作义的华北"剿总"为了接纳南京运来的物资和运北平各学府的知名学者、教授南去，必须在城内修个飞机场。开始打算将飞机场建在天坛，后来又考虑天坛古树多，将飞机场建在天坛要砍古树。而且天坛南边紧靠永定门东城墙，不安全。所以后来决定，将临时飞机场建在东单。北大、清华等高校的一些有名学者、教授和一些军政要人，都是从东单临时飞机场逃往南方去的。

1948 年东单临时机场

隆重的中国人民解放军入城式

1948 年 11 月底，中国人民解放军的华北野战军和东北野战军就将北平、天津、张家口、新保安和塘沽分割包围起来。而后先后攻占了新保安、张家口、天津等国民党军所盘踞的城市。对北平是围困不打，只是经常听到从城外往城里的打炮声。当时笔者家在崇文门外，未听说外城落过炮弹，内城落了炮弹可是没听说伤了人。一次，听人说，已解了职的原北平市市长何思源家，有人给投了一枚手榴弹，何思源家里人被炸。

入城式

1949 年 1 月 15 日，解放军全歼天津守敌陈长捷部，解放了天津。而解放军对北平就围而不打，老百姓疑惑不解。傅作义派人与解放军秘密进行的和平谈判，百姓们一点也不知道。等华北"剿总"副总司令邓宝珊作为傅作义的全权代表与中国人民解放军平津前线指挥部进行谈判，正式签署了《关于北平和平解放问题的协议》，于 1 月 22 日向全世界公布后，老百姓才知道围而不打的秘密。何思源家被炸与北平和平解放有关。老百姓人人庆幸。心中想，如果北平与天津一样，百姓受惊吓，古城北平就完了。百姓们都说，感谢何思源市长对北平和平解放作的贡献。

2 月 3 日上午 10 时，是中国人民解放军的入城式。当天清晨，前门大街、长安街和北平的主要街道两侧就聚集着欢迎解放军的群众。上午 10 时，隆重盛大的入城式开始，进永定门经过前门大街，走在最前的是指挥车和军乐队，后面先后排着整齐威严的队伍为装甲车队、炮兵部队、坦克部队、摩托化部队、骑兵部队和步兵部队依次前进。中共北平市委书记彭真、北平军事管制委员会主任兼北平市市长叶剑英、中国人民解放军平津前线司令部司令员林彪、政治委员罗荣桓、平津卫戍区司令员聂荣臻，在前门箭楼上检阅中国人民解放军入城部队。中国人民解放军入城部队穿过前门向东，特意走过去中国人不许进入的"国中之国"——东交民巷使馆区。在长安街与从西直门入城中国人民解放军汇合后从广安门出城，入城仪式才结束。

第二部分

老北京风土民俗五十年

老北京人在风沙泥泞中度日

用现在的眼光看七八十年前的北京，一个字就是"土"。当时除东西交民巷外，很少见到洋楼。虽然在前门大街、东四牌楼和西四牌楼等商业街能见到几座三层小楼，但不是洋楼而是木结构的旧式商业楼。不仅房屋"土"，老北京的城楼、城墙、街上的牌楼，皇城故宫等一切都是"土"。而这一切"土"的东西，正是老北京的风貌。说这些端正雄伟、古朴典雅，油漆影画，金碧辉煌的古建筑"土"，是用它与"洋"的建筑相比而言。老北京真正土的东西，不招人喜欢的地方是大街小巷的道路。老北京大街小巷的地面除了前门大街、东西长安街等少数地方是柏油路面外，就连崇文门内外大街、宣武门内外大街和东西四牌楼等重要大街，也都是水泥与卵石的混合地面，其余大多数街道都是土路。

笔者幼年时候，每年八月中秋后，就是天气晴朗天空也是灰蒙蒙的，很少有蓝天白云天空透亮的时候。三天两头刮风，从秋后一直刮至立夏节才算完事。而且风都是打着旋地刮，将地面的尘土和碎纸片吹向天空。刮旋风一般是在天气比较好的时候，突然刮起旋风，而后天气恢复平静。北京的风以无影风多，飞沙走石，天昏地暗。多数北京人掌握了风的规律，如果风是下午刮起的，太阳下山时，风有间歇，风停。天黑后风不再刮起，风就不刮了；如果天黑后风又起，这次风就要刮三天，所以北京将风叫"风三"。一天风有三次间歇，是太阳从东方升起、中午和太阳落山各一次暂停。由于北京常刮西北大风，让我们了解到刮风的知识。也是北京的风使北京（北方）人身体健壮、皮肤粗糙，显得有英勇气概。如果一个北京（北方）人和一位江南人

老北京五十年

民国年间北京城里的土路，一下雨满街泥

站在一起，不用讲话，让人一看就会看出哪位是江南人谁是北京（北方）人。因为江南是水乡风又少，所以皮肤细腻，与北京（北方）人的脸让风吹得粗糙很明显不一样。

　　刮风迷眼，当年北京人出门有的戴副平光眼镜或者风镜遮挡风沙。平光眼镜就是现在的普通眼镜，使用化工做的镜架，装上两个水晶镜面或普通玻璃镜片，前面挡风沙，而四周还能吹入风沙迷眼。风镜不仅前面的玻璃挡风沙，而四周用棉织物围上，风沙也不能从四周吹进。所以戴风镜可以在大风中畅通无阻。

　　当年老北京大街小巷的道路经常可见一些人手拿一把小刮刀在刮地皮。

因为土地上在冬春两季出现一片片白霜，白霜即含有不同程度的"盐"和"硝碱"。刮地的人推一辆独轮木车，车上装有一个长方木盘，走街串巷用小刀刮地皮。将土推回去，放入大铁锅中加筛滤，再放在太阳下晒出"小盐"，而后再入锅加火熬"硝"。在崇文门外磁器口南，有个东西长约50米，南北宽约3米的沙土堆，当地人叫它"沙土山"。这个地方就是刮地皮人晒小盐和熬硝的地方，天长地久积成沙土堆。现在还有"沙土山街"和"一巷、二巷、三巷"的地名。

进入夏天，西北风不刮了，换了东南风，雨季到了。无论大雨还是小雨，地上一片泥泞。人们的遮雨工具是黄色油布伞和深红色油纸伞。在二十世纪二三十年代，北京很少见到橡胶制的雨鞋，而是家庭妇女自制的油靴。这种油靴帮是骆驼鞍形，靴底是厚约半寸的千层底用麻绳缝成，并用大帽钉子在靴底上钉满。最后用桐油往靴子上涂几层油，油靴就制成了。这种油靴蹚雨水踩泥都很好，不漏水不沾泥，但是沉。

四合院讲究多

　　老北京人对于自家居住宅院极为重视，把房子居住是否吉利，人口繁衍昌盛与否，财源是否兴隆等这些人生大事放在宅院上。建造宅院先请风水先生看风水，而后才找瓦匠木匠盖房子。先将建造宅院的规模大小格局对风水先生讲了，风水先生根据房基地周围的环境，提示从什么方向来水，什么地方走水，如何得水。将主房的位置和大门放在什么地方都给指出来。

　　北京人建造宅院无论规模大小都建四合院。就是东西南北都有房，四面围起来的院落。排房是一面有房三面空着。四合院最大的优点是四面房子里居住的人可以互相照应，如果有事互相之间联系也方便。四合院讲究主次，如果院落坐北面南，北房是（主）正房，建得高大，是长辈人居住。东、西房要矮小，称厢房，是儿女居住之房。南房称配房，一般是做书房、客厅或仆人居住之房。如果院落比较大，房主人又很讲究，就在东西厢房南山墙处建起二门，将南配房隔在二门外。形成前后两层院。有客来访先在二门外书房中等候，仆人或儿女到上房禀告主人或父辈后，如果想见就出来相见，不想见就由仆人或儿女出来说声"不在"，就回绝了。所以院中有道二门，房主人的活动就更严密了。院落中的大门一般都设在整个院子的东南角，这种安排与其说是根据文王八卦，不如说是按风水而如此安排的。因为院落坐北朝南，即说"坎宅巽门"，但是如果宅院是坐南朝北，则是"离宅乾门"。"坎"在水位，"离"在火的位置上，两个位置正相反。如果说宅建在"坎"上是避火灾，而将宅建在"离"上，就不好解释了。风水先生看宅院主要是看宅院是否得风，来水是否通畅，走水的快慢等有关风水的问题。如果宅院附近的环境有不利于宅院的地方，风水先生会用建"泰山石敢当"或"吉星高照"的石碑或牌位破解。

　　四合院里外种植花草树木也有讲究。多数人家会在自家大门前种一两棵槐树。庭院里除种枣树和香椿树外，还会种植石榴树和盆栽夹竹桃，以取多子、多福、长寿、吉祥之意。槐树须种在院门前，因槐树树冠高大，可遮阳光，又显得门楼高大富贵。但忌讳在庭院里栽植，因为槐树的虫子俗名"吊死鬼"，不吉利。此外桑树、柳树、杜树、梨树等也忌讳在庭院里栽种。过去有"桑、柳、杜、梨、槐不进阴阳宅"之说。桑与"丧"同音，柳属阴，杜树的果子叫杜梨。梨与"离"同音。这些树都不吉利，不仅活人的阳宅中不能种，就是亡故的

夏天老北京人在四合院里搭的凉棚

坟阴宅也是忌讳栽种。阴宅中应种象征亡人意志清高、声誉永存的松柏之树。所有活人的宅院，不应种松柏。

四合院的房主人每年端午节前，天气一天比一天热，为遮挡烈日，就请棚铺派人给搭凉棚，北京俗称"天棚"。并且将养金鱼的直径二尺多的大鱼盆搬在天棚下，供人边饮小叶香茶边观鱼跃，再有石榴盛开的火红之花和绽开的夹竹桃花，使人在庭院中休憩，甚为惬意。

老北京人的彬彬有礼、办事讲信用

小孩子在两三岁童年时，学说话先教他（她）叫爸爸、妈妈、爷爷和奶奶。上学后，在回家的路上遇见邻居长辈都作揖或鞠躬行礼并呼"大妈"、"大爷"，而且还要叫应之。到家中更要向爷爷、奶奶、爸爸、妈妈和叔公、叔娘等一一行礼和呼叫。学生放学这套礼节直至二十世纪六十年代还存在，"文化大革命"时才被冲掉。

民国年间，除警察、士兵和一些在政府机关做事者穿制服外，普通老百姓都穿中式长衫，衣帽必须整齐，才能出家门拜访亲友或办事。女人出家门串亲戚，不仅穿戴整齐，还要往脸上施些脂粉，头上戴着绢花或纸花。当年，穿短衫之人只有那些肩挑叫卖做小买卖或拉车卖苦力的劳动者。在家中活动可以不穿长衫，只穿短衫，但如果家中来客人，必须穿上长衫招待客人，这是规矩。

过去大人常对小孩子常说，"站有站相，坐有坐相"。站不能一只脚跷着，不能脚踩门槛、手扶门框，脚颤抖，身子摇摆，这相当不礼貌。坐在凳子上必须身子端正，不能斜坐凳子一角坐得不正。晚辈在长辈面前，长辈站着晚辈不能坐，长辈坐下，晚辈可以坐。行路长辈走在前面，晚辈跟在身后。这就是《弟子规》上记："长者先，幼者后。"

家中来客人请到屋中坐下敬茶。如果是北房，屋中靠后墙摆放着一张条案，条案前是张八仙桌，桌子左（东）右（西）各放一把冠帽椅子。左边的椅子是客人坐，因为礼节是左为上、右为下。主人陪坐在右边的椅子上。这里说明一点，现在左与右方向之分与当年正相反，将西边的椅子称左，东边的椅子称为右。敬茶时，茶杯中的茶水只能是七成满，茶壶摆放壶嘴不能对着客人。如果双方交谈已到饭时，留客人用饭，就可以请客人免去帽子，宽去长衫，方便后净手用饭。给客人杯中斟酒要十成也就是满满的，流到饭桌上一些都可以。盛米饭是碗中的八成。这就是老北京的"茶七、饭八、酒十成。"

老北京人不仅礼貌待人，而且办事讲信用。与亲戚、朋友办事，如借贷，答应借给人家多少钱，就准时准数借给人家，不能说了不算，不能答应了不办。办不了就不答应。只有说话、办事有信用，才能取得亲戚朋友的信任，在社会上立足。如果说话、办事没有信用，谁也不跟他来往打交道，会被社会所抛弃。

旧式客厅陈列

院中邻居互敬之风

前文讲的四合院都是一家一户居住的宅院，北京将这种院落又叫独门独院。如果房主将房子无论几间房租给别人居住，这样就不叫独门独院了，而是招来了街坊有院邻了。本文就是讲当年北京人是如何与院中的邻居相处的。正如过去北京人时常说的："远亲不如近邻，近邻不如对门"的好邻居。

在讲院邻友好相处互敬互帮之前，先说清一个问题，就是两三户同住一个院子，即所谓"小杂院"或很多人家同住一个院子即所谓的"大杂院"的形成。不像有些人所说："大杂院的形成有两种情况。一是原来的四合院，在破败之后院中住房越盖越多，房子越来越不成样子，慢慢就没了'形儿'。二是后建的大杂院，在空地上先有一家搭起一间临时住房，不久又有其他几家跑到这儿建房，慢慢形成院子，其中布满了不规则的房屋。"以上两种大杂院形成原因都是人们从现实私搭乱建的情况下想象出来的。七八十年前，北京的市政管理极其严格，院落房屋都有蓝图，不须私自更改。不用说在院中多建一间房，就是修门楼，砌一段墙都必须呈报房管部门，不报私自动工必罚。所以街坊胡同都极为完整，没有私搭乱建的。私人院子讲究格局讲究风水，房主不会破坏房子的风水私搭乱建，房客更无权拆改住房，或擅自盖房子了。大约在二十世纪三十年代初，笔者家住的门楼损坏要维修，瓦工来验看后，就告诉我父亲必须到房管部门呈报，经批准后才能动工。

老北京的小杂院和大杂院的形成出现，是有一些房主除自住外将多余房子出租，从而形成出现的大杂院和小杂院。一家一户住的四合院是少数，大多数是两户或多户同居的院子。宅院是自家住不出租，还是自家住几间，出租几间收租金，这主要决定于房主的经济条件。当年，多数房主是用出租房子收取租金补充日常生活之用。还有一些房主没有职业，专门依靠出租房子维持生活。当年人们叫这些专门以房产为生者是"吃瓦片的"。1937年卢沟桥事变前，北平的常住人口不多，闲房多。所以大街小巷墙头、大树上到处可见"老房招租"的小广告。房租也便宜，两间20多平方米大北瓦房月租只要两三毛钱。日本人来了后，到处烧杀抢掠，乡下老财或北平有亲戚朋友的都逃难到北平，北平的人口骤增，闲房少了。逃难到北平的乡下人有钱的买房居住，一般人家只有租房居住。当年，逃至北平的人除北平附近一些州县人外，就以滦（州）、武（强）、饶（阳）、安（国）等冀中等地为多。

　　笔者是民国十三年（1924年）生人，家中经济条件一般，父亲在饭庄当厨工，母亲做手工维持生活。没有条件住独门独院的四合院，住的是有几家街坊的小杂院，几十年都是在小杂院中生活的。过去街坊之间和睦相处，相敬相帮，遇事多为别人想，不是自家合适就成，形成的好街坊使人十分难忘。当年院街坊最难处理的是各家做饭烧水的火炉问题。小杂院一般八九间房四五家居住，冬天火炉放在什么地方没有问题，而夏天炎热，再添上四五个火炉，小院就更热了。但是各家都将自家的火炉放在自己的房檐底下，没有将火炉放

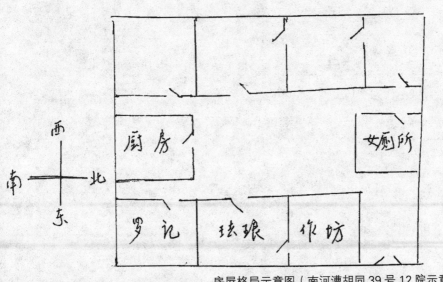

房屋格局示意图（南河漕胡同39号12院示意图）

在离自家远离别家近的时候。第二个难题是小杂院或大杂院中垃圾渣土的处理，院小有一个土筐，院大有两三个土筐，院中各家的炉灰杂物都放在土筐中。每天街上来个脏土车，铃铛一响，各院就将土筐搬出倒入车中。

　　院中每天搬土筐往外倒并不安排值日，而是都抢着倒土，多干者没有吃亏的情绪流露，没干的说声"有劳，谢谢！"第三个难题处理好才能成为和睦的好街坊。过去北京一般院中都有女茅房（女厕所的俗称）。女茅房里设有木制便桶，每天有捞茅房的粪夫给倒便桶。粪夫只管倒便桶不管洗便桶，不管打扫茅房的卫生，院中妇女都争着干这些活。同院的街坊之间每天接触的都是生活琐事，如果处理不好，日积月累就成了不和睦的大事。我的亲戚、朋友及熟悉的人，提起过去街坊相处都异口同声地说，街坊亲如一家。有的虽然搬家已经多年，但还有来往，有事相帮。

老北京五十年

粪场子和男茅房

上文讲，过去院中只有女茅房，而男茅房在什么地方？建在街中。过去大街小巷隔不远就有个男茅房。当时街中的男茅房极为简陋，用碎砖头围个围墙，露天没有顶子。在地上挖几个坑，埋几个小缸，小缸左右各放一块砖头，人就踩在砖头上蹲下大便。小便池就是个大一些的土坑上边放个大柳条筐。这种男茅房不是官方建的而是私人粪场主建的。因为北京在二十世纪二三十年代，茅房粪便卫生管理由私人开办的粪场子负责，是政府承认的"粪道"，属私有财产。

所谓的粪道，是指一条胡同或几条胡同，各院中的女茅房和胡同中的男茅房及街中粪便都归粪道产权持有者粪场子掏粪和清理，其他粪场子和个人不许掏粪和清理。如果甲方粪场子或个人没得到乙方粪场子同意，私自在乙方粪场子的粪道任何一处掏粪或拾粪就以偷粪论。

粪场子当时在北京是不可缺的行业，可以说是家家户户都不能离开它，但是又讨厌它。粪场子都开办在北京城的关厢一带，在左安门内天坛东侧也有几个粪场子。为什么粪场子都开在没有居民和居民稀少的空旷之处？因为粪便脏臭，夏天还招蚊蝇，而且它摊开晒粪便，需要宽阔之地，所以在城市街坊胡同开粪场子不可能，就选离城不远的地方开办。粪场子给居民女茅房掏粪不收费，只是在阴天下雨下雪时，掏粪工跟居民要几个铜钱的酒钱。粪场子以卖给耕田的粪干为营业收入。所以粪场子掌柜看重男、女茅房的管理。

前文介绍街上的男茅房都极为简陋，只有墙围，没有房顶，阴天下雨下雪都撑伞大便。当年北京只有一个男茅房有房顶，粪坑小便池都比较整齐，而且还有牌匾字号的茅房，就在前门大街路东，后门在大蒋（大江）家胡同。正门上门楣正楷书写"二本堂"三个字。清末民初时，这个茅房粪便既多而且质量好，有两家粪场子争其掏粪管理权，后经官方调解为，两个粪场子共有，所以有二本堂之称。

老北京人的穿衣打扮

二十世纪二三十年代，北京人的穿衣打扮与现在人大不一样，现在人进化多了。虽然过去北京人穿衣打扮用现在的眼光看顽固守旧，但可以肯定的一点，讲礼貌，穿戴不整齐不能上街，不能招待客人。

男人将脑后的辫子剪掉后，多数人剃光头，少数人推平头，个别维新人留背头。一般人都戴青缎的瓜皮小帽，冬季防风寒改戴"将军盔"，有的人戴三块瓦皮帽，小孩子戴毛套帽，拉人力车、瓦工多戴毡帽。在家多穿棉布的对襟衫，免裆裤。如果出门上街和招待客人，必将长衫穿上。二十世纪二十

民国年间北京普通百姓的穿戴

年代前，多数男人无论冬夏，下身穿的长裤都绑腿带，棉布袜并且裹脚，千层底或毛边底青布鞋。如遇新年（春节）、端午节、中秋节等节庆日或婚嫁喜庆日，还要穿上马褂或坎肩。

妇女头上梳发髻是多数，未出阁的姑娘梳辫子，剪发者少数。但进入四十年代，剪短发的妇女多了起来，并且还有烫发的。妇女穿的衣服与男人一样，内穿衬衫外罩长衫。不过衬衫不是对襟的，而是前襟向右遮前胸在右腋处结纽扣。二十世纪三四十年代，妇女们时兴穿的长衫叫"旗袍"。这种旗袍是小矮领，有卡腰，大襟不开襟，上套头，款式新颖，穿着舒服，如果再用好料子，更是美观。这种旗袍是当时各界妇女最喜穿的长衫。脚上鞋都是各色缎料的绣花鞋。

不过当时妇女除极少数新潮流女性外，大多数妇女都每天化妆、描眉、涂脂粉、抹口红，头戴一两朵纸花或绢花，就连老太婆头上还戴一朵石榴花。

点煤油灯，生煤球火炉

　　我记忆中，1935 年我居住的崇文门外花市大街以南一带，就开始点电灯，用电灯照明。因为崇文门外花市大街以南一带是当时北平城区比较贫穷落后的地区之一，是用电灯照明最晚的地方。说明在 1935 年全北平城区全用上电灯照明了。

　　1935 年前，特别是冬天因为天黑得早，每天下午三点多钟，就得用抹布将玻璃煤油灯罩擦干净备用。当时家用的煤油灯有两种，一种是北平造的玻璃煤油灯，也就是说这种灯不仅罩子是玻璃的，放油的主体部分也是玻璃的。另一种是美国进口的"美孚"牌煤油灯，这种煤油灯灯罩是玻璃的，放油的主体部分是上涂红漆洋铁所制。这两种煤油灯都在灯口处装有一个旋钮控制灯芯，使其可亮可暗。用的煤油一是美孚油，二是亚细亚油，这两种煤油也都是进口的。

　　玻璃制的煤油灯和美孚牌煤油灯只能在屋中使用，不能在院中用，因为它怕风吹。如果黑夜外出或商业界在室外进行营业交易，用的是点煤油的"风灯"，这种"风灯"不仅能防风也能遮小雨。

　　笔者父亲是 1884 年也就是清朝

老北京人取暖用的煤炉

摇煤球图

光绪十年生人。他说他年幼时家中还是烧柴做饭、取暖。当时也有人家用火炉烧煤球，都是家中经济富裕的人家。他又说，咱家东边的火神庙街原名柴市口，因为这里很早以前就是柴木集市，就留下这个名。虽然柴市口的地名早就改叫火神庙街，但很多人依然叫它柴市口，还有些乡下农民担挑在这里卖柴火。清朝亡了，进入民国，大多数人家都改用煤球火炉做饭取暖了，火神庙街卖柴火的小贩也绝了迹。

　　二十世纪从二十年代到四十年代，煤球火炉从不用烟筒改进到可以安装烟筒。不用烟筒的煤球火炉的原料有两种，一种黑铁板打成，另一种搪瓷铁板制成。它们构造一样，都是炉盘、炉口、炉肚、炉腿四部分组成。因为没有烟筒，生火和添火时必须将火炉搬至院中，放进劈柴投入煤球后，用个约一尺多高拔火罐放在炉口上，将黑烟放尽，火苗子拔上来，才能搬进屋中烧水做饭。到晚上休息时，必须将火炉搬出室外用火盖将火炉盖上。而屋中冰凉似冰窖般冷。

到了三十年代中期，北平的一家铁工厂制造出用生铁铸成的俗称"花盆炉子"的煤球火炉，可以固定于室内安装烟筒。从旧式煤球火炉到"花盆炉子"，是北京居民生火做饭取暖的一大改进。

虽然在1937年北平沦陷后，北平有了蜂窝煤火炉烧蜂窝煤，但只限于日本人使用，北平居民依然用煤球火炉或花盆炉子烧煤球。

用水窝子的水泡茶做饭

　　二十世纪四五十年代，北京居民大多数吃水井，所以明清时期，大街小巷都挖井。清光绪年间刊印的《京师坊巷志稿》上既记载胡同之名，胡同中有什么古迹和名人活动，而且特别记录该胡同有几口井。

　　虽然当年北京的大街小巷多数有水井，但苦水井为多数，甜水井是少数。居民用苦水井洗濯衣物，取甜水井的水饮用烧饭。大约在清乾隆嘉庆年间，商人与地方官吏勾结，甜水井被商人独占，开办"水窝子"卖水。据清嘉庆初年刊印的《燕台口号一百首》写有人在井窝子买水的情况："买水终须辨苦甜，辘轳汲井石添槽。投钱饮马还余半，抛得槟榔取亦廉。"井窝子的掌柜都是山东人，他雇老乡推独轮车挨户送水，在《草珠一串》有首竹枝词写："草帽新鲜袖口宽，布衫上有着磨肩。山东人若无生意，除是京师井尽干。"到了清宣统年间，北京虽然有了自来水，但只是少数富有人家有条件安装，绝大多数居民还是吃井窝子的水。当年井窝子卖水给居民送水与粪场子掏粪一样也有"水道"。政府发证书，水窝子拥有几条胡同卖水送水权——水道。其他水窝子不能到别人家水道送水。二十世纪二三十年代，水窝子给居民送一担水倒入水缸中，价一大枚即二十文。居民不用当时付款，水夫在居民院子里的墙头用滑石画上一道，五个道是一组，五月节、中秋节、春节三节算账，居民付款。这种划道记账年节结算方式，说明当时的民风，守信用。

　　北京居民就是用水窝子的水泡茶做饭。北京人讲究泡茶喝茶，爱喝茉莉花茶。早晨起床洗漱后要将茶泡在盖碗中或壶里吃早点喝茶。吃过午间饭和晚饭还要喝茶，来客人必以茶待客，可以说喝茶是北京人的一种好风俗。北

老北京的送水人和送水用的水车

京人不拿早点这顿饭算做一顿饭而叫"点心",说午饭和晚饭才叫吃饭,所以就说两顿饭。平日饭食简单,春秋以伏地面和玉米面两样面切的面条为主,夏天吃小米面窝头熬菠菜和大葱蘸黄酱,冬天除窝头、两样面条外,就是摇玉米面饸饹。是北京人讲究到什么时候吃什么,如立春吃春饼,正月十五吃元宵,端午节吃粽子,夏天炎热吃"三跳井"(过三次凉井水)凉面,头伏吃饺子,二伏吃面条,三伏吃烙饼摊鸡蛋,立秋吃白肉,中秋节吃团圆饼,冬天吃馄饨。就是以面为主,不爱吃大米。

店铺不仅服务态度好而且薄利多销

　　离我家崇文门外南河漕胡同以南不远处的西厅儿胡同，三转桥和迎门冲，这里是个有三四十家店铺居民区中的小商业街。明朝时这一带是水乡，从崇文门东侧护城河中南流之水形成北河漕、南河漕、三转桥河域。

　　三转桥地名是因为此处原有三座过河桥，清代后期这条河流干涸后逐渐地变成居民区和店铺聚集的小商业街。二十世纪二三十年代，发展到繁荣鼎盛时期。从西厅儿胡同往西路北依次有：于记百货店、聚顺成油盐店、陈记猪肉杠、晋六居粮油酱醋盐店、文记茶馆、山东馒头铺、泰山永油盐店、永德堂药铺、通盛当铺，在通盛当铺后就往南进入三转桥，路西往南是小百货铺、刘记猪肉杠、德兴饭铺、振兴文具纸店、德隆饭铺，下边接着进入迎门冲，从西口往东路南是合兴喜轿局、杨记羊肉包子铺、猪肉杠、合增粮食蔬菜油盐店、杨记烧饼铺、瞎子茶馆。西厅儿胡同东口往西路南依次是：陈记劈柴厂、寡妇粥铺、李记羊肉烧饼铺是在三转桥路东，往南还有永盛饽饽铺、方记茶叶铺等，转过往东是迎门冲，路北有屈记切面铺、清真来记吊炉烧饼铺、泰兴铁炉修理铺。在南河漕南口处还有一家煤铺，一家理发馆，一家酒铺，一家德霖居书茶馆。

　　西厅儿胡同、三转桥、迎门冲既不是交通要道又不是名声远扬的店铺众多的繁华商业街，而顾客就是当地居民和一些小手工业作坊。在这种条件中，该地区店铺能够从无到有，而且能够繁荣发展，主要在其经营思想重信用、讲礼貌、薄利多销，赢得当地居民和小手工业作坊的信任，而且顾客范围逐渐扩大。如 1937 年北平沦陷前，居民无论到该地四家油盐店任何一家买东西

老北京五十年

150

都是拆零卖货，油盐酱醋等既卖成斤的，也卖一二两的。顾客用一枚大铜钱（20文不到一分钱）可买酱油、醋、香菜三样东西。猪肉杠和羊肉铺卖猪肉、羊肉也是如此，买一二斤肉他们欢迎，买几个铜钱的肉也卖。小手工业作坊和该地粮油盐店、猪肉杠、羊肉铺和理发馆买卖交往都是记账赊销，年终结账。

　　1937年"七·七事变"前，该地区商业街，北至北河漕，南至营房，西到红桥东边的火神庙街等居民，都是这个商业街店铺的常主顾，但北平沦陷后，由于日本人的疯狂掠夺，买卖一落千丈，逐渐衰败。

老北京街头的猪肉杠

私塾书房的传统道德书籍《弟子规》与学做人

北京的传统教育，官家办学的国子监和私人办学的书院、私塾，都以孔圣人的四书五经和启蒙书籍《三字经》、《百家姓》、《千字文》、《名贤集》、《弟子规》、《六言杂字》为教材。虽然在光绪二十四年（1898 年）戊戌变法后设立了一些学堂，但国学依然是学堂里教材的一部分。1919 年"五四运动"在

旧式私塾课堂

"打倒孔家店"声浪中，国学虽然受到一定的影响，而北京以国学为教材的私塾书房与以西方教材为内容的学堂并存。特别是北京前门、崇文门和宣武门外以南地区，私塾书房多于学堂。所以大多数少年儿童受的教育是四书五经和六本启蒙书籍。

　　六本启蒙书籍的《三字经》是其中的第一本。俗称"历史小纲鉴"，用通俗的语言、整齐的句子将从古至今的历史概括地讲述一遍。《百家姓》比较简单，是一本识字的小书，通过识字知道姓氏而已。《名贤集》、《千字文》和《六言杂字》是上介绍天文，下讲地理，中间使学生了解人间杂事的百科全书式的书籍。六本书中的《弟子规》则是一部有系统地讲解人在社会之中如何为人做事，是一部讲人的道德行为规范的书籍。从"父母呼，应勿缓，父母命，行勿懒……出必告，返必面，居有常，业无变"等孝顺父母篇突出个"顺"字，历史上都说，百孝顺为先。对于同辈的哥哥弟弟讲究"悌"，"兄道友，弟道恭，兄弟睦，孝在中"。第三篇是"谨"字，就是做事的规矩，此篇从"晨盥漱，理床屋，便溺回，辄净手"到"衣贵洁，不贵华"，从"年方少，勿烟酒"到"执虚器，如执盈，如虚室，如有人"等谨慎做事。第四篇是讲"信"字，开头就写"凡出言，信为先，诈与妄，奚可焉"。第五篇是"泛爱众而亲仁"，也就是开篇所讲"凡是人，皆须爱，天同覆，地同载"，最后讲"行有余力，则以学文"。因为国学的启蒙六本书语言浅显易懂，由老师讲解后学生都懂得了做人做事的准则，走向社会能够做到奉公守法，社会比较安宁。

悬壶济世的"小楼丁"

　　医生的行业与其他工商业不同，担当着济世救人的使命，所以一个好医生不仅医术高，而且要医德好。本文介绍的悬壶济世的"小楼丁"，就是这么一位医术高超医德高尚的皮外科大夫。

丁德恩

　　"小楼丁"名叫丁德恩，字庆三，是信奉伊斯兰教的回族，清咸丰四年（1854年）生于北京西郊海淀。幼年读过几年私塾，十几岁就走上社会在德胜门外一家羊肉铺学徒。在羊肉铺关门休息时，他就阅读医书，译本《外科正宗》医书是他经常看的。二十几岁时他离开了德胜门外到崇文门外花市大街一家羊肉铺当伙计。花市的东南几条胡同是回族聚集区，与丁德恩有很多的交往，有病就找丁德恩看。丁德恩多看书多看病，医术提高很快。后来在朋友的怂恿帮助下，在花市大街找了一间房开办外科病室正式当了皮外科大夫。又过了两年，就迁到花市大街北羊市口路东，上面有间小楼的店面，并挂出"德善医室"的牌匾。后来人们将丁德恩的德善医室俗称"小楼丁"。

　　丁德恩擅治瘰背、缠腰龙、疔毒恶疮等难治之症。丁德恩以古人对贫穷患者不取诊费并免费给药为榜样，所以在医室内挂着"悬壶济世"警示自己。他经常赠给需开刀动手术的穷苦病人一些金钱，先到饭馆吃饱了再来动手术。

患者手术后残留的脓液，有时难以清除干净，他就用口吸净。他研制的红胜丹、白降丹等外科膏药疗效显著。在二十世纪初名扬京城，是北京著名的外科大夫。1917年辞世。

二十世纪三四十年代，北平中医外科名医，北平解放后担任北京中医院副院长，北京中医研究所所长的赵炳南从师丁德恩，在德善医室学了六年。赵炳南不仅将丁德恩精湛的医术完全学到手，而且还将丁德恩的高尚医德继承下来。

请会上会

老北京多数人生活艰苦，特别是住在以卖苦力做短工或做小买卖等人群为主的地带，生活更苦。他们有的吃了今天的饭，明天还没辙呢。甚至上午饭吃了，下午的饭要等着男人拉车挣回钱去粮店买回玉米面才能做饭的惨状。虽然有些居民每月有固定的收入，但没有积蓄。如果遇到天灾疾病或者家中有儿子要娶媳妇，老人亡故等需用钱的时候，就要找亲戚朋友借贷或求街坊邻居帮忙。

家中遇见用钱的事情，求街坊邻居帮忙的办法就是请各家给凑钱供用钱者使用。如一户姓张的用钱 100 元，请来十家街坊邻居，每家拿出 10 元，共 100 元供姓张的使用。这种请十户人家凑钱供一户姓张的用钱的办法，老北京将用钱的姓张的叫"请会"，凑钱的十户人家叫"上会"，请会者也叫"会头"。

请会的张家是怎样将 10 户上会的钱还清呢。如果将姓张的——请会的就是会头，用 10 户的 100 元钱是农历正月十五的话，按规矩到二月十五日，请会的和上会的共 11 家又聚在一起，每家拿出 10 元共 110 元。会头用 10 张白纸条，只在一张白纸条上写"使"字，而后揉成团。除会头外，每人抓一个阄，如果一位姓王的抓到写有"使"字的阄，110 元就归了姓王的。到三月十五日，还是每家拿出 10 元共 110 元。会头取 9 张白纸条，在一张白纸条上写"使"字，揉成团，除会头和二月抓到使钱的阄的王家外，令其他 9 个人抓阄。如果这次是姓刘的抓到写有"使"字的阄，110 元就归了姓刘的。

以下每月十五日会期都是如此，直到十一月会的结束。也就是说，已经使到钱的人，每次也只会往外掏出 10 元的义务，没有抓阄的权利了。过去管只往外掏钱，不能抓阄使钱的叫"黑签会"，还没使钱的叫"白签会。"

老北京这种请会上会是常事，特别在一般老百姓居住的街巷胡同四合院，一年四季都有。有的居民这个会还没完呢，另一个会就来了。

可能有人问，请会，上会，能不能出现有人使钱后，不再来聚会往外掏钱了。据笔者所知，这种事不能说绝对没有，但万分之一。老北京人都以信义为本。一个人不讲信义，今后谁也不会与他交往，或者没人理了，结果不能在此院住了，只能搬家。

请会上会是"帮穷会"，是没有利息的高利贷。老北京时，请会上会多，一是人们生活贫苦，但是也反映出过去街坊邻里和睦、有事大家帮忙的社会风气。

作揖拜年

敬惜字纸

北京的男女老少多少年来，就有热爱民族文化、珍爱民族文字的优良传统。小孩子开始上学就受到老师敬惜祖国文字的教育。老师给学生规定，不能到处乱写乱画，写过字的纸不能乱扔，不能包物品，更不能做大便纸。

据《京师坊巷志稿》记载：北京外城前门以西"梁家园有惜字会馆"。会馆碑刻记：惜字会馆建于清乾隆三十九年（1774 年）。铸有焚字纸炉，废字纸集于此焚化。开始都是到各家收取字纸，而后在惜字会馆火焚。后来发现字纸在大街小巷地上被蹂躏，因之，组织"惜字会"，会员到街上捡拾字纸。到了清光绪年间，又在北京五城设局收买字纸，以鼓励更多人捡拾字纸。1937年"卢沟桥事变"前，笔者经常见到有人身挎上写"敬惜字纸"的布袋，手持竹夹在街上捡拾字纸。北平沦陷后，这种"敬惜字纸"上街捡拾字纸之人就见不到了。

当年由于社会上对字纸处理的重视和学校老师对学生进行敬惜字纸的教育，所以当时没有到处乱抛字纸之人，更没有人蹂躏字纸。对字纸珍爱，就是对我国文化的崇敬。

春夏秋冬四季的风俗

北京是历史文化古都，形成了各种独特的风俗，其内容丰富，既有宗教信仰方面的，也有祝福贺喜、娱乐游戏的性质。节日中的祭祀、走亲访友、饮食、服饰等活动，都有它的说法和习俗。各种节日活动不仅喜庆热闹，而且富于乐趣，反映出北京百姓热爱生活的面貌。

春季

正月初一日的活动。在民国以前，中华民族都是用农历纪年，所以正月初一是一年的开始，是我们中国人的新年。同时也是春季的开始。因为立春这个节气，和正月初一相距不远，新年第一项活动就是播种，夜里子时（23:00—1:00）整（24:00）是正月初一的到来，也就是新年的来临。只要是时钟的大针和小针都指向夜里十二点时，全城立刻鞭炮齐鸣，接神开始。人们——男人向广安门外五显财神庙方向叩拜，烧香，并且用红纸灯引路将财神爷接至家中。谁不希望摆脱贫穷，谁不希望过上幸福的生活，当时人们都将这美好的愿望寄托在财神这个泥胎上。接完神后，全家坐下同吃新年水饺。北京的风俗，正月初一要吃素饺子，并在包饺子时放入一枚铜钱，谁要吃着这枚铜钱，一年都吉利。正月初一从夜里起，晚辈都要向长辈拜年，而且要父母、伯父、叔父、姑、姨、舅坐好，郑重地跪拜。天一亮，胡同街巷的人群都是往亲朋街坊家拜年的，熟人路上相遇问候应相互抱拳道：新年好！恭喜发财！这种拜年要到正月十五才算结束。按北京的风俗，从正月初一到初五各家都"忌门"，忌外姓妇女进门，所以旧北京每逢新年正月初一至初五，妇女都不去串门，包括自己的娘家都不能去，说是怕冲了神，不吉利。这种风俗纯粹是对妇女的歧视。

正月初一这天还不许扫地，如果地面太脏了，就用扫帚从屋门往里扫扫，往外扫，怕把财扫走。正月初一除了包素馅饺子吃外，直至初五不另做饭，每天都吃头年做好的食物，特别要吃"隔年饭"。这种隔年饭是年三十吃剩的，特意留到初一至初五吃的。它寓意日子好过，饭吃不完。北京的妇女是勤劳的，每天不是生火炉，烧水做饭，就是针线不离手，但是，正月里妇女不许动针线。

初一每家除了忙吃、拜年外，还要到前门瓮城关帝庙烧香，求在新的一年中吉祥顺利。这座关帝庙甫看它是只有一层殿的小庙，但在北京众多关帝庙中，它是香火最盛的。据《宸垣识略》一书记载：前门瓮城关帝庙建于明代万历年间，明清各代皇帝都以关帝为护国之神，所以北京九门都建有关帝庙。前门是北京的南大门，位置重要，因此，关帝庙也身价倍增，皇帝们特别崇敬。清代的皇帝每逢去天坛和先农坛祭祀，出前门路过时都要亲自至关帝庙焚香，每月初一、十五日还命太监到前门瓮城关帝庙上香致祭。由于皇帝给予的特殊待遇，官员和全城老百姓也都到前门瓮城关帝庙烧香。所以，这座关帝庙香火极盛，尤其是大年初一，从天没亮开始，焚香的人庙里庙外就拥挤异常。

正月初二的风俗。是到广安门外的五显财神庙烧香借元宝。这座五显财神庙就在现今六里桥路北，小庙不大，可是每年正月初二开庙时，夜里就有很多人，在广安门门洞里等着天亮开城门，好赶到财神庙烧头柱香，借回元宝来。说是借元宝，实际上是花钱从庙中老道手中买元宝。而且每年都有很多人"借"不着，只得扫兴而归。过去北京建有很多财神庙，供奉的不是大商家范蠡（文财神）就是赵公明（武财神），都是香火一般，唯独这座五显财神庙被全城老百姓尊信，形成正月初二借元宝的风俗。原来这座五显财神庙供奉的是曹仁广、刘义广、李诚广、葛信广和张智广五位替天行道、劫富济贫的英雄好汉。多年来，民间流传着这五位绿林好汉送穷人钱，夜里给贫病交加的人送元宝的传说。

正月初五北京俗称"破五"。也就是说从正月初一的忌门到初五为止，初六各家的妇女就可以互相串门拜年了。新结婚的媳妇初六娘家来接，也可以回娘家看望父母了。

正月初六是店铺开市的日子。过去北京从正月初一起到初五，店铺一律上板停业休息，伙计们天天有酒有肉，吃饱了玩，玩完了吃。除去留三个人在店里值班以敲锣打鼓庆新年以外，其余人都自由活动。有的出去拜年，有的去戏院听戏。到了初六下门板开市时，店外放鞭炮，店里账房先生（会计）双手斜拿着算盘向外上下摇动，以赶邪气，祝新的一年里买卖兴隆。

正月初八日顺星。这一风俗也是企盼新的一年里顺顺利利，万事如意。传说每一个人都是天上的星星转世，代表你的那颗星明亮旺盛，你就走运，相反你就倒运。正月初八诸星下凡，是祈祝星辰之日。顺星就是祈祝代表自己的那颗星明亮旺盛。在正月初八晚上，用彩色棉纸拈成灯花状，放于铜盘中。有的做灯火49盏或108盏不等。上滴些香油。顺星时，供桌上放"星宿码"图纸，前摆香炉、蜡扦，供品是几碗熟元宵。全家男女老少共同祭祀，先将铜盘中的灯花点燃，随后焚香，按照长幼顺序祈祷，祭祀完毕就用供品元宵分食之。

立春。俗称打春。在北京是一项重要的风俗。立春是我国二十四节气之首，有一年之计在于春的说法，从官府到民间都重视立春这个节气。据《明宫史》上记载："立春前一日，顺天府和官员至东直门外一里春场迎春。立春日，礼部呈进春山宝座，顺天府呈进春牛图。礼毕回署，引春牛而击之。曰打春。"民间妇女在立春那天都买萝卜吃，谓之"咬春"。说吃萝卜可以解春困倦。立春各家讲究吃春饼，烙春饼与烙普通饼不一样，春饼要薄而且还要能揭开，一分为二，所以，春饼又称"薄饼"。吃春饼讲究菜多，过去北京猪肉铺都卖熟肉"盒子菜"。盒子菜中有驴肉、熏肚、熏肘子、酱口条、酱小肚等。从猪肉铺中买个盒子菜，他们管送。掌柜的叫小学徒提个桶，里外涂漆，圆形，桶内非若干小格，食物分类放在小格中的食盒内，给送至家中。另外，还要炒粉丝、炒肉丝菠菜、炒鸡蛋、炒豆芽菜等。吃时先用两根洋葱蘸点黄酱抹在一层薄饼上，用筷子夹些爱吃的菜卷上吃。除立春日讲究吃春饼外，现在北京在春季里请亲戚朋友吃饭，也讲究吃春饼。

上元节。俗称元宵节或灯节。据《帝京岁时记胜》记载：三元。正月"十五上元，七月中元，十月下元，为三官圣诞。"又据《燕京岁时记》记载："自十三以至十七均谓之灯节，唯十五日谓之正灯耳。"正月十五上元节观花灯、吃元宵历史很久，据说汉明帝时就在正月十五日燃灯以敬佛，到了唐代开元盛世时，从十四夜到十六夜放灯，后增至五夜。这说明，最晚在唐代正月十五观花灯就已成为定制。关于正月十五元宵节吃元宵的风俗，据《岁时杂记》上记述，在北宋时元宵是个不包馅的丸子，将糖放在汤中，称作"圆子"。到南宋时才出现了包馅的元宵，不过还不叫元宵叫"乳糖圆子"，又叫"浮圆子"，因为它浮上水面故名。到元代又演化，称为"汤圆"，北方称"元宵"。并在正月十五上元节观花灯时吃元宵，所以正月十五又叫元宵节。北京在明代，正月十五在东四以南形成灯市。据《宸垣识略》中记："灯市自正月初八起，至十八日始罢。"至清代，每至灯节，内廷筵席，放烟火，市肆张灯。其中以正阳门的东肚墙、打磨厂、西河沿、廊房头、二、三条和大栅栏花灯最繁盛。

白云观

正月十五吃元宵、观花灯是北京最重要的风俗。

走桥摸钉。这个风俗都出于缺少知识的愚昧妇女身上。在清代元宵节的夜晚成群妇女见桥就走，他们将"桥"当做"消"读，自认为走桥，可以"走消百病"。摸钉是到正阳门门洞里去摸门钉。她们把门"钉"当做男"丁"读，认为摸到正阳门的门钉，可生育男孩。

燕九节。又称白云观会神仙，是明清时期北京全城一个盛大风俗活动。正月十九是燕九节，也称宴九、筵九、烟九、淹九等。白云观是这个节日的活动中心。白云观位于西便门外一里许，建于金代，旧称太极宫，元代改称长春宫，明正统年间重修后才改称白云观，这种道观建筑宏伟，不仅是北京最大的全真派道观，也是我国北方道教中心。观内放有丘祖殿，塑有全真派始祖长春真人丘处机像。丘处机为了世人的幸福，可能于正月十八夜至十九日晨降在人间，给病人治病，解除世人疾苦。人们为了能够见到他，都在十八日夜，十九日晨涌向白云观去"会神仙"。文人墨客介绍白云观燕九节

香客来白云观会神仙

的文字很多，现抄录两首写燕九节的竹枝词如下。清康熙年间宜兴周兹写道："正月十九燕九节，神仙肯授长生识。只今留得白云观，峭寒遍地霜花结。"另一首也是康熙时任江阴王住坤写道："今年烟九春风暖，日暮游人犹未散。传言若个遇仙真，前车不行后车满。"

二月二龙抬头。北京农历二月的风俗主要是与太阳和龙有关。因为去冬的严寒已经过去，太阳升高了给人们带来了温暖，又因为春天来，农业开始忙起来。种庄稼需要阳光和水，所以祭祀太阳和龙。北京南城左安门内有座太阳宫，是清朝顺治初年所建，宫内塑太阳神像，每年二月初二开庙。开庙时居民都往祭太阳，香客络绎不绝。在祭太阳神时，北京居民都做太阳糕而供。太阳糕是用大米磨面做成，是个长二寸宽一寸半，豆沙馅，面上印有红色小鸡图案。在民国年间，小贩每至二月初一、初二时上街叫卖太阳糕，顾客争购。每家都在大门外洒些白灰，进门又在屋内和厨房等处及水缸四周撒白灰。这种做法说是引龙回来。城里人用麸子面、麦米做成枣糕放入热油锅煎熟而吃，说是"熏出"。过去二月初二是娘家接已出聘姑娘回娘家的日子。有这样的顺口溜："二月二接宝贝，接不来落眼泪。"

敬惜字纸。北京是文化古城，敬惜字纸是北京人的民风。明清时期每年农历二月有惜字会。这个惜字会是将纸上写有文字的废弃的纸集中起来焚化。惜字会的会址在广渠门内的文昌祠（宫），它平日有两三个道士手执大竹夹子专捡路上的带字的废纸，用竹夹子夹起放入身上背的大布袋子内。布袋子上写着"敬惜字纸"。至二月焚字纸时，精忠庙的梨园会馆还演大戏，敬祭文昌君。

三月里的清明节。清明节有时在农历二月。不过在农历三月的较多。清明节又称寒食节（实际上清明前一天为寒食节）。在清明节时人们都要祭祀先祖亡人，有的人家去自家坟地扫墓，有的则在家中烧"包袱"遥祭而已。包袱是个约有尺许的白纸大口袋，上写先人的名字及敬祭者是谁。内装纸钱和金银圆宝等冥器。清明戴柳（条）的风俗由来已久，《明官史》中记：这一天官女都"戴柳枝于鬓"。清末民初时，民间都将柳条围圈戴于项上。此外，清明节还有射柳的风俗，每至清明节草木丛生，郊游踏青是北京人多年来的风俗。寒食要禁火三天，吃冷食。寒食节是我国古代人为了怀念春秋战国时的人晋国的介子推，不图赏赐被火烧死在绵山上的事。晋人感介子推的忠义，死于火，不忍举火做饭吃冷食。最早达一月之久，后来改为三天，清明重新起火，叫"新火"。人们为招介子推之魂都在门上插柳。这是插柳的又一说。过去北京三月有一风俗是逛三月三蟠桃宫。这座蟠桃宫在崇文门以东河沿南岸。据史书记载，蟠桃宫原名太平宫，创建于明代。庙不大，前后只有两个院落，山门横匾上书"护国太平蟠桃宫"，左侧大墙上写"蟠桃"，右侧大墙上写"圣会"四个绿琉璃大字。山门里正殿四壁墙上塑着一座鳌山，新塑的群仙从四面八方拥向鳌山来赴三月初三蟠桃圣会。规模宏伟，人物众多，塑工精细，是该庙中泥塑艺术的精品。蟠桃宫虽是个小庙，但在北京人人皆知。该庙每年农历三月初一至初三开庙三天，初三是王母诞辰，香客和逛庙的老幼男女人群如梭。从崇文门外往东护城河南岸至庙门，小贩的货摊、卖茶水的席棚，以及打把式、耍戏法、摔跤等卖艺娱乐场子一个接一个，热闹非常。正如一首诗所云："十丈红尘过雨清，惠河添涨绕重城。瑶池香渺春云黯，阆苑花鲜晓日明。正是兰亭修禊节，好看曲水丽人行。金梁风景真如画，不枉元宫号太平。"

夏季

四月赶金顶妙峰山庙会。据神话传说，农历四月十八日是东岳大帝女儿碧霞元君的诞辰。北京的碧霞元君娘娘庙很多，著名的有金顶妙峰山娘娘庙、西直门外高粱桥天仙庙、东直门外东顶、蓝靛厂西顶、永定门外南顶、安定门外北顶、右安门草桥中顶和左安门内的碧霞元君庙等。而其中以金顶妙峰山娘娘庙会赶会的人最多。每年农历四月初一至十五开庙十天。

五月端阳节风俗。端阳节北京俗称端午节或五月节，是个重要的节日。提起五月节，大家自然和粽子及我国古代爱国诗人屈原联系起来。确实五月节和屈原有关，屈原晚年，亲眼看到自己的祖国——楚国被秦国军队占领，看到家破国亡，人民痛苦，于农历五月初五投身于汨罗江自尽。人民怕鱼虾咬屈原的尸体，就纷纷往江中投放米粟，后来逐渐演变为在五月初五吃粽子划龙舟来纪念屈原。北京最早过五月节就是包粽子吃，此后不断丰富内容。明清时《增补东门杂咏》上写："樱桃桑葚与菖蒲，更买雄黄酒一壶。门外高悬黄纸贴，却疑账主怕灵符。"北京有句俗语"樱桃桑葚卖当时"，就是说樱桃桑葚是五月节的当令食品。饮雄黄酒，用雄黄在儿童额头、耳、鼻等处涂抹，为了避蛇、蝇、蜈蚣等毒咬。各门户都贴钟馗画像，插艾叶、菖蒲，为了驱逐邪恶。过去五月初五这一天，忌到井边打水。

秋季

妙峰山娘娘庙前石塔

七月的风俗。农历七月里有"七月七"和七月十五放河灯的风俗。七月七夜叫"七夕"，是北京民间妇女的一大节日。据神话传说，牛郎和织女因犯了天条，被隔于天河的两边，只有每年的七月初七夜才能通过鹊桥相会。所以，多少年来，每逢七月七日，北京没出嫁的姑娘都将一枚小钢针投于水碗中，使其浮于水面。碗底的针影，"或散如花，动如云，细如线，粗如椎"，用此法以卜巧拙。风俗谓之"丢针儿"。七月十五是传统的中元节，在此节日里除各家祭扫坟茔，祭奠祖先外，在七月十五日傍晚后，儿童以燃点荷花灯为乐，并唱儿谣："荷花灯，荷花灯，今日点了明日扔。"北海、护城河、通惠河上放河灯是七月十五一项很有乐趣的风俗。

八月的风俗。农历八月时至中秋节，俗称八月节。此时正是庄稼收割，各种干鲜水果上市的日子，家家户户都欢天喜地。八月里第一个活动是初一至初三的灶君庙会，这座灶君庙在崇文门外花市东大街。据《宸垣识略》记载："都灶君庙在花儿市，明建，无碑可考。有古柏一。本朝康熙间重建，有国子监祭酒孙岳、翰林院编修冯云骕二碑。门外铁狮子二，康熙初年铸。每年八月初一、初二、初三日庙市。"庙市时，杂货摊云集，除很多的兔爷摊外，就是卖铁锅、铁勺、菜刀、案板、擀面杖等炊具摊及农具摊。在庙市期间，北京会贤堂、天寿堂、庆丰堂、福全馆以及八大楼等饭庄饭馆的厨师、茶房等分拨到灶君庙焚香祭祀祖师，全城厨茶行在这里大聚会。此外，过去北京有句俗语"灶君庙的狮子——铁对"，它比喻甲乙二人好朋友形影不离。现庙早已无存，今是崇文区回民小学校址。铁狮子尚在校园内。

第二个活动是庆中秋节吃团圆饼、月饼、拜月赏月。团圆饼都是各家妇女所做，一般是将白面发酵，做成直径约尺许，圆形，上下五层，中投放果料、玫瑰、蜂蜜等，其表面除放些青丝、红丝、核桃、瓜子仁之外，还要用大料瓣蘸红色打上些色彩，至晚赏月时全家共同分食，表示全家团圆。拜月时，都是在八月十五夜，在庭院中放个小桌，上放毛豆、鸡冠花、月饼、水果等为祭。家中妇女拜，男人不拜，因为北京风俗是"男不拜日，女不祭灶"。

九月的风俗。一是九月登高，农历九月九日是我国传统的重阳节，又称"重九"、"九日"。自古以来，北京居民逢重阳节时都到崇文门外的法塔、西直门外五塔寺、永定门外的烟墩、西便门外的天宁寺等处登高。据说可以避邪去恶。据宋陈元靓《岁时广记》一书引《续齐谐记》载："汝南桓景随费长房游学累年。长房因谓景曰：'九月九日汝家当有灾厄，宜急去，令家人各作绛囊盛茱萸以系臂，登高饮菊酒，祸乃可消。'景如其言，举家登山。夕还，见鸡犬牛羊一时暴死。长房阐之曰：'此可代之矣。'"这不过是个传说的故事，不是信。但它给人留下个适时远足登高自娱自乐的好风俗。一是吃花糕，据《燕京岁时记》载："花糕有二种，其一以糖面为之，中夹细果。两层三层不同，乃花糕之美者；其一以枣栗放在糕上乃糕之次者也。每庙重阳，市肆间预为制造以供用。"一是栽养菊花，旧时菊花曾称"九花"，九月是九花盛开之际，北京居民多数有养植九花的喜好，富有之家养九花数百盆，放置大厦中，"前轩后轻"，看上去像山，当事人称为"九花山子"。

冬季

十月的风俗。农历十月初一"送寒衣"。北京地区进入农历十月天气渐冷，人们御寒风都换上了棉衣，当年北京有"十月一鬼穿衣"的顺口溜。据《帝京景物略》记："十月朔，纸坊剪纸五色作男女衣，长尺有咫，曰寒衣。有疏印识其姓字行辈，如寄家书然，家家修具，夜莫而焚之其门，曰送寒衣。"将买来的彩纸剪成衣形，上写清是送给亡父母，还是亡兄弟、姐妹。在夜晚时于大门外焚化就算给亡人送去了寒衣。此风俗二十世纪三十年代时，北京大多数人家都如此做。

每逢农历十月初至腊月，北京的街巷胡同里就出现了卖宪书的小贩，沿街叫卖"皇历买，皇历买！"皇历是宪书的俗称。在过去，北京的居民大都是按农历的初一、十五等日期过日子，所以皇历是家庭必备之物。这种皇历都是由崇文门外打磨厂里老二酉堂、宝文堂等书铺印制出版销售。其内容不仅月、日介绍得很详细，而且还附有摇铜钱算六十四卦。"黄道日"和"黑道日"，京汉、京奉、京绥等铁路线车站表。我国的农历是根据月亮的圆缺编排的宪书（历书），因之称阴历。公历是根据太阳转绕地球一周编排的历书，因之称阳历。1949年，新中国成立后，公布用公历纪年。虽然农历没有废除，公历、农历并用，但是国家用公历纪年，人们日常记日期都以公历为主，公历又称西历，此种历法产生于古埃及，为今天世界各国通用。

十一月风俗。农历十一月又称冬月，因为二十四节气的冬至节常在此月，故叫冬月或冬至月。冬至是古代的一个重大节日。明清时期，每逢冬至皇帝要去天坛祭天，百官向皇帝朝贺。冬至这一天是白昼最短，以后白昼一天比一天长，古代有"冬至阳生"的说法。《史记·律书》云："气始于冬至，周而复生。"它说，冬至是节气的开始。民间在冬至日没有什么重要活动，风俗是家家吃馄饨，所以有"冬至馄饨夏至面"的顺口溜。从冬至起，就进"九"了，北京人给"九"编的顺口溜是"一九二九不出手，三九四九冰上走，五九六九抬头看柳，七九河开，八九雁来，九九加一九，耕牛遍地走。"过去，人们在度"九"时，有画"九九消寒图"的风俗。其法是，画九格八十一圈，自冬至进九起，每天用墨涂一圈，上阴下晴，左风右雨，雪当中。

十二月的风俗。农历十二月叫腊月。"腊"是古代祭祀众神之名，在十二月举行祭祀众神之礼，故此十二月为腊月。腊月的重要风俗是熬腊八粥。据佛教神话传说，佛祖释迦牟尼感于人生、老、病、死的各种苦恼，舍去贵族生活，出家修行。经过几年的苦练，最后在婆罗树下静坐不食，渡过苦难得道。在释迦牟尼修炼最饥饿时，一些信徒拿来稀米粥让他充饥，他才渡过苦难之关。这就是腊八粥的由来。后来，随着佛教传入我国，腊八粥的风俗也传了进来。原来的腊八粥很简单，只是用米加水熬成。随着时间推移，腊八粥的原料日渐丰富，到了清光绪年间，熬腊八粥的原来有黄米、白米、江米、小米、菱角米、栗子、红江豆、枣泥等。熬熟后再放入红桃仁、杏仁、瓜子、花生、榛子、松子、白糖、红糖、葡萄干等配料。熬腊八粥都在初七的后半夜，初八天亮时粥熬熟。用腊八粥祭佛外，风俗是往亲友家中送。

二十三祭灶。旧北京一般人家都供灶王，将灶王当做一家之主。民间传说，腊月二十三日，灶王要上天向玉帝汇报工作，到年三十夜随着诸神一起来到人间。人们怕灶王上天说坏话，所以给灶王贴的对联是："上天言好事，下界保平安"。横批是"一家之主"。贡品很简单，有几块南糖，关东糖、糖瓜、一些草豆、一碗清水。祭灶王都是家中的男人，妇女不能做主祭。

贴对子。对子是春联的俗称。民间在新年时贴对子的风俗由来很早。据说，对子是由古代的桃符演变而来，在桃木板上题字挂在门口。五代后蜀君主孟昶在一次新年，往桃木板上写的"新年纳余庆，佳节号长春"句子被称为最早的对子。在清末民初时，一到腊月二十日，私塾房都放年字，私塾房的老师有的就带一两个学生在市上摆摊卖对子。摆对子摊用一张高桌、一个凳子、笔墨和一些大红纸，放在店铺的房檐下，墙上贴"春书"，"借纸学书"或"换鹅"等招贴，人家就知道是卖对子的对子摊。一般卖对子的先生写"书春"的多，写"借纸学书"的少，写"换鹅"的更少。因为换鹅两字是个典故，它出自东晋王羲之的故事，王羲之曾做过右军将军，人称王右军。王羲之的字写得结构匀称，笔锋有力，运笔流畅，被世人称为"字圣"。王羲之喜爱鹅，一次他去一座寺庙拜佛，看见一群雪白的鹅在不停地高叫。王羲之越看越喜欢，想花钱买几只。寺庙不卖，说，我们不要钱，只要为我们抄写一部佛经，这群白鹅就送给您。这就是王羲之抄佛经换白鹅的故事。看起来，写"借纸学书"太自谦了，使买对子的人不相信；写"换鹅"会使人认为太自傲了。所以，大多数先生都写"书春"。

对子摊写的对子有普通民用对和工商对两大类，其中又分"门心"（大门对）、屋门对、灶王对等。普通民用"门心"常见的是"忠厚传家久，诗书继世长。"屋门对是"上天言好事，下界保平安。"或是"上天言好事，下界降吉祥"。其他如"抬头见喜"、"出门见喜"和大小"福"字等。工商对子无论大门对还是房门对都是"生意兴隆通四海，财源茂盛达三江"。账房的组字有："日进斗金"、"黄金万两"、"招财进宝"等。

迎新年家家除贴对子外，还都贴年画。过去北京一进腊月，街上就有小贩背个布卷，内有年画，随走随吆喝"画来，画来买！"只要街上卖画的小贩一出现，年味就有了。过了腊月十五日后，在花市、东四等繁华街市上就有"画儿摊子"了。据《燕京岁时记》上写："每至腊月，繁盛之区，支搭席棚，售卖画片。妇女儿童争购之。亦所以点缀年华也。"

沐浴是年终北京人必做的风俗。在《帝京岁时记胜》就这样记载："岁暮斋沐，多于二七八日。"谚云："二十七，洗疾病。二十八，洗邋遢。"

岁暮还有"丢百病"的风俗。就是将没吃完的剩药都扔出去，将一切药方找到一起烧掉。这就是叫丢百病。

年三十是风俗讲究最多的一天。在腊月二十三祭灶后，各家天天都在忙年，男人到各处买年货，女人买布做新衣，发面蒸馒头，做年菜，扫房，贴对子，到年三十就都准备好了，全家高高兴兴过年了。上午买纸做包袱祭祀祖先，在佛桌上摆放供品。傍晚，先在庭院里，从大门至屋门都放芝麻秸，人走在上面咯吱吱作响，这叫"踩岁。"此后各处都点上灯，不管住人不住人都点灯，并且在院中立杆，悬个天灯以示喜庆。年三十，从下午，至晚，大门口一会来一个送财神爷，（一张16开纸，上印着财神像。说"送"实际是卖）。买了一张财神像后，再来，忌说"不要了。"只能说，"请了"。晚上吃年饭，据史料所记，年三十晚吃的年饭先用金（小）银（白）米做成，上面插松柏枝，并缀个金钱，放些枣、栗、龙眼、香枝等。每人都吃一口，剩下的正月初一至初五，每天吃一口，以表示饭吃不完，日子过得富裕。这种年饭又叫"隔年饭。"

全家守岁。就是年三十夜不睡觉，一夜灯火辉煌，这是北京多年来的风俗，以示日子过得红火。

嫁娶喜庆风俗

旧北京男青年婚娶女青年出嫁是一生的大事，多少年来形成一套固定的礼节风俗。一般从媒人保亲起，至完婚、生育。

媒人保亲。旧时男女结婚要遵守父母之命，媒妁之言。媒人都是临时副业，一般是受男方父母或女方父母之托，从中跑腿来往说合介绍情况。没有专职的媒人。媒人又称冰人或月下老。冰人之称出于《晋书》："冰上为阳，冰下为阴，阴阳事也。士如归妻，迨冰未泮，婚姻事也。君在冰上与冰下人语，为阳语阴，媒介事也。"月下老是根据传说而来。相传，唐代一个没有娶妻的男子，一天夜间见一老人在月下看书，这个男子问老人看什么书？来人说看婚嫁的书，又见老人身旁有个袋子，问老人袋子里装的是什么？老人说，是红线绳，用它把男女捆住脚就可成亲。媒人给人保亲一般自称"喝冬瓜汤"。冬瓜在众多蔬菜中比较便宜，媒人为人保成一桩婚事，只能喝碗冬瓜汤而已，其意是尽义务，而且还要赔车钱。

相亲相家当。经过媒人介绍男女双方的基本情况后，如果没有什么问题就要双方家长互相看。男方家长到女方家去，女方家长到男方家去。双方家长都是泡茶热情招待，其中一个重要风俗是，相亲者如不满意或有疑问就不端茶碗饮茶，如满意就饮茶。

合婚批八字。男女双方家长经过相看，如都满意就进入过"年庚小帖"。年庚小帖一般都用红纸写男或女的出生年、月、日、时。双方交换后，要去合婚批八字星象先生处"合婚"。所谓合婚，这纯粹是封建迷信。要讲合婚批八字，先要知道八字是怎样来的。八字是用天干和地支编排组合而成。天干共十个是：甲、乙、丙、丁、戊、己、庚、辛、壬、癸。地支共十二个是：子、丑、寅、卯、辰、巳、午、未、申、酉、戌、亥。我国古代就是用天干地支来纪年。用一个天干和一个地支相配，如甲子、乙丑、丙寅、丁卯、戊辰、己巳、庚午、辛未、壬申、癸酉、（甲）戌、（乙）亥。如此编排组合下去，到六十组为一甲子。年、月、日、时都是用天干和地支的组合来纪。古人又将地支的十二个各用一种动物来表达，就是子鼠、丑牛、寅虎、卯兔、辰龙、巳蛇、午马、未羊、申猴、酉鸡、戌狗、亥猪。因此，每一个人的出生的年、月、日、时都有各自八字。合婚批八字的先生根据男女的八字相合与相克排出婚姻的等级，上等婚最好最美满，而且子孙满堂，中等婚是一般的婚姻。下等婚是五鬼婚，但是如果没有妨克也可做婚。此外还有属相相合与相犯的说法，属龙的与属虎的结婚不好，为"龙虎不到头"，属鸡的和属蛇的结婚也有妨碍，为"鸡蛇斗"，还有"白马怕青牛"、"羊鼠一旦休"、"蛇虎如刀错"、"龙兔泪交流"、"金鸡怕玉犬"等。除属相相合相犯外，还有五行之命也有合与克的说道，"木生火，火生土，土生金，金生水，水生木"等，还有"水命克火命，火命克金命，金命克木命，木命克土命"等。

旧北京青年男女结婚，合婚批八字就是一关。合婚先生用那种封建迷信的办法骗人钱财，就因为所谓八字不合或属相相妨而拆散了许多好婚姻。

放小定。合婚批八字后，就该履行定婚手续，有两个步骤。先放小定。小定就是订婚的信物，雅称"女定"。男家给女家什么物品作为订婚信物，要根据家庭的经济状况。富有的用赤金手镯一对，戒指两只，中等人家用两只赤金戒指，贫穷人家也要用两只包金戒指作订婚信物。

放大定。也称通信放大定。放小定后，虽然两家亲事已定，但没有订完婚的日期。从放小定到放大定之间，可长可短，一般要一年左右时间。在此期间，男家准备新房筹备家具，女家为姑娘筹购嫁衣和嫁妆。女孩子定婚后，北京人俗称"有了人家"。已有了人家的女孩子，做妈妈的就限制她出家门了，这是旧时北京一项很普遍的民风。在通信放大定时，不仅将《龙凤帖》（婚书）送去，还要送一些礼物，所以通信放大定俗称"过礼"。送这些东西要雇喜轿铺择吉祥日子给抬去。其顺序首先为"拜匣抬"。在拜匣中放龙凤帖和致喜帖两份。龙凤帖用大红纸做封套，上画一龙一凤，中书"龙凤呈祥"四字。内装红纸书写的"秦晋通好"、"伉俪永欢"之类的吉祥话。致喜帖就是迎娶日期的通信，而且附看新娘上下轿的时辰，面向何方以及忌什么属相之人等等。拜匣抬后是"如意抬"。如意一只放于锦盒之中，表示吉祥如意之意。其后是"鹅酒抬"。用活鹅一只，双翅涂红色放于筒子中。据说东晋大书法家王羲之酷爱白鹅，他嫁娶时就把他心爱的白鹅送新娘家。后来这一风俗就延传下来。白酒一坛或两瓶，据说"酒"和"久"同音，愿永久（酒）良姻。鹅酒抬俗称"鹅笼"、"酒海"。其后是"簪环首饰四季衣裳抬"。再其后是"龙凤喜饼抬"。龙凤喜饼都是在饽饽铺定做大块酥皮扁饼，俗称大饼子，又因上涂红色龙凤图案，所以叫龙凤饼。定做时都以斤论。少者四十斤，多者一百二十斤。又其后是"喜果抬"。喜果包括枣、栗、桂圆、花生等。关于以上抬数可多可少，是根据男孩家经济情况而定，但无论多少必须是双数，忌单数。

开脸。通信放大定后，男女双方的婚姻已完全确定，准备出嫁的姑娘请大妈大婶等给开脸。大妈或大婶与姑娘对面坐炕头，先用扑粉抹在姑娘脸和脖颈处，而后用合股丝线将毫毛拔净，使姑娘的前额、鬓角和后脖颈的头发边沿干净整齐。开脸与不开脸是媳妇和姑娘的一个重要标志。过去，没出嫁的姑娘不管多大岁数，头发既不能梳发髻也不能开脸。也有的迎娶时男家给开脸。

二十年代结婚照

潘恬波君与王女士新婚照。

下聘礼请亲朋。通信放大定后，迎嫁的日期已定，男家和女家都准备给亲朋好友下请帖。男家请帖一般都写：

谨定于×年×月×日为小子娶亲之期，在
敝舍备薄酒恭候阖光临。

×× 率子 ××× 拜

女家聘请亲朋分为两种形式。对姑妈、姨、舅等近亲就用大红纸包两块或四块龙凤饼送去表示聘请。对一般亲朋也要写请帖：

谨定于×年×月×日，在×饭店为小女举办
于归之宴，敬请阖府光临。

×× 率女 ××× 拜

填箱。女儿出嫁，父母要为女儿筹办嫁妆。亲戚近朋接到请帖后，有的也要送给姑娘一些物品，作为嫁妆一部分，通常称为"填箱"。

陪奁。陪送嫁妆。迎娶之日已定后，女家就为将要出嫁的姑娘陪送嫁妆。嫁妆的多与少，贵重还是廉价要根据家中经济状况而定。有钱的可能陪送一两所房屋、几十亩田地、一处店铺、贫穷的陪送一两件粗布衣衫都有困难。北京在二十世纪三十年代，中等人家陪送嫁妆都是箱子两只、和尚头木楼座钟（带钟罩子）一座，帽筒（瓷的）一对，盆景（带罩子）一对，瓷掸瓶一个，茶叶罐一对，脸盆、香皂盒、地盆（便盆）各一个，毛巾两条，镜真（小梳妆盒）一个，帽镜一个等。女家往男家送嫁妆都雇喜轿铺派夫役抬去。分六、八、十二、十六、二十四、三十二、四十八、六十四抬等。嫁妆一般都是喜期的前一天送去。嫁妆到男家，男家要有两男两女迎出房门"迎妆"。女家送嫁妆的人去给摆放，称安妆。

铺房。在女家送嫁妆的同时，或另派两名女眷到男家喜房中铺设卧具，称铺房。

迎娶，是男女大婚之正日子，礼节风俗多。北京的一般人家都雇用喜轿铺的花轿，关于执事多少，因为与风俗关联不大，本文就不赘述。男家在上午（初婚都在上午，二婚在午后）发轿前，先命一个小男孩坐在喜房炕上打锣，俗称"压炕"。而后，鼓手至喜房中敲打，称"响房"。也有发轿时不响房，等娶回新娘时再响房的，称"倒响房"。响房后，就将喜房中的长命灯点燃，并请两位全福女眷给喜房"铺床"。所谓全福人就是上辈老人父母健在，下辈儿女齐全，丈夫也好。喜房中的被褥都是一条红色的、一条绿色的，称为"红官（男）绿娘子"。发轿时，娶亲太太手拿面小镜子在轿中，民俗称为"照轿"，取意吉利，使坏东西不能藏身。随后娶亲太太受携盖头（盖新娘头用的，是一大块红头布），坐绿轿（如只一乘红轿就坐红轿）。两位娶亲官客（男）与新郎同乘轿车，随花轿前往女家娶亲。男家另派人往女家送一桌酒席，名为"离娘饭"。

娶亲花轿到女家后，女家只将娶亲太太一人迎进，就把大门闭上。娶亲官客和新郎上前叩门，"快开门，快开门，不要误吉时！"里边就虚掩着门，向外喊：吹打个"油葫芦倒爬城！"吹鼓手随即响起乐器，等鼓号住，再叫门，里边又喊：吹打个"麻豆腐大吐嘟！"鼓号又响起，等鼓号停，里边还是不开门，一个一个点鼓乐曲牌。这一民俗的形成是因为新娘只等轿子到门前才由娶亲太太和送亲太太给梳头换妆，并盖上盖头。新娘上花轿，娶亲太太随手将桌上预备好的"子孙饺子"和"长寿面"的"子孙筷"、"子孙碗"拿起。这一民俗的含义是将子孙偷去。新郎进堂屋给岳父、岳母行跪拜礼。娶亲官客二人在女家的送亲官客二人的陪同下，离席并放下一红纸包的"喜封"，告辞出门。在返程时，如果是一红二绿三乘轿，新娘坐红轿，紧随红轿的第一乘绿轿由送亲太太坐，第二乘绿轿才归娶亲太太坐。如果就是一乘红轿没有绿轿，送亲太太和娶亲太太都得坐轿车了。送亲官客二人如果是亲弟弟或近亲弟弟，不能乘车，要在轿子前慢慢地走，叫"压轿"。

轿子回来后，男家先将送亲太太和送亲官客请进招待。轿子放平，撤去轿顶，四名轿夫将轿子抬进院中，要过炭火盆，取一生日子越过越红火之意。等轿门对屋门口时，新郎一手持弓一手搭箭，象征性地对轿子射三箭，名叫"射煞"。射煞后，新娘抱着一个木制宝瓶下轿，就过"传袋（代）"，即两个布袋铺在轿前，新娘下轿先踩在近前的袋子上，等走上第二个袋子上时，有人赶快将前边的袋子拿起往后传，袋与代谐音，取传宗接代的吉兆。过传袋的同时，还要过个木制的马鞍，取平安（鞍）之意。接着新郎在左，新娘在右，跪于桌前同参拜天地，完成新婚夫妇大礼之一。拜过天地，进入喜房（洞房），新郎揭去新娘的盖头，接着二人"坐帐"。在炕上吃子孙饺子和长寿面。此时窗外要有人问"生不生？"新娘必须回答"生"。这就是说过门后必生贵子。吃完子孙饺子就喝交杯酒，吃子孙饺子也不是真吃，只是各咬一口，吃过子孙饺子喝交杯酒，成为"合卺"。卺就是瓢，古代结婚将一个瓠（葫芦）分成两个瓢，各盛以酒。男女各拿一个瓢饮酒，称作合卺，含有夫妻互敬互爱之意。所以古人用合卺代称结婚。至宋代就不用瓠改用交杯，就是将两只高足杯用彩色丝线拴在一起，夫妻传饮，称为交杯。最后请全福女眷两位给新娘梳头，辫子改为发髻。至新娘改妆完毕，结婚大礼成，送亲太太就告辞退出，回去复命。随后，新郎新娘拜祖先、拜父母、拜长辈，并与一切亲友见礼，这一礼俗称"分大小"。如亲友多，特别是长辈多，新郎和新娘就要叩很多的头，平辈则免叩头，揖拜即可。晚辈要给新郎新娘叩头通喜。长辈受新郎新娘之礼，必须拿出钱或物品赠送作为见面礼，新郎新娘受晚辈的叩贺，也要取出些礼品相赠。

接回门。新婚第二天，娘家接姑娘回家称"接回门"。一般都是娘家妈来接，来得很早，目的是与婆家母同验看"喜布"，姑娘的贞操。新娘回门都是新郎陪同，不能留宿，当日要回。

瞧九。瞧九有瞧单九和双九之分。就是新婚后第九天，新娘的娘家人和亲戚拿着饽饽（糕点）瞧姑娘，叫瞧单九。娘家人一定要来瞧九，这是多少年来约定俗成的民俗。但是，舅家、姨家等愿意来就表示将来走这门亲戚，不来瞧九，就不走这门亲戚。到新婚后第十八天，是瞧双九。单九来瞧，双九还应来瞧，如果不来，依然表示不走这门亲戚，假如单九没来瞧，双九来瞧是算数的，按风俗愿意走亲戚的表示。瞧九后，新娘和新郎要逐门逐户去回九。

休书。是丈夫不要妻子所写的文字证书。古代丈夫不要妻子休去时，要有七种原因。一、不孝顺父母；二、淫乱；三、忌妒他人；四、多口舌，乱说乱道；五、偷盗；六、不生育；七、有疾病。

三从四德。在那男尊女卑的不合理的社会，衡量妇女的所谓标准是"三从四德"。就是要求妻子一生顺从丈夫；在家从父母；夫死从子。妇道是一德，妇女不苟言是一德，妇女打扮要合乎身份是一德，妇女要精于针线会做活是一德。

旧京病葬陋俗

旧京丧葬风俗的形成与历史上贵族、官吏和有钱人相信人死灵魂不灭的封建迷信和繁复的礼教有关，在办理老人丧葬活动中显示其孝，显示其富，所以厚葬。

借的药锅忌还。据说砂锅熬中草药效果好，疗效高。砂锅有很多种，熬药的砂锅是其中的一种。跟街坊借来熬药锅，不像借别的东西必须用完就还，药锅是不需要还的，借主人家也不希望还，认为还药锅不吉利。

白天探看重病人。亲友患病，特别是患重病时，去探看时以白天为好。夜晚探看不宜，为病家所忌。因为患重病到夜晚都沉重，精神不好。又因为夜晚是一天之尾，患重病的人怕这个"尾"和"晚"。

落炕了。得了大病医治无效，日渐沉重，到不能下炕，病入膏肓了，北京俗称"落炕了"。

不能背着炕走。北京在民国时期以前，卧室都有炕。城里是砖炕，农村是土炕。人病得要断气时，他的家人都必须将他抬到一个临时支的床上，极忌讳在炕上离世而去。这个民俗在我国的春秋战国时期就形成了。这是从"曾子易簀"传下来的。

死的不同称谓。人由于生前的等级地位、尊卑、贫富的不同，死后的称谓也有别。天子死称"崩"，诸侯死称"薨"，士死称"不禄"，庶人死才称"死"。此外，死还有些别称，如"亡"、"殒"、"没"、"逝"、"弃世"等。不满二十岁就死的人称"殇"，也称"夭折"。

穿装裹。装裹就是人死时穿的衣服裹的被子。古代按礼节要在人死后的第二天早晨先给死者穿十九套衣，再用衾（被子）裹上，最后用宽布条捆紧，套上布袋。古人称这种丧礼为"小殓"。后来不断简化，到民国年间，一般装裹是，棉长衣、小棉袄、棉裤，棉长衣和棉袄不能缝纽扣，只缝布条，用布条系。还不许用皮衣。不能在人完全断气、遗体都僵硬后穿装裹，要在快断气时穿戴好，这是取"不能让人赤身而去"的风俗。

停尸。为要死的人穿戴好后，用麻绳将亡人的双脚捆绑紧，称作"绊脚丝"，以防诈尸。口中放一包茶叶，贵族富有者则往亡人口中放珠宝。亡人口中放东西称"含"。在亡人手中要放东西，是说不能让亡人空手走。放什么东西要根据各家的经济情况。富者都是在亡人左手放金器，右手放银器，取"左手金右手银"的说法；一般人家则是放铜钱。亡人胸上要放一面镜子，尸旁放"打狗棒"和"打狗饼"。头前放一盏引路灯，称"长明灯"，俗称"闷灯"。最后在亡人身上盖上衾单，然后停在床上，等入大殓（装棺材）。

报庙。在清代，不仅乡间建有五道庙，就连城市有的地方不建五道庙也要建小土地庙。五道庙也称"五趣"，是过去的一种封建迷信，说人死后根据其生前的善恶，有下地狱、变鬼、做牲畜、转人、升天等五条道路，这就是五道庙的来历。五道庙一般都是只有一座殿的小庙，庙中没有塑像，墙上贴着地狱、鬼、牲畜、人和天堂五张画。报庙是民间的一种风俗，孝子在夜间手拿挑纸钱和写着亡人姓名的纸条，到五道庙或五道庙里替亡人报到。

装殓。就是装棺材，丧葬礼称为"大殓"。棺材有的是事先预备好的（称"寿材"），有的是现去棺材铺购买的。但无论是事先预备好的，还是现买的棺材，在装殓时都需要有棺材铺的棺材匠参加，因为搬动、下销必须内行人干。在装殓前，先用锯末将棺材垫好，入殓时只有家中属相不相忌的人在旁，外姓人和属相相忌之人都不能在侧。亡人的亲属将亡人抬放棺中放稳，四周用纸包锯末塞实。亡人的亲生子女用新棉蘸净茶水擦净亡人的眼目，这称作"开光"。开光后，再将绊脚丝解开。有的亡人亲属将亡人生前所喜爱的物品放入棺中作为殉葬品。这种殉葬品有金银首饰、珠宝、怀表、烟壶、眼镜、烟袋等物。上大盖（棺材盖）、下销（钉榫）、放交木和安放灵柩等都由棺材铺的人来做。在装殓过程中，亡人的亲属都必须忍住悲恸，一律不许举哀，至开光、上大盖、下销后才能放声大哭。

穿孝。就是亡人的亲属穿的衣服。穿孝有轻重之分。孝子、孝女就是亡人的亲生子女穿孝最重，他（她）们穿的孝都是用粗白布做的白孝帽，上缝棉花球，孝袍子不能缝底襟，要肥大，白鞋，腰系麻绳，这就是所谓"披麻戴孝"。亡人的妻子也要穿重孝。女婿孝服轻，不戴白孝帽不穿白鞋，只穿一件漂白布的孝袍子。亡人的孙辈人孝服，白孝帽上缝一小块红布，白孝鞋后跟钉一块红布。亡人的平辈只穿一件白布孝服就可。一般远房亲戚和朋友有的穿一件漂白孝袍，有的不穿孝服，腰间系一条白带，有的胸前戴一朵白花。

粗食与卒哭。父母亡后，子女要吃粗粮做的饭，喝白水，到一周年后才能改善伙食。卒哭是在父母丧葬期间，哭声不能断，吃饭时哭，祭祀时哭，陪葬时哭，提起亡父或亡母名字时哭。

报丧。一般都在人死后，没有装棺材入殓前，要先去至亲家中报丧。见面叩一个头，而后报告丧讯。等亡人入殓后，房门外贴用白纸书写的报丧条，以便街巷邻人知晓。同时挂出"挑钱纸"，就是用一根秫秸棍外裹白纸，上挑白纸钱。纸钱数要与亡人岁数相等，如亡人死时 62 岁，纸钱要挂 62 张。报丧条和挑纸钱要分男左女右，亡人是男人报丧条和挑纸钱放在左边，亡人是女人就放在右边。最后要找石印局（在铅字印刷前）印"讣闻"，派人发出，通知亲友，写明何日"接三"，何日"伴宿"，何日"发引"，以便亲友前来参加。

接三。旧时北京除赤贫者外，人死至出殡埋葬，有的五天，有的七天，最长的是七七四十九天。不管长短都是三天接三，出殡前一天伴宿。按照迷信的说法，人死三天就离家到了望乡台，民俗三天是祭祀亡人的日子，所以又称"送三"。接三是祭祀亡人的最为重要的一次活动，要隆重。有钱者请僧、道、尼、喇嘛四棚经，高搭丧棚，灵前搭着"月台"，棺灵用红棉罩着，左右并用帐幔遮挡着后面守灵的妇女。棺前设灵堂，桌上摆放五供和"闷灯"。灵桌前放一"拜垫"，为祭灵人跪拜所用。旁边放一"高茶几"，上摆香炉、檀香，为宾客拈香所备。在二门处有迎接前来致祭的报事之人，大门外有吹鼓手、大鼓锣架，一有宾客来就奏乐。一般人家就根据各自经济情况安排，有的僧、道、喇嘛三棚经，有的只有一棚和尚经。其他如棺前没有月台，大门外没有大鼓锣架，只有"门吹"。但是，"接三"那天，不管有钱人家还是一般人家，待客饭都是"炒菜面"，也称"接三面"。炒四盘菜或六盘菜，吃卤面的居多。送三仪式都是傍晚掌灯时举行，先由僧道等诵经，亡人家属跪于灵前祭拜，亲朋等来客都手执一炷长香燃着随众而送。送三队伍依次是：吹鼓手、亲朋、亡人家属。亡人长子披麻戴孝手拿挑纸钱（亡人是男左手拿，亡人是女右手拿）在前，后面跟着其二三子、孙等，女眷在后。边送边哭，吹鼓手和僧道等也边送边吹打奏乐。送至空旷地将"烧活"（纸扎的车、马、箱子等）烧掉，就算完成。回来后，至晚九点钟左右，僧道就开始诵经，放"焰口"。

伴宿。伴宿又称"坐夜"。熬一夜之后，第二天一早就发引出殡埋葬了。伴宿的安排与接三大同小异，不同的是：1.待宾客不是炒菜面，而是宴席。2.接三烧的是车、马等纸活，伴宿烧的是"楼库"，一楼二库四杠箱，还有金山、银山、尺头、纸人等多种烧活。3.接三僧道诵经主要是在夜晚，伴宿白天夜晚都诵经。4.伴宿当夜，亡人家属和亲朋在辞灵前要"夹罐"，即用秫秸秆做筷子，在灵前往一瓷罐中夹菜肴。先由亲友夹，一人夹一箸，秫秸秆不放下就交给后边的人，最后是亡人家属夹。在场的都夹完，就将准备好的小水饺七个、苹果一个放入罐中。在罐口放一个由孝子咬边的小烙饼，再用红布蒙上，红绳捆紧扎牢，然后将秫秸秆筷子折断扔到房上，夹罐就算完成。埋葬时要将罐子放在棺材前。5.点主（又称"成主"）是伴宿的重要活动。在旧中国，一些大家族都有家谱和供奉祖先的祠堂，有的虽然没有祠堂，但是在家里也设有供奉祖先牌位的地方。人死后，其牌位要经过伴宿时点主仪式才算正式确立。点主就是将准备好的"神主匣"请社会名流把写好的"显考×××之神主"的"主"字上面空着的一点"点"上。

发引埋葬。发引俗称"出殡"，一般都在早晨八九点钟。当年风俗，送殡的人多少要吃点儿什么，不能空腹送殡。丧家有的给做点儿面汤，有的给买些烧饼麻花吃。抬棺材由杠房的杠夫和打执事等人来做。要什么样的杠，多少人抬，执事多少，这要由丧家的经济状况来定。过去的杠，除皇杠是一百二十人抬以外，余者有六十四杠、四十八杠、三十二杠、二十四杠、十六杠、八人杠和四人杠，最少的是二人穿心杠。执事在丧葬仪式中纯是讲排场摆阔气的举动，但是讲究不讲究也要与杠大小配套，杠大执事就多，杠小执事就少。一般用十六杠和二十四杠者多用一对道锣、一对旗、一对伞、一对扇、一乘引魂轿、八对雪柳、六七个人的闹丧鼓和清音等乐队演奏。四十八人大杠就用三半堂的执事。所谓"三半堂"是三个半堂，其顺序为前边的半堂有：雪柳十六对、引魂轿一乘、伞一对、亡人影亭一个、扇一对、金瓜一对、斧一对、朝天蹬一对、钺一对；中间的半堂有：幡伞十二对、三尖刀一对、青龙刀一对、象鼻刀一对、斩马刀一对、金枪二对、银枪二对；后边的半堂有：幡伞十二对、锣一对、飞龙旗一对、飞虎旗一对、飞凤旗一对、飞豹旗一对、回避牌一对、肃静牌一对。六十四人大杠的执事用的是五半堂，就是在三个半堂的阵营基础上另加两个半堂，其执事都是重样的。此外还有响器、僧人、纸冥器、松狮子、松亭子等都排在送葬队伍之中。棺材将从丧家往出一抬叫"出堂"。孝子（也称"丧种"）跪在棺材前将盆一摔，随即一片哭声，起杠，乐器奏起。旧时北京是将"打幡"和"摔盆"的动作作为遗产继承的重要依据，比如亡人没有儿子，侄子某某为他摔了盆，从而就取得了继承亡人遗产的权利。孝子将盆摔了，站起来打着幡随着丧队缓缓前进。除了打幡和摔盆风俗是约定俗成应继承亡人遗产外，"抱罐"也有同等权利。抱罐要由亡人的儿媳来抱，一般都是打幡摔盆人的妻子。到了坟地下葬，诸事完毕，送葬人回到家门口要把事先准备好的菜刀在水盆里磨一磨，而后进门，据说这样可以避邪气。因此，人们平日最忌讳将菜刀放在盆里，认为不吉利。

圆坟。棺材下葬后三天，天刚亮，是圆坟的时间。圆坟应是孝子（或其他亲属）给坟添添土，所以圆坟又叫"暖坟"。在坟前用秫秸做个拱形的门，门前摆放烧饼、酱油为祭品。祭祀完毕，将烧饼、酱油埋入坟土中。

"五七"烧伞。亡人的亲生女儿应在亡人下葬后五七三十五天的日子为亡人烧个纸糊的伞。

六十天烧船桥。亡人下葬后六十天是烧船桥的日子。船和桥都是由冥衣铺用纸糊的冥器，大小皆可，但船最小不能小于长七尺，桥不应小于长五尺。船糊一只，桥则要金桥和银桥两座。有钱人家还请僧人诵经做道场。

周年。亡人死后一周年古代称"小祥"之祭。按丧礼，孝子除丧服，换吉服，也就是周年孝子后著日常之服装。

合葬，又称"并葬"，就是夫妇同葬于一个墓穴。此一风俗早在我国西汉时期就很盛行。旧时北京对此风俗极为重视，认为亡父和亡母没有并葬是为大不孝。

坟墓·丘·停灵。坟是埋葬死人隆起的土堆，墓是埋葬死人的处所。旧中国凡实行土葬的地方都对坟墓极为重视，将生人居住的地方称为"阳宅"，将埋死人的坟墓称为"阴宅"。皇帝、贵族、官僚和富有者都不惜重金建造茔地。丘是棺材不入穴埋，而是将棺材停放在地面上，四周及其上面用砖砌起。停灵是棺材不埋，寄存在寺庙中。棺材入丘和停灵，都是外省旅居北京的人，死后用棺材盛敛，一时还不能将灵柩运回原籍入葬，所以暂时丘起或停灵在寺庙中。

殡葬改革。新中国建立前，北平市人民政府于1949年7月1日发出通知，要求在7月底前将寺庙中的停灵迁出。1952年11月29日，北京市民政局要求将城区的坟墓一律迁出，移灵至郊区的人民公墓。新中国建立初期，北京市人民政府即提出减少土葬提倡火葬的意见，并建立了火葬场、骨灰堂、公墓和殡仪馆等设施。1956年4月，在党中央工作会议上，中央领导签名自愿去世后实行火葬，给首都的殡葬改革以极大的推动力量。1990年4月1日，北京市人民政府正式颁布《北京市殡葬管理办法》，使这一移风易俗的殡葬改革正式走上法制管理的轨道。

梅兰芳母亲殡仪车马

"放生"和"粥场"

自元代建都北京以来，佛教、道教在北京就很盛行。尤其到了明清两代，统治者在北京修建的庵、观、寺、院等寺庙之多，无法确切统计。一些官僚、地主、大商人，他们口里喊着"扫地不伤蝼蚁命，爱惜飞蛾纱罩灯"的口头禅，门上挂着"积善堂"、"王善人"的招牌，以此招摇过市。崇文门外有个地方叫放生池（现东城区幸福大街一带）。据一个住在放生池附近年近百岁姓庞的老人追述：放生池是明清两代"善人们"买鸟放生的地方。清朝末年的大太监李莲英和北洋军阀时期的大军阀吴佩孚等人，都曾在花市的鸽子市、鸟市上买鸟，来这里放生。这些人杀害过多少人，无法计算。杀人都不曾眨眼，为什么要买鸟放生呢？

放生有三种人。第一种人是家里有得重病的人，向神许愿，求神宽恕，而买鸟放生。另一种人是前半生杀人放火，作恶多端，怕死后要下到像东岳庙里的七十二司一样的地狱去受罪，梦想"放下屠刀，立地成佛"。第三种人，口里说"不杀生"，行动又假惺惺地造作，连咬他的蚊子都不肯打死，隐恶扬善，明着行善，暗地里却无恶不作。

放生的地点，有的在花市、隆福寺、护国寺等鸟市上，买了就放；有的要带到庙上神前去放；有的跪倒野地里——放生池去放。

放生的种类花样繁多。大多数人放麻雀，有的人放鸽子，有的人放黑鱼，还有的人放猪或羊。放猪、羊和放鸟、鸽子、黑鱼不同，是把猪、羊送到庙里，称为"放"。白云观里有"老猪、老羊、老人堂"之称，就是一些"行善"的人，买来猪、羊，放到白云观的猪圈和羊圈里，表示行善不杀生。

"放生"欺骗性很大，在各地很普遍，在北京尤甚。《聊斋志异》里《考城隍》一篇中就说："有心为善，虽善不偿；无心为恶，虽恶不罚。"

"粥场"是用席箔搭起的粥棚，它是"善人"行善舍粥的地方。粥场是佛教施舍的一种形式。明清时，北京前门外珠市口西的舍饭寺，是固定的大粥场。旧北京还有许多临时性的小粥场，其中比较有名的有同仁堂乐家粥场、盐查记粥场、德胜门粥场等。1900年左右，一个数九寒天的清晨，东单水磨胡同附近，一家"大善人"的粥场前面，排着长长的打粥（领粥）人，除了老人、病人，就是小孩。他们只有少数几个人穿着头齐脚不齐的棉衣，其余的人都穿着单衣单裤，夹着碗，等着喝这碗多年陈小米熬的稀沙子粥。放粥的人不是打，就是骂。就在那一天，这个粥场前面倒下去十几个人。是冻死、饿死还是吃了粥中毒而死？没有人去管。这个事实，完全说明了那些"积善之家"，只不过是用粥场装潢自己"行善好施"的门面而已。《宛署杂记》记载："徐阶，公素好义喜施，立捐为助。"但正是这个徐阶，恰恰是个鱼肉乡里、纵子行凶的乡宦。他的"好义喜施，立捐为助"，只不过是隐恶扬善，把自己装扮成"大善人"。

另外一种施舍形式是施主（僧人称信佛的人为施主）向寺庙施舍。烧香"放香钱"是寺庙的小量收入。皇帝、官僚、大地主的赏赐和布施才是施舍的主要内容。这些人有时一次向寺庙布施就有几万两白银、几百亩土地，所以有的寺庙住持实际就是个大地主。大兴县永定河一带，过去大部分土地都是白云观的香火地，这里的农民大部分都是白云观的佃户。人们常说"指佛穿衣，赖佛吃饭"，确实不假。

"放生"和"粥场"，是封建统治者巩固统治、愚弄人民的两种把戏。这在旧中国影响很大，迷惑了一些人，确实起到了麻痹人民思想的作用。

第三部分

老北京众生相五十年

缝穷的

老北京人，向来以省吃省穿、勤俭持家著称。一件长衣短衫穿了洗洗了穿。衣裳旧了褪色，就到颜料铺买颜料自家染，破了缝补。当年社会上都以衣裳脏破为耻，以干净缝补为荣，所以有"笑破不笑补"的说法。

裁剪、缝补和洗浆衣裳都是家庭妇女的专职。可是，当年北京的大小店铺、小作坊里的伙计、学徒，大多来自外地，在北京没有家口。此外，久居北京的卖糖果梨桃、拉人力车、卖苦力的人，虽然在北京有家，但没有结婚，没有女人。这些人的衣裳破了，没法去找裁缝铺，因为裁缝铺只做裁剪缝制成衣，不接零星小活。因此，一些家中贫穷的妇女，拿个小包裹，包上针线、各色布头，在人行道旁坐在小凳子上撑开小包裹，为需要的人缝补长衣、短衫、袜子，挣些零钱，维持家中生计。有的将破的衣袜放下，缝补好了再来取。有的没有多余衣裳换穿，只能当时在身上缝补。因为街头缝补衣裳的妇女都是穷人，找她们缝补衣裳的大多也是社会下层的穷人，所以，人们就叫她们为"缝穷的"。北京在二十世纪二三十年代，在花市大街、前门大街、东四、西单等处，都有缝穷的为人缝补衣裳。

缝鞋的

　　为人缝补衣裳的"缝穷的"从业者都是妇女，而老北京在街头上为人缝破鞋的都是男人。社会上不叫他们"缝鞋的"而呼为"皮匠"。

　　他们下街挑个挑子，前边有个直径为二市尺长，高约八寸扁形盒子，内放剪子、铲子、麻线、钢针和铁钉、牛皮、羊皮等缝鞋用的工具和材料。挑子后边有个小木箱，内放锤子和钉鞋砧子等物。皮匠干活时，这个小木箱就是坐凳。最初皮匠都是缝布鞋。因为二十世纪三十年代之前，北京多数人都穿布鞋，只有少数人穿皮鞋。后来穿皮鞋的逐渐多起来，特别是 1937 年"卢沟桥事变"日本人来后和 1945 年"八·一五"抗战胜利后美国人来，穿皮鞋的大量增多。所以就出现专背个小木箱，内装修皮鞋工具和皮料，这是专修皮鞋的皮鞋匠。后来在前门大街，王府井大街和西单等繁华地段，出现了既修布鞋也修皮鞋，并有擦皮鞋的门市部。

剃头的

在 1644 年，清八旗进关以前，明王朝管辖下汉人无论男女都蓄长发。没有剃头的行业。清八旗进关入主中原在北京称帝后，颁诏"留头不留发，留发不留头"，强迫汉族男人剃头改留辫子。此后才有剃头行业。这个行业并不叫剃头生而叫整容行。

二十世纪二三十年代，在北京的整容行可分三类，一类是开业于西单、王府井几家专为新式人物服务的整容店，称为"理发店"。它们为客人做背头、分头和平头等新式发型。这一类整容行在当时北京是少数。

二类是遍布于北京大街小巷中的剃头棚。虽然这些整容店铺并不是开设在席棚或布棚中，也是正式房屋里，由于它们规模小，店中只设两三把椅子，所以社会上俗称为"剃头棚"。开剃头棚的掌柜和里边的伙计，掌握整容业传统手艺都比较全面，都会剃（光头），先用剃刀顺头发茬剃，再用剃刀戗胡茬，刮完手摸不挡手。掏（耳），剪（鼻毛），梳（理胡须），编（辫子），染（发），以及按（摩）、捏、拿、接（骨）等手艺。就是说一位剃头棚师傅不仅是个剃头的能手，而且还是按摩和正骨的大夫。1931 年夏季一天，我 7 岁与一些小朋友玩耍，不慎摔了一跤，左肩脱臼。经人介绍，家长带我到崇文门南小市剃头棚，经一位姓张的师傅握着我伤臂，一拉一推脱臼的左肩，就复了原位，不疼了。给了些创伤药，回家用酒调了涂在患处，几天就好了。

三类是担着挑子走街串巷剃头的。剃头师傅挑的挑子是特制的，前边有个涂红漆木架，里面放着一个涂红漆圆木桶，内放个炭火炉，上放着一个黄铜面盆。木架一侧竖着一根形似旗杆的立棍，上挂着杠剃头的皮条。挑子后边是个高约一市尺半的涂红漆长方木凳。这个木凳三面用木板封闭，另一面有两个抽屉，内放剃刀、梳子等工具。这种担着挑子下街剃头的边走边打"唤头"。以便让院中或屋中之人知道剃头的来啦。唤头是个黑金属长约一市尺，形似大夹子的东西。剃头的左手握唤头，右手用一根铁棍，伸在夹子里而后往上一滑从夹子上端擦出，夹子振动，就发出响亮的声音。

到了二十世纪三十年代后期，大多数剃头棚都被人称为理发馆了。

剃头放睡

赶脚的

北京在清代，居民出门贫穷民众都是徒步，富有之人家中有的养着马，有的养着驴，出门拜访亲友就用驴马代步。一般居民出去办事，近处就步行，而路途较远，只可雇驴，骑驴前往。因之，北京在新式交通工具没出现前，养驴出租驴供人骑乘是个很普遍的行当。因为将驴租出，养驴的都要跟着后面赶驴，所以社会俗称为"赶脚的"。听家父说，清光绪年间在北京到处可看到赶脚的揽生意，特别是正阳门、崇文门、宣武门、永定门、朝阳门等门脸桥头处是赶脚的聚处，被叫为"驴口"。清末民初时人力车在北京出现，养驴赶脚的生意被挤，骑驴的客人都去坐人力车了。因人力车舒服又没有异味，而且安全，不会从车上摔下来。所以赶脚的越来越少。

二十世纪三十年代初，在前门、崇文门和宣武门，过去赶脚的最多的地方根本看不到他们的踪影了。但是在朝阳门外和永定门外等，还有不少赶脚的拉着驴揽客的，专揽乡下的客人。因为城外乡下道路不平，人力车不好走，所以赶脚的在乡下这条路上尚有优势，暂时可以存在。

赶脚的

拉人力车的

北京在 60 多年前，电、汽公交车稀少时，人力车是北京主要交通工具之一。人力车来自外洋，所以北京人都叫它"洋车"。根据清宣统元年刊印的《京华百二竹枝词》记述：马车势比轿车加，人力车还避轿车。到底京城讲名分，看他一线不容差。宣统庚戌（二年）刊印的《京华慷慨竹枝词·人力车》中也写了人力车："短小轻盈制自灵，人人都喜便中乘。自由平等空谈说，不向身前问弟兄。"从而说明人力车最晚在清宣统年间从国外输入北京。

拉人力车的都是各行各业的失业者，为了生活下去没办法才干这个，在街上拉着客人往前奔跑。不管是烈日炎炎的夏天，还是冰天雪地的冬天，辛辛苦苦拉了一天，挣来的钱，交完了车主的"车份"剩下的才是自己的维持生活的钱。过去一个拉人力车的对我说，拉车累、苦，挣钱又少，而且社会地位低让人看不起，被人骂为"臭拉车的"，可这是我一家人的饭碗，不拉车就没饭吃。所以，民国十三年（1924 年）12 月 17 日，

人力车

北京的有轨电车在天安门前举行通车典礼,第二天正式通车。数千名人力车夫为了保自己的饭碗,卧于铁轨上阻止电车通行。这次人力车夫反对有轨电车运营事件,在当局软硬兼施手段下,人力车夫反对有轨电车事件无果而终。

1924年,有轨电车首次运营时,只有从西直门至前门,北新桥至前门的两条线路,共十几辆车在路上运营。但是到1929年,又发展了从东四至西直门,从北新桥到太平仓,从崇文门到宣武门等几条线路,几十辆有轨电车在路上运营。人力车夫的生活受到很大影响。在同年10月北京总工会改选时,人力车夫工会反对。22日,约万余人力车夫打砸有轨电车,有轨电车司机、售票人员30多人被打伤。北京当局出动大批军警进行镇压,人力车夫多人伤亡,并有一千多人被捕。11月6日,北京当局以"捣毁电车、扰害公安、破坏秩序"罪,判陈子修、贾春山、马文禄、赵永昌四人死刑。

二十世纪四十年代初,人力脚蹬客运三轮车传入北京,与人拉人力车一同在前门火车站和西直门站,以及有轨电车不能行驶的众多胡同、小巷拉客人。

人力车夫被拘

1929年10月下旬,北平人力车夫爆发捣毁电车大示威,被军警武装镇压,捕去1200余人。此照摄于朝阳门大街人力车工会东四支部门前,自捣毁电车后停放人力车七百余辆,车夫被拘,警察代为看管。

打更的

　　打更是地方上夜间巡视街巷胡同，捕捉入户行窃，如各种不法之徒，并且有向居民传报时间的责任。北京地方上夜间巡视打更自古就有，始于何时已不可考，终于二十世纪三十年代晚期。

　　打更的被称为更夫。两个人为一组，前边走的脖子上挂着长约一市尺半，宽约八寸的木梆子，后边走的手持一面铜锣，肩上扛一根钩杠子。每晚从天黑到天亮共巡视五次，以冬季为例，第一次酉时（17—19时）和戌时（19—21时）之间，打头更。就是走在前边的更夫走几步打一下梆子，后边的更夫紧接击一下锣。第二次戌时和亥时（21—23时）之间打二更。走在前边的更夫打两下梆子，后边的更夫紧接击两下锣。第三次子时（23—1时）打三更。走在前边的更夫打三下梆子，后边的更夫紧接着打三下锣。第四次丑时（1—3时）和寅时（3—5时）打四更。走在前边的更夫打四下梆子，后边的更夫接着击四下锣。第五次寅时和卯时（5—7时）之间打五更。走在前边的更夫打五下梆子，后边的更夫紧接着击五下锣。

　　打更的更夫每晚按着所走的线路每个更次都走一遍，而后到更房休息。路上捉着小偷小摸的坏人带到更房，有人管理，天明后送至衙署拘押。

打冰的

在二十世纪二三十年代，北京还没有人造冰时，天然冰是北京夏天居家降温和冰镇食物不可缺少的物品。所以每年夏天，天然冰都是抢手货，每个经营天然冰的冰窖生意都很兴隆。

当年北京冰窖很多，在一些较大的河、湖边处都建有冰窖，每年的冬季，河湖结冰坚厚后都雇工人到冰上打冰，将冰拉到冰窖里储存起来，等来年夏天开窖卖冰。

北京在二十世纪二三十年代，冬季气温很低，特别是三九天，一般气温都降到零下十七八度，冷得滴水结冰，这种天气正是打冰藏冰的最好时候。记载北京时令《燕京岁时记》就有这样的记载："冬至三九则冰坚，于夜间凿之，声如磐石，曰打冰。三九以后，冰虽坚而不能用矣。"所以打冰时都在夜间，分三部分，打冰大头率领打冰之人身穿老羊皮袄、皮帽、毡鞋，

老北京人在打冰

手拿大冰镩到封冻的河上，从远到近地打。大头是打冰的老手，他给划出范围，指挥工人用冰镩凿冰。而后用冰镩上的倒须钩将一块块的冰块往回拖。拖回一块冰领一个木牌，收工时按木牌多少领工钱。这种下河打冰的行话叫"拉长套的"。第二部分是在冰窖口处，一边清理道路，一边从拉长套的手中将冰块接过来，往冰窖里拖，交给窖里码冰的人。在冰窖口干活的叫"拉短套的"。这三部分人，拉长套的和在窖里码冰的是重工种，工钱多。每夜下河拉冰从二更打到五更天收工。在三九天里天气极冷，打了一层冰，很快又结上一层冰。冰窖将打过一层冰叫"一茬冰"。一般在三九天最多能打三茬冰。

在老北京，依靠卖力气挣钱的没有轻松活，而打冰的是其中最累最苦的活之一。这种活不仅出力大，每块冰都有上百市斤，一夜要打拉几十块冰。而且天气寒冷，正常天气三九时夜里气温都在零下十七八度，如果刮大风下大雪，天气就更寒冷，他们也要冒风寒去打冰。所以打冰这种活，不是壮汉，不能吃苦的人干不了。

每户都需购买皇历

旧中国，在中华民国成立前，时用天干甲、乙、丙、丁、戊、己、庚、辛、壬、癸。十二地支：子、丑、寅、卯、辰、巳、午、未、申、酉、戌、亥纪年。每年各取天干一个，地支一个相组合纪年，如甲子年、乙丑年、丙寅年、辛亥年等。

1912年，孙中山先生领导的辛亥革命成功，成立了中华民国。通电各省改用阳历，以中华民国的黄帝纪元四千六百零九年十一月十三日为中华民国元旦。虽然中华民国成立后改用阳历，但阴历还用。当时只有极少数人，如政府官员、在洋行服务的华人用阳历，星期日休息。而绝大多数百姓并未接受阳历，就知道旧历年、端午节、中秋节和每月的初一和十五日吃犒劳、休息。特别是北京四郊的农民过日子，种地都是阴历。各月的安排，哪月大，哪月小，和二十四节气各在什么月份。有的农民根本不知道还有个阳历。

皇历也叫黄历，是我国各朝所使用的历书。民国时期，北京的者二酉堂、宝文堂等书铺都用木版印制线装皇历销售。每年阴历从端午节就开始印刷下年的皇历，至十月印制完毕。十一月书铺和南纸店开始零售。一些小贩背着蓝布包，内放皇历，串胡同沿街叫卖。

老皇历在市场上已经绝迹五六十年了，现在卖的新黄历内容与老皇历已大不一样了。老皇历开本长约八市寸，宽约五市寸，细白棉线装订。浅黄色封皮上有红色的鼠、牛、虎、兔、蛇、马、羊、猴、鸡、狗、猪十二生肖图。掀开封皮，第一页画着黄牛耕田名为"眷牛图"，第二页绘着几条蛟龙在翻腾的云雾中飞舞，称作"龙治水"图，预测今年的雨水多少，从一龙至十二龙止。一二条龙，雨水少，要准备抗旱。普通年份是三四条龙，风调雨顺，好年成。

八九条龙，龙多应雨水勤，实际雨水却少了，民间说它"龙多四靠"。龙虽多，全不治水，你不下雨，我也不下雨。第三是"文王六十四卦"图，其后几页都是"铜钱算卦"图。将八枚铜钱合在双手中摇动后，将铜钱在桌上从上往下码放。根据将铜钱的文字（正面）和图纹（反面）各多少和顺序测算吉凶。铜钱算卦图上共有六十四卦，每卦各不相同，又分上上、上中、上下；中上、中中、中下；下上、下中、下下吉凶等卦。下边抄录三卦的解语于下，上上卦："逢事必有贵人帮，动土上梁午时光；求财问喜都可得，婚嫁娶亲喜洋洋。"中中卦："无喜事也未见烦，求财谋事多操心，争得一家吃饱饭。"下下卦："居家出行小人随，开店经商本银赔；瓦木工程免破土，特等来年好运垂。"在预卜吉凶祸福的铜钱算卦图后有一页是"小儿扎根"图，当时的人们重男轻女，希望生男孩。但是过去医疗条件极差，医院少，一般人家都找街道中的"吉祥姥姥"接生，所以新生儿死亡率高。很多人就求诸神佛，希望"小儿扎根"图将孩子立着。

皇历的后半部分才是介绍从正月到十二月逐日记载的正文。每月有天干地支纪月，每日有天干地支纪日。"上弦"、"下弦"和"朔"、"望"都记在该日的上方。二十四节气，立春、雨水、惊蛰、春分、清明、谷雨、立夏、小满、芒种、夏至、小暑、大暑、立秋、处暑、白露、秋分、寒露、霜降、立冬、小雪、大雪、冬至、小寒、大寒，每个交节日都有记载。夏至后的头伏、二伏、三伏和冬至后一九至九九也有记载。而在记"日"的下方，一天不漏地写着"宜出行"或"不宜出行"，"宜动土"或"不宜动土"，"宜开市"或"不宜开市"，"宜嫁娶"或"不宜嫁娶"等。

老皇历除记月历、日历、二十四节气等实用者外，其他都是宣扬封建迷信的无稽之谈。

卖夜壶的

夜壶已经绝迹了几十年，在二十世纪二三十年代，秋冬季节北京街头常有小贩担着荆条编的大筐，内装绿色大嘴壶、盆等货品不断地高声吆喝："夜壶咧！大小绿盆咧！"

夜壶是长约七市寸宽约四市寸高约二市寸椭圆形泥胎外挂绿瓷釉，上有提梁，前有短粗嘴的壶。这种壶是男人冬季天冷时，夜间睡觉时所用的小便器，故称"夜壶"。卖夜壶的小贩原本是卖绿瓷盆的。在铝制品和化学塑料制品出现前，北京居民做饭和面，洗澡和洗衣物，都用郊区盆窑烧制的绿瓷盆。小贩从盆窑趸来大小绿盆沿街叫卖。秋后这些小贩就添上夜壶销售。因为老北京家家都用没有烟筒的煤球炉子做饭取暖，夜里睡觉时都得将火炉搬至室外，所以屋里屋外一样冰冷。起床小便容易着凉感冒，而上年岁的老头又爱起夜。使用夜壶可以不起床将夜壶拿入被窝小便。所以，冬季卖绿瓷盆的小贩，卖的夜壶很受老头的欢迎。

卖砂锅、支炉的

"砂锅、支炉买！"小贩挑着两个荆条筐，里边装满条式砂锅，筐外还挂着支炉，沿街叫卖。

因为用砂锅焖的肉、熬的鱼不变味好吃，用支炉烙的饼熟得又快又香甜，特别是生病吃中草药，必须用砂锅煎。所以，老北京各家都用砂锅和支炉。砂锅有薄、厚之分。熬粥、煮面条用薄砂锅。焖肉、做酥鱼和肉皮冻用厚砂锅，厚砂锅本名叫砂锅盥子，煎中草药的叫药盥子。

支炉的形状与戏台上乐队中的单皮小鼓相似，不过上面多了些小窟窿。将支炉放在炉火上，烙的饼外焦里嫩。

卖砂锅、支炉的，还卖"支锅瓦"。这种东西二十世纪五六十年代就绝迹了。所以年轻人不用说，恐怕连听说都没听说过。支炉瓦是用青砖砍磨的。长约三市寸，高约一市寸五，宽约二市寸，前边有斜坡。一组三块。放在煤球炉口外适当处将锅支起，使炉中火力催锅。如果没有三块支锅瓦，锅放在炉口处，火就压死了。

以上三种过去人们生活中起过重大作用的器物，现在只有煎中药的药盥子在中药店可以买到，余者都见不到了。

耍猴的

北京在二十世纪三十年代前，电视还没有出现，电台刚建立而收音机尚未普及时，少年儿童的文艺活动极其贫乏。街上偶然来了耍猴的或耍狗熊的，耍猴狸子的，孩子们就会都跑出家门来看。

耍猴的背着一个小木箱，左肩扛着一根粗毛竹约丈须长，顶端插着一面小旗。插旗处左右各有一根粗麻绳倾斜并拴在毛竹顶端不远处的横杠上。因之，毛竹顶端形成个"山"形。右肩坐着只招人喜欢、双眼东张西望的小猴。耍猴的身后还跟着只小巴狗。耍猴的边走边敲着锣。一群孩子跟着耍猴的后面，边欢笑，边喊："猴，猴屁跟着火！"

耍猴的找个宽阔地方打个场子，孩子围在四周。小猴穿着一件红坎肩，练前空翻、后空翻、倒立行走、钻罗圈等。接着小猴又在耍猴的指挥下与小巴狗合练猴骑狗、猴坐车狗拉等节目。小猴表演时戴假面具、头盔模仿的

老北京街头耍猴的

戏曲中人物最受小观众的欢迎。耍猴的牵着小猴打锣边走边唱小曲，小猴走到木箱前，打开木箱拿出小媳妇面具戴在脸上，装古代妇女。一会儿将小媳妇面具放在木箱里，又拿出个将军盔戴在头上装武将。最后小猴从木箱里拿出大花脸面具罩在脸上，两前爪握一根小棍，横在脖后，演起了《将相和》老将廉颇"负荆请罪"状，引起小观众们笑声不断。猴爬杠是最后一个节目。在耍猴的将那个粗毛竹拿过来后，小猴就跳到耍猴人肩上，猴嘴凑在耍猴人耳边，好像说话的样子。耍猴人笑着对猴子说："饿了，好办。我跟大家要几个钱买点吃食吧。"这是走江湖的人向大家要钱的办法。如果这时不要钱，等要练完了再要钱就要不成了。围观的会一哄而散。猴爬杠，爬得很快，一会儿工夫就从底下爬到顶端。在上边拿了几个大顶下来了。演练就此结束。耍猴的收拾收拾背起小木箱，扛起毛竹领着狗，猴子跳至木箱上，他们去另一处演练。

耍狗熊的

民国年间，北京街头的江湖艺人驯兽演练中，虽然狗熊表演的节目既少又简单，没有小猴演的花样多，但因为街上常见耍猴的，很少看到耍狗熊的，故耍狗熊的在街上一打锣，大人、小孩就把他围起来。

耍狗熊的驯养的多为大型黑狗熊，棕色的也有但为数很少。肥大的狗熊在场内直立起来，身长约一米六七。在耍狗熊的指引下，在场内走了一周后，就在地上先向左滚后向右滚，随着又来了个倒立。而后耍狗熊的交给黑熊一个串铃，黑熊一只前掌摇着串铃在场内直立行走。黑熊摇完串铃，耍狗熊的拿过一杆铁叉对观众说："下边就让狗熊练铁叉了。谁看见过狗熊练铁叉呢？今天我就让这个狗熊练练叉，大家看看。但是，先向大家求几个钱，要完钱再练。"于是，耍狗熊的交给黑熊一个铜锣，在耍狗熊的带领下，向观众求钱。黑熊抬起一只掌向观众行礼，大家见黑熊憨态可掬，十分可爱，纷纷给钱。黑熊练叉只是用两只熊掌将铁叉转了两圈，又在脖子上扛着走场一圈。

总之，狗熊练得比小猴差多了，但狗熊傻乎乎的招人好笑。

耍鸣丢丢的（耍猴狸子的）

耍猴狸子的就是演木偶戏的。因为他们的木偶戏常演儿童喜欢的以孙猴子、猪八戒或狐狸为主的故事，故称为"耍猴狸子的"。又因为耍猴狸子的嘴中含个竹笛为剧中人伴奏时，发出"鸣丢、鸣丢……"的声音，所以，孩子们都叫它"鸣丢丢"，将艺人叫"耍鸣丢丢的"。

耍猴狸子的演的剧目有几出，常演的是《猪八戒背媳妇》和《王二小打虎》。这两出戏虽然到什么地方都必演，小观众都看过多次但百看不厌。《猪八戒背媳妇》，猪八戒背着漂亮的小媳妇，边唱边摇头晃脑十分憨滑。但眨眼工夫，猪八戒身后背着的小媳妇变成了孙猴子。孙猴子对猪八戒进行戏耍和讥笑，引起小观众拍手大叫。

说媒拉纤儿的

在老北京时，都将"说媒"和"拉纤"连在一起说。因为说媒人是将男人和女人说合到一起成为夫妇。拉纤的是将卖房者与买房者牵引到一块而成交。从而说明说媒的和拉纤的都起着中间人的作用，所以当时人们将两者连在一起。

在老北京时代，男女青年的结合都必须是父母之命，媒妁之言。过去没有婚姻介绍所，没有职业媒人。而是那些热心爱管闲事，喜欢助人的人才不怕麻烦，去做媒人，被人称为说媒的。将男女双方说成结了亲，媒人得到的好处是赴宴一次——谢大媒。可能过去在农村有文艺、小说、戏曲中讽刺的以说媒为生的媒婆，城市里少见。

拉纤的虽与说媒的性质相同，在买房和卖房之间起着牵线搭桥的作用。但买房与卖房成交后，社会上有个不成文的规矩，要有"成三破二"的提成给拉纤的人。就是"成"是买方，拿出成交钱数的百分之三给拉纤的人，"破"是卖方，拿出成交钱数的百分之二给拉纤的人。如果成交是两千银圆的话，拉纤的就可得五十块大洋。这五十块大洋在当时不是小数目。

念喜歌的

　　念喜歌是老北京乞丐的一种。他们专找店铺开张，住户办喜事及年节时，到门上念喜歌，求钱。店铺开张，他们念的喜歌是："掌柜的买卖刚开张，生意兴隆特别忙。四方客人齐到来，你买针头他买线脑，大家齐声买。日进斗金，黄金万两。"在办喜事人家，他们念的喜歌是："门贴红，房挂绿，屋子雪白，阖家喜洋洋。大姑来，二舅到，三姨四姐夫齐到来。你作揖，他贺喜，大家共饮贺喜酒。"一到新春新年，他们念的喜歌是："新年新月打新春，花红柳绿贴满门，影壁前面摇钱树，影壁后面聚宝盆，聚宝盆内撒金花，富贵荣华头一家。"最后求钱说，"老爷太太，我给您拜年来啦！给一个铜子吧！"

难民与"倒卧"

在史书上多次记载着北京附近州、府、县受灾后，逃灾求生的难民涌进北京，遭遇悲惨的情况。但历史上难民在北京悲惨的结局，我只在书本上看到了"人多无食，又有饿死及逃亡者"等寥寥数语。而民国二十八年（1939年），北京、天津、河北省一带闹大水，难民的惨况，我是看到了。

民国二十八年，从六月中旬起就大雨不断，河北省的永定河、子牙河、北运河、潮白河等几条大河普遍涨水。由于当时华北地区一带已被日本侵略者占领，他们只知道攻占土地掠夺物资，不管中国老百姓的死活。抗洪不利，

难民
军阀混战时，北京收容的难民。

永定河决堤，房山、良乡多处被淹。接着北运河与潮白河涨水，两河连成一片，通州城内进水。天津市区可以行船。昌平、顺义和密云县城已成泽国。

从七月中旬起，北京城内就出现逃难的难民，后来日渐增多。难民个个形容憔悴，扶老携幼，担挑背包，有的沿街乞讨，有的在人市等雇工，还有的在道旁给自己孩子头上插上一个柴草，出卖儿女，十分凄惨，路人都可怜落泪。"倒卧"是穷苦死在街上的人。北京在民国二十八年以前，每年寒冬季节，北京街头都有倒卧，而华北大水，难民在北京要吃没吃，要穿没穿。因之在三九严寒时，一些老人小孩和有病的人，就冻饿而死，成了倒卧。

追小钱的

　　追小钱是当年老北京乞丐的一种。以中年妇女和青年姑娘为主，都在前门大街、大栅栏、王府井、东四牌楼等行人众多、繁华一带地方，专找穿戴讲究，富有之人求钱。一般都手拿一把布掸子，一边用布掸子抽掸人身上的灰尘，一边用哀求的语气说："老爷，您救救命吧！太太、小姐，您救救命吧！"行人不给他钱，他就紧追不舍，直至将钱要到手才算停住脚步不追。大栅栏从东口到西口约二百七十多步，这些追小钱的经常从东口追到西口才要下钱来。所以人们都叫他们是"追小钱的"。

乞丐人图

黄雀算卦

黄雀算卦是走江湖人利用居民妇女和缺少科学知识，认为黄雀叼签算卦，卦好卦坏，都是天意，最为灵验，所以他们都迷信用黄雀算卦的。

走江湖的人，先要选一只黄雀雏鸟，经过喂养、训练，使小鸟可以从笼中飞出叼一个纸签交给人的手中。将黄雀训练好后，再准备出来若干个算卦用卦签，就可上街给人算卦了。

上街算卦时，要装扮成一个有学问的人，头戴一顶瓜皮小帽，身穿青布长衫，并戴一副玳瑁架眼镜。一边走一边敲打竹板，嘴中还要不停地念着："黄雀算卦，算灵卦！"有人叫住他算卦，先讲好价钱，而后打开鸟笼子，黄雀飞出，从不远处挂着的装有纸签的布袋中，叼出一纸签飞到算卦人手中，张嘴放下纸签，而后从算卦人手中衔去一粒鸟食再飞回笼中。算卦人准备的纸签，大多数都是好的"上上签"，不好的也是"中中签"，没有坏的"下下签"。都是花钱算卦之人爱听的好卦。

江湖术士用相面骗钱

老北京在二十世纪二三十年代，天桥、前门大街、花市集、东四隆福寺街等繁华地区都有江湖术士用相面之法骗人钱财的。

相面这一社会现象在我国历史悠久，据史书记载，在两千年前的汉朝就出现了。因之，相面在我国社会中影响深远。在清末民初时，北京的相面者有"抹黑"和"老揪"之分。在抗日战争时期，前门大街一带，有个人叫张三，绰号"张半仙"的相面者，就是有名的"抹黑"的人。什么叫"抹黑"呢，张三每次上街给人相面时，先打扮一番，头上戴着一顶黑缎的瓜皮小帽，穿一身深蓝色棉布长衫，脚蹬一双千层底礼服呢布鞋，让人看上去像个知书达理深通文墨的人。他在道边一蹲，左手拿一块铜板，右手食指蘸着墨在铜板上抹。一边抹，一边嘴中念念有词说"画龙难画爪，画虎难画骨。"行路人好奇，不知他在做什么，凑过来看。当围观的人多啦，他就停手不抹了，慢慢站起来就说："龙虎有形，人有相。我善看人的流年八字，预卜你的吉凶祸福。"江湖上把这种用墨抹画，招徕路人围观相面叫"抹黑"。什么叫"老揪"呢，老揪就是相面者站在行人便道上，突然向路人高喊："我看你印堂发亮，眼下有一笔大财等你去拿。"过去的人多数迷信，听他一说自然就站住过去相问。这就叫"老揪"。相面的江湖术士，不管"抹黑"的，还是"老揪"的，把别人的钱骗到手，都分两步，他们的术语叫"前棚"和"后棚"。把路人招过来，稳住不走，要使用"乱点枪"。所谓"乱点枪"，就是把行人招过来后，紧接着就说，"我们这几位，各有各的事，有一位正在打官司，不知往何处去找事干。还有一位他的媳妇要跟他闹离婚，不知结果如何"等等。这就叫"乱点枪"。

人们都好奇，自己虽然没有像他说的那些事，但也想看看都是哪个人，到底是怎么回事。相面的江湖术士还说："哪位有事，请去办事，不要耽误您的事。没事的，我们一位一位看。"从把人招来，到把人稳住不走，这一套招术，行话叫"前棚"，后边相面的把钱骗到手，叫"后棚"。张三这人不仅前棚有一套，每一句话都能使人想走也不能走。后棚也使得好，他给人相面时，一边拉起人家的手，一边观察人家的穿戴打扮、人的神色，察言观色、心里盘算如何将钱骗到手。他知道，不管什么样的人，都喜欢听好话，顺耳的话。来相面的人，不是求财就是向喜。见什么人说什么话。什么您的少运欠佳，老来有福享；什么现在遇见不顺心的事，但过了今年您的本命年，来年一顺百顺；什么您的前额宽，将来定有福。来相面的人，听了这些话定高兴，多付相金。

走江湖的术士就是用以上相面之术，骗钱财。

巫婆，老北京人又叫她们是"下大神的"。一般是装神弄鬼骗吃骗喝还骗财物。因为干这种骗术的，一般都是不做正业的妇女，所以叫她们巫婆。

这些巫婆大都装狐狸（仙），也有装黄鼠狼、刺猬、长虫（蛇）等兽类的。装什么都叫"顶"什么。所以巫婆又叫"顶香"的。这些顶香的骗人有一套办法。她们第一个办法是先摸透人的家底，更主要的是要摸清其家中已故去的人的情况。如过去北京南城有一家病人不断，今天男主人病了，明天女主人又病了，

算卦摊

大人还没好呢，小孩子又病了。请来一个巫婆来家给看看，到底有什么毛病，家里病人不断？巫婆一边喝茶一边说话，突然打了个呵欠，随着就边唱边说，她们的语调是这家主人早已故去的父亲在说话，数落儿子不去上坟烧纸。一会儿工夫，巫婆又打个呵欠，抹一把脸，恢复原状。好像刚才什么事也没发生。从而使这家迷信鬼神，这家人更相信不疑了。因为，巫婆刚才下神时，他父亲还叫他的小名呢。第二个办法是摸清人家的一些主要情况。像有一家与别人因为债务打官司，事前巫婆从其亲友中知道，这场官司已打了好几年了，始终未有结果，事主愿意和平解决。巫婆下神时，用狐仙的口气说："打官司没好处，请朋友从中说合得好。"第三个办法是"吓"。他胡说求神的人，命中犯小人，遇上了"白虎星"和"扫帚星"。要退去小人、白虎星和扫帚星，就需要多敬神，给神上供，多给狐仙爷烧香，并唱着装神仙狐仙爷的口气说："退去小人，请来贵人，将毛蓝粗布一丈三，二斗黄粮（小米）送上山，把烟叶给我带走，酒肉炸酱面敬神闲。初一十五还要送一蒲包饽饽供大仙。"这就是打着神仙狐仙的名义，要财物，骗吃骗喝。

"数来宝"
——求钱

数来宝是北京乞丐的一种，他们专到各家杏铺去乞讨。他们乞讨时有的打竹板，有的敲击牛胯骨，说些生意兴隆，财源滚滚吉祥话的流口辙，向商家要钱。

打竹板的数来宝一般用七块竹板，五小块竹板用铜钱将其隔开拴在一起，另两大块竹板也拴在一起。左手拿五小块竹板，右手握两块大竹板，双手摇动起来，使竹板相互打击发出有节奏的响声，为说流口辙伴奏。

敲击牛胯骨的数来宝，用两个牛胯骨，其中给一个牛胯骨上结着七个小铜铃，另一个牛胯骨上结着六个小铜铃，人称"十三太保"。为了增加牛胯骨的美观，在两个牛胯骨手握处都下坠着红、绿两条绸布。乞丐在乞讨时双手各握一个牛胯骨，一边口中不断地数说流口辙吉祥话，一边舞动两个牛胯骨互相敲击，发出哐哐哗哗的响声。

数来宝的乞丐者，每到一户商家都不等开口说流口辙，商家的徒弟伙计就很快地递给他一两个大铜板，令其赶紧离开。如果不给钱，他说起来就没完没了，会招来众人围观，买卖就不能做了。所以商家不敢得罪他们。

摆棋式的

在街头、道边地上摆着一式象棋的残局引人来下，以此骗人钱财，这叫"摆棋式的"。

这种摆棋式的在老北京属于江湖骗术的一种。一般都是两个人，一人摆棋（称棋王），一人充当旁观者（称帮棋），他们将上钩的受骗者称"鱼"。在昔日的前门大街、东四、西单等地行人众多之处可见摆棋式者。如有人过来驻足观看，帮棋者就自言自语地说："红棋定胜，可惜今天我没带钱，如果有钱，这20元钱就白拿。"以此话引人上钩。行人不下便罢，如果图便宜来下，必输。因为，摆棋式的已经设计好，从表面看红棋是赢棋，实际是黑棋暗藏杀机。执红的下得好，也只能是个和棋。所以，帮棋者说，红棋胜。上钩的人没走几步棋，这20元钱就白给了摆棋式的人。这种摆棋式的专骗初来北京的乡下人。

下象棋图

卖假人参的

卖假人参的是过去北京经常见到的一种骗人的勾当。这些卖假人参的把粗壮的香菜连根拔起，用水洗净，晾成潮干，再用细红绒线把香菜根缝在精致的锦盒里。他们说这是家中祖传的老山人参，因为到北京探亲访友，困在店中，没办法才把这"宝"拿出来卖，用花言巧语哄人上当。没见过世面的人，只要贪便宜，就会上当。受骗者大多是老年妇女。

碰瓷的

近年常见电视和报纸新闻报道：一男子开一辆轿车与一同方向行驶的外省货车发生了剐蹭。此开轿车的男子是"磁瓷的"，向货车司机讹诈。

这种有意开车与人家的车碰撞，以讹诈钱财，本应叫"碰车的"，而为什么叫"碰瓷的"呢？民国年间，二十世纪二三十年代，有一些游手好闲无业之人在行人如梭的前门大街，手托细瓷碗，内盛包子、酱肉等食物，故意往行人身上碰，瓷碗掉在地下打碎就让人家赔钱，社会上就将这种敲诈行为叫"碰瓷的"。时至二十世纪四十年代，这种碰瓷的在东四、西单、王府井大街等繁华地点都出现了。1949 年新中国成立后，北京市政府整顿社会治安，这种碰瓷的和其他不法行为就绝迹了。

"打虎放鹰的"

二十世纪二三十年代，北京曾出现过结婚不久的新娘子乘家中无人，将新房的首饰、新衣被和钱财都偷偷运走，逃之夭夭了。新婚的男人回来，一见家中四壁皆空，人也不见了。去找原婚姻介绍人也不知去向。当时世人将这种骗婚并掠走人家钱财的不法行为称为"打虎放鹰的"。

干打虎放鹰的都是一些不法的男女，他们有的还是"拼头"（情人），有的是夫妻，还有的是父女，男的去给女的找主。他们的目标一般是，家中资财在中等人家以下，无父母兄弟姐妹，而且年岁较大久未成亲或丧偶的人。因为这种人渴望家中有个女人，早日成亲。过分相信媒人介绍的情况。等家中财物都让新婚的女人掠走后，报官府也没用，破不了案只能自认倒霉。

但是，用与人家结婚，而后掠人家的财物，有很大的风险。好似"打虎"，将虎打死，可得到一笔钱财，如果奸计败露，掠人家财物时被捉住，就是打虎不成却让老虎给

三十年代结婚照

吃了。所以，当时北京人将干这种事的叫"打虎的"。老北京人在每年的秋、冬季，喜欢养鹰到郊外逮兔子。兔子在前边跑，后边逮兔子的人放出鹰追兔。鹰将兔子捉住了，鹰又飞到养鹰人的胳膊上。可是，有时候鹰放出去没捉住兔子，却飞跑了。这种放鹰捉兔与用女人嫁人而后掠走人家的财物情况相似。奸计得逞，好比鹰捉到兔子，并回到养鹰的胳膊上。可是也曾出现过嫁出去女人不仅没有掠回财物，而且永远不会回来了，深感人家待她好，良心发现，决心与人家好好过日子。这就和鹰没捉到兔子，并飞跑了的情况一样。所以，世人将干这种骗人勾当的叫"放鹰的"。

老北京五十年

吃瓦片的

穿衣、吃饭和住房，人人离不开。因此，衣、食、住被称为人生"三大要素"。如果再加上行路，就是"四大要素"了。不管三大要素还是四大要素，其中的"住"是最难解决的。因为房子造价高，一般人是没有条件解决的。特别是在二十世纪三四十年代的老北京人，大多数收入都低，过的是粗茶淡饭的日子，穿衣、吃饭只能勉强维持，根本没力量盖房和买房居住，只可租别人的房居住。过去将这种租房居住的人家叫"串房檐的"。将那些以建造房屋卖、出租房屋和专做房屋中(间)介人的叫"吃瓦片的"。因为老北京的房子绝大多数是四合院，砖瓦土木结构的平房，所以将这些依靠经营房屋为业的叫"吃瓦片的"。

这种以建造房屋而后出卖的吃瓦片的，也就是现在的开发商了。当年这种吃瓦片的极少，因为这种吃瓦片建造的房子，为了多贪利，用的砖、瓦、灰和木料都是价钱便宜的质量次的料。又将房屋建造包给营造厂（建筑公司）或包工头。一所四合院应七八个月竣工，而包工三四个月就能完工。所以房屋造得粗糙。从外表看，从上到下都是整砖，而墙里都是碎砖头。所以，当年有能力建造自己住房的人，不买这种"老虎房"（质量次骗人的房的俗称），是自己选料，聘请有经验的瓦木工当工，招来瓦木工和小工营建，没有工期限制，要求施工精细、坚固，这种施工求好，高质量，被称为"百日工"。

出租房屋是指将整座四合院，几十间房子租给人家，依靠收取房租为生的人才叫"吃瓦片的"。对那些有几间房子，除自家住以外有三四间空房出租的，不能叫吃瓦片的。因为他们的生活主要来源不是房租，而是其他。房屋的中介人，当年叫"拉房纤的"。房屋的租赁和房屋的买卖都是拉房牵的经营的范围，拉房纤的每拉成一次买卖，当年不成文的规定是"成三破二"，获得好处。就是买房的拿出房价的百分之三给拉房纤的人，如果房价是一千块现大洋，百分之分就是三十块大洋；卖房的出百分之二，一千块大洋是二十块大洋。如此，拉房纤的共得五十块大洋。在二十世纪二三十年代，五十块大洋可不是小数目，当时一袋白面粉二块大洋，巡警月薪七块半大洋。

民国年间，以上这三种吃瓦片的在北京很是活跃，房屋经营市场在他们控制下。1949 年新中国成立后，吃瓦片的才销声匿迹。

盖房子

老北京的"高买"

"高买"是专偷店铺的窃贼。像金银首饰店、绸缎庄、珠宝玉器店、眼镜店和钟表店等，专营贵重货物的都是"高买"经常光顾的地方。

二十世纪四十年代初，笔者在前门大栅栏里精明眼镜行曾亲眼看到捉住个"高买"的情形。有一天傍晚，店中前后进来三四个"客人"，有的要求验光，准备配近视镜，有的买老花镜，有的买平光镜。店员被分散开。其中一个"客人"穿戴讲究，手提大皮包，点名要买高档茶墨镜。店员给拿出几包好茶墨镜，他都不满意。最后给拿出一包最好的茶墨镜，尺寸大，颜色深匀，绵少并在边外。这个"客人"看了半天还不合意。此时，店中几个"客人"什么都没买都走了。正当这个买高档茶墨镜要出店门时，店中人发现少了一副高档茶墨镜。少的正是那副最好的茶墨镜。当时店中负责人说将店门关上，搜查。并命令学徒去叫警察。这下，这个"高买"傻了，跪下求饶，并从大衣袋中将偷去的茶墨镜拿出来，交给店中人后，夹着尾巴走了。

拉掠车的

北平在沦陷时期，在前门火车站有一种"拉掠车的"人力车。专门欺骗、偷窃初次到北平的外地人。他们白天睡觉，晚上到火车站去"接客人"。他们有两种办法，一是利用初次来北平的外地人不了解所去之地远近，而索要高车价。像西打磨厂就在前门火车站旁边，他们却索要车价的十倍或二十倍。二是偷窃乘客携带的物品。这种"拉掠车的"都是两个人合伙干，一个人把带着大小几个包袱的客人拉到灯光昏暗处，装作拉不动了，将客人倒给事先等着的同伙。在客人从这辆车下来，去上那辆车时，头一个"拉掠车的"趁机偷客人的包袱。等客到地方下车发现丢失包袱时，这个"拉掠车的"则说，你的包袱落在他车上了。天亮后，他们将偷的包袱里东西卖掉后，两人分赃。

这种用倒车时候偷窃客人物品，实际上是抢掠，故称"拉掠车的"。

强盗康小八

康小八是民国初年在北京以东，直隶省管辖通州、牛堡屯、永乐店一带流窜打家劫舍、绑票、拦路抢劫的盗贼。只知其姓康，不知其名，"小八"的来历有两种说法，一说他在家里弟兄中排"八"。也有的人说它在盟弟兄总排为"八"。不管哪种说法，总之，他排行为八，所以叫康小八。

康小八从小就没出息，不读书不晓得做人规矩，长大了不知帮助父亲下地干活，成天游手好闲，结交狐朋狗友。经常到通州城嫖妓院、下赌场赌博，没钱先是跟父母要，后来就到处偷。

民国五年（1916年），袁世凯称帝失败，北洋军有的投降了反袁军，有的当了土匪。康小八也当了土匪。由于康小八心毒手狠，说翻脸杀人就翻脸杀人，所以很快就在土匪中就当了小头目。后来土匪的大头目被军阀的军队给杀了，康小八带着他手下几十号人，自立杆子当了一方的土匪头子。他先在牛堡屯、永乐店绑票，夜里把当地大财主绑走，令家人拿钱赎人，说好钱数，约好接人时间。康小八稍不如意，就"撕票"，即将人杀了。

后来这一带的大小财主害怕被绑，都离开家乡到通州城内或北京来住。康小八没有可以绑的财主了，他就带人到通州西门外八里桥至常营一带北京城至通州的大道上拦道抢劫。

一次，康小八在通州一家剃头棚理发，说闲话中剃头师傅骂康小八不是人，连自己的亲嫂都欺侮。理完发，康小八问剃头师傅："你认识康八太爷吗？"剃头师傅说"不认识"。康小八从腰间掏出左轮手枪说："让你认识认识"，举手一枪将剃头师傅打死。

大约在二十世纪二十年代末，康小八在北京前门妓院宿娼被捕，不久在先农坛二道坛门刑场被铡刀铡死。为害一方，臭名远扬的康小八结束了他罪恶的一生。

偷富济贫大盗燕子李三

大概在笔者七八岁，也就是二十世纪三十年代初，北平到处叙说这燕子李三蹿房越脊进入大户人家和当铺，盗出了大批的金银财宝，卖掉后用钱救济穷人。后来，北平警察局侦缉队在前门箭楼将燕子李三逮住，出了红差，在先农坛二道坛门将燕子李三人头砍下。

我们家隔壁住着一位姓刘的大爷叫刘殿元，二爷叫刘殿华，这弟兄二人都在官面做事，知道事多。特别是大爷刘殿元身材高大，30多岁会武术，在镖局干过事，保过镖。后来又在北平警察局侦缉队帮过忙，所以燕子李三的事他知道得很清楚。当年燕子李三的事我都是听他讲给我的。

燕子李三是京东平谷乡村人，从小习武，曾得到山西五台山老方丈的真传，会燕子三抄水的真功夫，所以人称为燕子李三。燕子李三虽然是个偷盗的贼，但是他不偷穷人，不偷那些劳动致富人家的钱财。专偷那些贪官和为富不仁等大户之财。当铺虽然也是商业，但是当铺是放高利贷者，是不剥削穷人没饭吃的行业，所以人人痛恨当铺。燕子李三说当铺发的是不义之财，他偷当铺。当铺为防备贼偷，穷人抢，所以院墙房屋都修得高大坚固，并且会请会武术之人护院，夜里值班的人带着狼狗下夜值班，防范得特别严密。可是燕子李三没把这些放在心上，而且他专找那些房屋高大、防范严密的大当铺去偷。因为这些当铺藏着好东西。

燕子李三每次深夜去偷盗时，必换上一套紧身青色衣裤，薄底快靴，拿上江湖人所需之物。蹿上高墙，用剪子将铁丝网剪个窟窿，再跳至当铺存放当物的库房上将房顶搞个洞，顺洞进入库房想偷什么偷什么，院中护院的人一点也不知道。燕子李三偷盗来的钱除去自己吃饱，喝些酒外并未去挥霍，而去救济一些贫穷之人。一次他在前门大街看见一个中年妇女跪在路边，面前放张"卖儿的告白"，被卖的约八九岁的孩子也跪在地上。当燕子李三知道这个妇女新亡丈夫，没钱埋葬，并且还有外债，没办法所以才到大街上来卖孩子。燕子李三没犹豫就从衣袋中抓了一把钱给了这个妇女，并约定第二天在此地此时见面多给些钱。第二天，燕子李三按时而到，又给了这个妇女100多块现大洋。这个妇女千恩万谢地离去。

北平警察局侦缉队为了缉捕燕子李三，在各旅店、妓院、剧场等处都有便衣侦缉人员监管，可以说在全北平城撒下了天罗地网。有两三次侦缉队碰见了燕子李三，但都让他跑掉了。但是侦缉队侦察到燕子李三的住处旅馆后，就布置了极其周密的捉拿计划。一天傍晚，正是人们晚饭的时候，燕子李三住的旅馆被侦缉队包围了。侦缉队队长带着两个助手手执短枪，闯进燕子李三的房间，燕子李三正在床上休息，没有一点准备，就这样被捕了，投进了监狱。狱中的狱卒、管理人员知道燕子李三是江湖道上讲义气，吃顺不吃戗，待燕子李三很好，燕子李三也就很顺从。但不久，监狱来了个管理人员对待燕子李三实行严加管教，不仅加了刑具，而且态度蛮横。燕子李三看监狱来的新人一点都不客气，张口就骂，举手就打。因此，燕子李三不想再在监狱里待下去了。一天夜里，他用解骨法，手和脚从刑具中退去，越狱跑了。

燕子李三越狱跑出来后，不想再住在旅馆里了，曾在北京内城中一家王府的空房里落脚，后又转到前门的箭楼上。燕子李三认为箭楼上是个好地方，没有人，很安静，想怎么就怎么，没人打搅。但他万没想到前门箭楼正是了却他一生的地方。

据刘殿元说，是燕子李三一个很要好的姓张的朋友来前门外鹞儿胡同侦缉队总队告的密。1932年秋凉的一天夜里，侦缉队的马队长带领几十人在前门箭楼埋伏好，马队长带领几个队员上了箭楼。燕子李三发觉后，已经晚了，只能做最后一搏。他将短刀投向马队长，刺在马队长腰上。燕子李三从箭楼上跳下，被地上一个什么东西滑了一下，身子一歪没倒下，但被箭楼下埋伏的侦缉队用绳子套住而被捉。

燕子李三被捕后，侦缉队很残忍地用尖刀将燕子李三双腿的两条大筋，从两脚后跟处挑断。如此燕子李三不用说蹿房逃走，连行动都失去了自由。而后经过简单的审问就被判为死刑，于深秋的一天，将燕子李三身穿罪衣罪服，五花大绑，背后又着"抬子"，坐上马拉的大车出了监狱门，慢悠悠地奔向先农坛二道坛门刑场。1932年，虽然已是民国二十一年，但对死刑犯人押赴刑场还是用清政府时的老办法。刽子手用大刀将燕子李三的人头砍下，悬挂在前门箭楼上示众。

　　燕子李三死后，穷苦人惋惜，说他冤枉，富人则高兴，说今后天下太平啦。

第四部分

老北京老少娱乐五十年

打麻将牌

打麻将牌这一场游戏活动起源于我国。在唐朝有一种"叶子戏",当时人用纸剪成与树叶相似的纸牌,供游戏,因此称叶子戏。后来,经过元、明、清各朝的演变发展,到清代中期出现了四人斗牌的"麻雀"纸牌,俗称麻将牌。

这种麻雀纸牌有"万子"、"索子"、"筒子"三种,每种九色,每色四张;并有"中、发、白"十二张,"东、南、西、北"风十六张,共计一百三十六张。至清末民初时,麻雀纸牌改用骨和竹制的硬质牌,在民间流行,而且统称为麻将牌。北京是元、明、清三代的国都,民间用麻将牌游戏很普遍。生产工作之余,男女老少都喜欢打(斗)麻将牌为乐。全副麻将牌有"主牌":万、索、筒一百零八张,"风牌"十六张,"色牌"十二张,共计一百三十六张。有的还加"副牌":春、夏、秋、冬,财神,元宝等若干张。另外,有骰子二枚,筹码若干个以及"庄头"一枚。"主牌"的万字牌是在牌的上面有"一万、二万、三万……八万、九万"的字牌。每"万"各四张。筒子牌是在牌的上面有像烧饼的图形,因此,筒子又叫饼子。有"一筒、二筒、三筒……八筒、九筒",各四张。索字牌是在牌面上似一条条长竹的图像,故又叫条子。有"一索、二索、三索……八索、九索",各四张。"色牌"是在牌面有"中、发、白"字样,各四张。因为"中"字是红色,故叫"红中","发"字是绿色,故叫"绿发","白"牌为光板,故叫"白板"。

在打麻将牌游戏时,用一张方(圆)桌,四只椅子,四个人各占一方。首先投骰子定庄,就是庄家。其二,洗牌,就是将牌都集中,搓乱了次序。其三,砌牌,或叫码牌,也就是将牌面朝下,上下两张为一墩,每人砌起十七墩。

其四，投骰子，开门抓牌。首先庄家投骰子，如骰子数"八"，从庄家数到的那个人再投骰子，假如还是"八"，就为"十六"。在第二个投骰子人的面前之牌，从右数十六墩处抓牌。庄家先抓两墩，往右依次抓牌。挨个人都抓六墩后，庄家最后"跳牌"。就是依牌顺序，从第一墩和第三墩上各抓一张牌。向后依次每人抓一张。牌全抓完后，庄家手中共有十四张牌，其他三家各有十三张牌。其五，整理牌，每个人都应把抓来的牌，按万、筒、索、风、中、发、白归类排列，以便决定每张牌的存留或打出。然后，依次打（斗）牌，抓牌，第一个往外打牌的是庄家。因为庄家手中有十四张牌，比别人多一张牌。打牌又叫斗牌，也叫出牌。就是把牌面向上，放在牌海中（桌子当中空档）。随后，依次第二人（庄家右边人）抓牌、出牌。在相互抓牌、出牌中，有时出现"碰"和"吃"的情况。碰牌是某有两张相同的牌，如两张红中或一万，任何一家出了一张红中或一万，都可叫"碰"。碰出的牌都要面朝上。放在自家的前边。"吃牌"是某家有一张一万，一张三万，就缺二万才能连成一组牌；或者一张四筒，一张五筒，缺三筒或六筒才可能连成一组；或者一张七索一张九索，缺八索才可连成一组。这时，自家的"上家"，就是坐在自家左边的人出以上需要的牌，方可叫"吃"。吃的牌，同碰的牌一样，把吃进的牌与自己的两张牌放在自己牌的前边。此外，还有"开杠"牌。某家有三张同样的牌，如三张六万，自己又抓起来一张六万，就可"开杠"，这叫"暗杠"。别家打出的六万，也可"开杠"，这叫"明杠"。开"暗杠"需要把四张相同的牌面向下，摆放在自己的版的前边，开明杠需要把四张相同的牌面向上，放在自己的牌的前边。"开杠"时，无论是自己抓的牌，还是"碰"的牌与"吃"进的牌，都需在砌牌的尾部补抓一张牌，并随时打出一张不要的牌，以保持自己手中的牌的平衡。"和"了，就是在抓、打牌进行中，有人叫"和"了，就宣告这盘牌结束了。"和"牌之人必须把手中全部的牌，面向上平放在桌上，让大家来看。打牌的术语这叫"推倒"。"和"牌的规定为：本人手中已有两组牌，一对牌（麻将），还有一组牌尚缺一张牌。如"二万、三万、四万；五筒、六筒、七筒；两张六索（麻将）；一张七万，一张八万"，自己抓或别人打出六万或九万都可成"和"。

最后还应说明，"吃"牌只限于下家吃上家的牌，"碰"牌或者"开杠"则不限，任何一家出的牌都可叫"碰"或"开杠"。当上家出的牌，下家要吃，如另外两家，有一家要"碰"或"开杠"，"吃"牌家，应让人家"碰"或"开杠"。叫"和"时，无论"碰"与"吃"或"开杠"的都得让给"和"牌之家。"和"牌后，需要计算"番"。以下之牌可计一番，自摸（自己抓来的之牌）、门前清（没吃牌也没碰牌、没开明杠）、断幺（没有一和九数之牌）、缺一门（缺万字牌、缺筒字牌或缺索字牌），当庄、一边高（七、八、九万与六、七、八、九筒或七、八、九索）、边张（八万、九万"和"七万）、提五（四万、六万"和"五万）、砍当（二筒、四筒砍三筒；七万、九万砍八万；一索、三索砍二索）、老少副（同一类型数字牌两幅顺子，如一数字牌两幅顺子，如一、二、三筒和七、八、九筒）、碰红中、碰白板、碰绿发、二五八将（麻将为二、五、八数的万、筒、索牌）、连六（和牌后有六张相连的牌，如三、四、五筒连六、七、八筒），一条龙（一至九万、一至九筒、一至九索），混龙（牌的门类不限组成的一至九数字牌。如一、二、三万，四、五、六筒与七、八、九索）、平和（和牌时，没有碰对的也没有开杠的）、对对和（和牌由四组"碰"牌，没有顺牌），十三不靠（和牌时，十三张拍皆不相连，如二万、九万、一索、五索、八索……），绝张牌（和牌时所叫之牌，在外面已露了三张，只叫那张未露之牌。如四张五筒，已露出三张，就叫那最后一张五筒）、清一色（和牌时，一色万字，一色索字或一色筒字）、抢杠（别家开明杠，自家正和那张牌。如别家开六索开明杠，自家和六索，就叫抢杠）、海底捞月（自家抓最后一张牌，而恰好和了）、十三太保（就是十三张牌都是幺九，其中一张组成"对"后为十四张牌。如一万、九万、一筒、九筒、一索、九索、东、南、西、北、发、白、中、中）。此外，还有几种打法，现只介绍简单的打法。最后还要说明，一局牌为四圈，也就是四个人轮换都坐一回庄。一回庄四把牌，连庄不计。

抖空竹

抖空竹是北京地区秋、冬、春季，成年人和少年儿童都喜爱玩的活动。

空竹是用竹、木胶粘而成，有双轴、单轴和"地响"三种。双轴为一边各有一组音箱，单轴只有一组单音箱。空竹一个音称"一响"。分四响、八响、十二响，最多二十四响。对轴的两边分量均衡，容易抖动。一般初学者和少年儿童都抖两轴的。单轴的一边重，一边轻，不容易平衡，不容易抖动，所以抖动单轴的多是技术熟练的成年人。抖动时，单"扣"空竹音响小，双"扣"空竹音响大。抖空竹技巧熟练者，不仅把空竹抖得山响，还可以把空竹抛向

厂甸空竹摊

天空，而后接住，并作出"苏秦背剑"、"小鸟上架"、"仙人过桥"等动作。"地响"是用一根细棍，中间串一组竹制的圆形音响，用白粗线绕上细棍，而后右手牵线，左手拿一块有小孔的小竹板，白线从竹板小孔中穿过，向地上放，而发出音响。因之，称"地响"。

过去，花市集、隆福寺、白塔寺、土地庙的庙会上和新春琉璃厂、厂甸上都有空竹摊。旧时北京卖空竹的，最有名的是烙有火印商标签的"双葫芦"的空竹。因为"双葫芦"空竹选料精良，制作讲究，黏合坚固，音色纯正，抖转起来，有低音还有高音。

放风筝

北京把纸鸢俗称风筝，实则纸鸢是用竹片做架，上糊纸系在绳上放。风筝是在纸鸢上缚以丝弦，风吹出悠扬悦耳之声。

风筝的历史很久远，相传在秦末，刘邦和项羽楚汉相争之时，公元前202年，刘邦的大将韩信率兵将项羽围困在垓下（今安徽灵璧县东南）。汉军用绢和竹片做成绢鸢，上缚丝弦，放飞于高空，在茫茫黑夜里，四面又都唱起楚歌。楚军听到楚歌，认为汉军已全面占领了楚地，楚军四散逃亡。项羽感到大势已去，辞别虞姬，突围至乌江（今安徽和县东北）时，自杀身亡。唐代末年时，临安（今杭州）守将张伾曾用风筝送情报。唐末藩镇割据，互相争战，一次，田悦包围临安城，守将张伾坚守城池，张伾命人扎做了个风筝，把求救兵的书信，书写于风筝上，放出城外，救兵到而解围。宋时，风筝成为娱乐玩耍的工具，但只限于贵族官僚人家，他们用风筝争奇斗艳。南宋时，风筝才广泛流传，一般百姓也争相赛放风筝。到明、清时，风筝的制作越来越精巧，种类也越来越多，

风筝

图案色彩也越来越讲究。

　　过去北京制作风筝的能手很多，较有名的是"风筝哈"。哈长英扎糊的大沙雁在 1915 年巴拿马博览会上获得银质奖章。"猴儿常"善做孙悟空、哪吒、猪八戒风筝。他制作的三四个火眼金睛手执金箍棒的孙猴儿，连在一起放入空中，很特殊。因之，人称"猴儿常"。一个名叫"四龙"的做的苍鹰风筝，无论在扎糊上，还是在涂色上，都与众不同，特别是放起来，既平稳又起得高，并能在空中打盘，犹如真鹰一样。"蜈蚣金"是个善做蜈蚣风筝的妇女，叫做金淑琴。她扎糊的大蜈蚣有 32 节，并且还带毛。她不仅蜈蚣扎糊得好，而且能扎糊沙雁，可扎糊七个串雁，还能扎糊活腿的白仙鹤、软翅的蜻蜓等 180 多种风筝，样样栩栩如生，形象逼真，扎得结实对称，糊得舒展平整。特别让人称道的，《红楼梦》的作者曹雪芹就是一位精于扎、糊、画、放风筝的名家。他曾著有《南鹞北鸢考工志》，可惜已散佚不全。他在"考工志"中曾记载很多种风筝，有双燕、双鲤、螃蟹、比翼鸟、彩蝶等。

　　风筝的种类按尺寸大小分，没有规定的尺码，做什么尺寸的大，什么尺寸的小，不好讲，只能按照形状分，大可分出四类：1. 动物类。有沙雁、虎、猫、鹰、蝴蝶、蜈蚣、鱼等。沙雁在风筝中历史最早，也最普遍，所以在北京又把风筝叫沙雁。沙雁的形状是上有头，中间椭圆身，左右有翅，下有剪型尾。上涂黑色，因之，又将小型沙雁叫做"黑锅底"。2. 方状类。这一类风筝比较简单，有的做成个方形，有的是"八卦形"，有的是单双"喜"字形。3. 人物类。有红孩儿、孙悟空、猪八戒、钟馗等。4. 杂类。有花篮等。

　　放风筝为游戏。扎、糊、画、放是风筝的四艺，扎、糊、画都是为了放。放风筝是一项有益身心，老幼皆宜的活动。一年四季均可放飞，每年春季是放风筝的盛季。放风筝最好选择二级风力左右的晴天。如风力不到一级半，风筝难以升空，就需要放风筝的人适当地短途跑步，牵引风筝起飞；如风力超过二级半，风筝在空中不稳，"打摆子"，这要适当加长风筝的垂穗，并调整提线，以使风筝在空中保持平衡。

养蛐蛐

蛐蛐又叫蟋蟀或促织。"蛐蛐"是北京人对蟋蟀的一种俗称。多少年来，每年入秋后，北京人老少就以捉蛐蛐、养蛐蛐、斗蛐蛐为乐。民间流传很广的"济公斗蟋蟀"的故事，说明我国人民群众对蛐蛐的喜爱。

捉蛐蛐，北京叫逮蛐蛐。入秋后，在北京各处都可以听到蛐蛐的叫声。庭院里的草丛里，街巷中的碎砖堆里和墙缝中都是蛐蛐的栖身处。而蛐蛐最多的地方还是在郊外的乡间。因为乡间的农田、坟茔、土堆、杂草比比皆是隐藏蛐蛐之处。逮蛐蛐虽然很辛苦，早起带上铁钎子，蛐蛐罩，放蛐蛐的铁丝网等工具，徒步几十里，踏田间小道，涉小溪，进入坟茔，虽去脏乱之处，但是不觉苦，反以为乐。特别是逮着一个好蛐蛐更是高兴万分。养蛐蛐的人都希望能逮到好品种的蛐蛐，既能叫，又善斗的。过去，北京产好蛐蛐的地方很多，较有名的地方是西山的福寿岭、寿安山、黑龙潭，南北十几里地带都产优良品种蛐蛐。北山东西几十里所产的蛐蛐更佳。明十三陵地带内蛐蛐品种在各地之上。有些人为了能够逮着好蛐蛐，不辞艰辛，带上干粮和逮蛐蛐工具，涉水爬山，一去就是十来天。这些产好蛐蛐的地方，是当年北京著名蛐蛐贩子，如蛐蛐罩、蛐蛐文、蛐蛐景，每年必到之处。

提起蛐蛐的品种，那是很多的。从颜色分，有虾青、蟹青、深青、淡青、油青、草黄、狗蝇黄、菊黄、枣红、银红、正红、墨黑、灰黑、梨白、芦白、乌头金翅、红头、白麻头、黄麻头、金丝额等几十种品色。从形态上分，有土狗、海狮、螳螂、蜈峰、鸳鸯牙等名种。蛐蛐的能斗和不能斗，看其头、颈、牙、腿几部分就可辨出。蛐蛐的头大而圆为上品，头似蜻蜓头。并过肩颈而善斗。颈项肥，腿颈长有力，牙尖利能咬，背身阔，对抗性强。《蟋蟀谱》有这样的记载：狗蛐蛐"麻头黄项翅金色，腿脚斑黄肉带密，钳如碳叫如锣，敌斗场中名第一"。鸳鸯牙蛐蛐"异择生来两个牙，一红一白实堪夸。大拘无色麻头相，难与交锋夺彩花"。此外，还有以翅膀分的，有琵琶翅、长衣翅、大翅等。金银翅、玻璃翅是以色泽分翅的种类。蛐蛐须也有不同，有双须直长的，有双须短粗的，有双须卷回的，有双须都带节的。有一种蛐蛐很特别，只在头顶上有独角须，如插雉尾的武夫。

斗蛐蛐，过去根据家私规模各有不同，上等富有之家斗蛐蛐很讲究，以二寸四罐为一桌。最少斗一桌，多者一次斗一二十桌。事先约定日期，并派下人散发请柬，名为"乐战几秋"。到期门外悬红彩，会场设桌案，上铺红毯，并备有分厘戥子、象牙筒、牙筹码、蛐蛐探子等。参加斗蛐蛐者，有骑马赴会的，有坐轿赴会的。蛐蛐则由蛐蛐把式率领挑夫担着"蛐蛐圆笼"，内放蛐蛐罐。角斗前，蛐蛐要上戥子称体重相近者放入大斗盆里斗。输赢以象牙筹码计。角斗时，由蛐蛐把式负责，养蛐蛐主人只让在一边旁观。赢输用月饼、花糕、水果酬谢。中等人家斗蛐蛐事先也是定出日期，约些友人参加。参加斗蛐蛐之家，各提着蛐蛐赴会。不论桌，论罐，有的斗一罐，多者就是两三罐。输赢也有小的酬金。下等斗蛐蛐者，是几个小孩在院中，或者街上，各拖粗糙的蛐蛐罐，手拿蛐蛐探罐子，引诱蛐蛐角斗。每年从立秋起两个月内，前一个月是下乡逮蛐蛐，或从蛐蛐贩中选购，而后经过人工饲养，选出佳种，以备战斗。后一个月，就是自秋分起，两个月内为斗蛐蛐期。蛐蛐咬斗也有它的招数，用其口、牙、头、须、脚对敌。牙咬、头顶、须晃、脚蹬。角斗的蛐蛐大致分"重啮口"、"快啮口"和"稳啮口"。重啮口蛐蛐，一下盆，不容挑逗，不用寻思，即向对方啮击，或胜或败，或伤或死，立见分晓。快啮口蛐蛐是，对敌作战，只牙一相交立刻分开，不死啮。而且向后退避。伺机再战，以智取胜。所以这种快啮口蛐蛐又叫"智啮口"。稳啮口蛐蛐，下盆角斗时，对方挑斗它都不理不睬，而是观测时机到来，出其不备，偷袭对方，狠啮对方，使其不敢再战，而取得胜利。过立冬节气后，蛐蛐就鸣叫声微，翅间松弛，须尾断脱，腹部长出重腓重肉，驰骋疆场的勇士已进入"烈士暮年"，一带名虫，将随冬季的到来而离去。这种善于角斗的蛐蛐，多半不能度过寒冷的冬天。大凡北风呼啸，白雪纷纷扬扬的深冬，打开葫芦，能够鸣叫的蛐蛐大多是人工孵化的。

养蛐蛐的罐种类也很多。一种是最普通的瓦罐。罐口直径约一寸多的小直罐。这种蛐蛐罐多为蛐蛐贩子所用。卖蛐蛐时随时使用这种罐，放蛐蛐给予买主。养蛐蛐的人家，养蛐蛐多放在养盆中。养盆不仅尺寸大，直径约三寸多，而且边厚约四分、上下直高约三寸。养盆要用北京城城根处挖取"三合土"打底。三合土是黄土、黑土、白灰合成。城墙中间填的都是三合土。经过碾压过箩，喷水浸泡，然后用小木杖细打。因为城墙中的三合土有江米汁，用此打的底极为坚固。养盆每天还要用茶卤涮洗。养盆中有不少名盆，以赵子玉盆最好，盆地刻有"赵子玉"字样。据史料记载，清光绪年间，此养盆一个价值百十金。因此，伪造者很多。起盆为携带蛐蛐外出参加角斗所用。起盆有两种，一种叫"排子盆"。排子盆外观美观，矮扁，上口大，底小，盖上中心突出，或镂透花纹。另一种叫"汤罐"。这种汤罐壁高陡，中部微凸，距离上下口近处有些凹。斗盆是蛐蛐角斗时所用之盆。形如排子盆，淡特大。养蛐蛐所用器具，除盆罐外，还有"过笼"、食槽、水槽及小木铲等。过笼形似扇面，长约寸许，宽约四分，高约三分，两端相通。上有笼盖，盖顶有抠手，可打开，放在蛐蛐养盆里，蛐蛐习性喜暗，蛐蛐可以在过笼中避光和交配。食槽和水槽都是长方形，中有微微凹，内放食、水供蛐蛐食饮。小木铲为铲食物用。除小木铲外，过笼、食槽、水槽都是澄浆泥所制，做工很讲究。

养好蛐蛐，蛐蛐罐很重要，但更重要的还是平日的饲养。要饲养好蛐蛐，一要了解蛐蛐的习性，善于观察蛐蛐的形态变化。二要精心。蛐蛐性喜暗、潮湿，喜性交。所以平日宜放背阳、潮湿的地方。盆罐要每天用水涮，使盆罐也保持一定的湿度。蛐蛐鸣叫和啮斗中有雄性，雌性是不行的。但是雄性蛐蛐喜性交，要想雄性蛐蛐叫出悦耳的声音，在战场上勇敢地啮斗，平日必须有雌性相陪。对于雌性蛐蛐也有选择，选择那些健壮的雌性蛐蛐与雄性蛐蛐为伴。秋分节气后，选一只雌性蛐蛐放入雄蛐蛐盆中，并需观察雄蛐蛐对该雌蛐蛐是否喜欢，如不喜欢还需要更换。雌雄蛐蛐性交欢畅，必然发出一种细微的颤音，这叫"打各子"。再查看雌蛐蛐大扎抢上挂有白珠，说明雌雄已交配。这时把雌蛐蛐取出，再换一只雌蛐蛐放入。特别是雄蛐蛐经过一场战斗后，不论胜负千万不可再战。尤其是名种蛐蛐，必须把一只雌蛐蛐放入其盆中，使其交配，以养精蓄锐，七天后方可再战。善于观察蛐蛐的形态变化，也很要紧。如遇蛐蛐一仰头、二练牙、三卷须、四踢腿、五两尾参差不齐等变化，必定是由于食、水失调，得病所致。就要细心饲养，这是每一个以养蛐蛐为乐之人，都愿意做的事。因为他以此为乐，就不嫌麻烦。首先精心蛐蛐的食水，食料以烂米饭粒为主，注意适量。太多蛐蛐肥不能啮斗，太少则弱也啮斗不了。加青毛豆要少。秋分节气后，是蛐蛐的战斗期，这时必须给蛐蛐增养料。一要增加毛豆之量，二要加入些极少量的肉类，像羊肝、虾蟹肉等。如是特别名种蛐蛐就应再加些枣、莲子之类食疗。其次要精心季节天气的变化，注意不要让蛐蛐受寒，影响发育。秋分后天气渐冷，特别到了寒露、霜降节气，天气逐渐寒冷。为了防寒，除给蛐蛐罐加上棉套外，在每天清晨还要给蛐蛐晒太阳，中午时，又要放到背太阳处。晚上不要放在院中，应放入屋里。冬天养蛐蛐主要是听鸣叫。这种蛐蛐，除少数是秋天养的外，大多数是人工孵化的。秋天时，将雌蛐蛐放入盛有沙土的浅盆里，令其甩仔。雌蛐蛐将犬扎抢插入沙土中，甩出虫卵。立冬后，将有虫卵的沙盆喷些凉水，放在外边使其冻上一层薄冰。然后放在屋中火炕上，加高温度，使冰融化。等烘干时，再依前法喷水、冻冰、烘干。如此七次，卵就可孵化成为幼虫。在每次烘干后，要注意用细箩筛一次。幼虫孵出后，将幼虫放入高半尺，直径二尺的"大河罐"里。大河罐里要用三合土垫底，罐中放些潮湿的树皮，而且一层层码起，中间放点白菜叶，让蛐蛐幼虫在其间脱壳。幼虫七天一壳，要脱七次壳。而且每次脱下的壳都必须令幼虫吃尽。经过七次脱壳，幼虫就发育成虫，振翅发声了。在脱三四壳时，就能分辨雌雄，雄的留下，雌的壳扔掉；在脱五六壳时，就能看出好坏。选好的调养，劣的淘汰。油葫芦、蝈蝈孵化和蛐蛐孵化大致一样。清末民国年间，北城的"蛐蛐赵"、"徐十"、"杂合面文"、"四面陈"、"小杨子"和南城的"茶坊赵隔"等，都是孵化蛐蛐、油葫芦的好手。

善哨的鸟

养鸟是北京人传统爱好，过去不管年轻的，还是上了年纪的都爱养个鸟。过去北京茶馆也多，提笼架鸟的都喜欢到茶馆里坐等，与其说去喝茶，不如说去亮亮自己的鸟儿。鸟的种类很多，但总的可分为三大类，一是能善哨的；二是能打弹、叼旗子、会练玩意的；三是羽毛长得好看，供观赏。能哨的鸟有百灵、红子、黄鸟、柞子、画眉、蓝靛颏"窝雏儿"鸟、胡伯劳等。北京喜爱养鸟的有很多讲究，这些讲究都是多年总结的经验。有的鸟应该养"窝雏儿"雄鸟，就是新孵出的小鸟；有的应该养"原毛儿"雄鸟（红子成"过枝儿"），就是已长成的鸟。这是因为有的只能养"窝雏儿"鸟才能押音鸣哨，养"原毛儿"鸟就不容易；有的只能养"原毛儿"鸟，容易押音鸣哨，养"窝雏儿"就差了。养百灵都爱养窝雏儿，从小养大的百灵，很容易押音上口。北京爱养百灵的人很多，因为百灵不但哨得好听，而且哨得有次序。别的鸟哨不分先后，没有一定的次序。百灵的十三口，叫叫十三套。其次序为：1. 麻雀闹林；2. 母鸡下蛋；3. 猫叫；4. 沙燕；5. 狗叫；6. 喜鹊；7. 红子；8. 油葫芦；9. 鹰叫；10. 小车轴声；11. 水梢铃响；12. 苇扎子；13. 胡伯劳（虎伯拉）。这十三套就是学鸟、兽、虫叫及物品发出的声音。不能混叫，更不能在套内套外加其他鸟的声音，如有其他鸟鸣叫声，就算有毛病，称为"脏口"，为大忌。关于百灵押音，首先选个好鸟很要紧。北京的七月鸟上市就出现由"北口"外运来百灵幼鸟。要选头大、眼圆大、头顶有小圆点白斑、体壮的雄性幼鸟。百灵成鸟都是九月才来，虽然这种成鸟训练押音比较费劲，但是鸟已成形，容易挑选。要选在羽毛和尾羽上能看出有光亮斑点的鸟，雌鸟没有。上嘴中间隆起，嘴尖端有些勾形；下嘴薄，此为好种；嘴细无构形，为劣种。眼大并有棱角，呈深蓝色者为好种；眼圆显红者为劣种。尾羽挺直有力为好种；尾羽无力为劣种。训练押音最好办法是用老百灵带小百灵。不带百灵有杂音之处，不让它学上"脏口"。现在押百灵有个好条件，可用录音机选好百灵音录下来，再去为百灵押音。百灵笼子比其他鸟笼较大，外有三道圈加宽土档，笼里无鸟杠，而当中有一圈土台，为木质。百灵笼子水罐安在笼外，所以在土档子上留有一上圆下平的"水门"。

红子鸟以河北省南部邢台一带所产的为佳品，其次为山东省所产的红子。北京附近所产的红子为大路货。红子的叫音最有名是"子母腔"、"腔腔棍儿"、"腔红"、"西西水儿"、"西西棍儿"、"西西幼儿"、"衣滴儿"、"衣滴幼儿"、"衣滴棍儿"、"家家红"、"西西红"、"衣滴红"等几种音。此外还有一般的"放哈哈"音。红子忌叫"啾啾儿！"（锹火）。养鸟被称之为"放鞭"。其次是叫"呼呼儿！"三是叫"西西儿！"四是叫"单片儿！"五是叫"垛字儿！"红子押音大致也与百灵相同，用老红子带小红子为好。红子笼子比较坚固，因为红子嘴尖，爪利，飞来飞去不识闲，笼子容易损坏。所以红子笼子必须特制。清朝时养红子多用"丘子笼"。其形为铁丝条编插成底座长方，上为圆车蓬状，两端平直，像棺材，因之叫"丘子笼"。后来，改为上下都呈长方，笼条分为六十根，六十四根或七十二根三种。笼底一般用木板，也有用漆底的。

244

黄鸟也叫黄莺儿。北京人养这种鸟的很普遍，因为黄鸟叫音娇嫩，容易喂养，遛也行，不遛也行，所以，养黄鸟的人很多。黄鸟叫音最出色，使养鸟人最值得骄傲的是，叫"大鹰"和"伏天儿"，其次是叫"红子音"，叫"山喜鹊音"。山喜鹊分"过天儿"和"炸林儿"两种。"过天儿"是山喜鹊在空中飞时叫的"坎儿！坎儿！"长音。"炸林儿"是山喜鹊落下时叫的"坎儿！叽叽叽叽"之音。另外还叫"油葫芦"和"蛐蛐"音。黄鸟叫"梧桐"音，叫"金翅'音，叫"天平鸟"音，叫"白王鸟"音都算大毛病，前边叫的多么好，只要一粘上这些音，就没人要了。小毛病是叫"鹦雀儿'音，叫"交嘴"音，叫"竹点儿"音。黄鸟押音是用新的黄鸟押老黄鸟之音。把两个鸟放在没有杂音的偏僻静处，把老黄鸟笼子之罩打开，令其鸣叫。向新鸟之笼扣紧，使其静听学语。如果老黄鸟没有山喜鹊音，就每天不亮起，去有山喜鹊栖息处，押"出林"音。在天色黄昏时，押"入林"音。押大鹰音就更难了，要找大鹰经常出没之地，而且大鹰在高空中飞，鸟听不清，所以已不容易押。押大鹰在高空中叫，比较起来还算容易。特别是押两只鹰在天空中争食打架之音，因为这种机会是难遇到的。不知等了多少时候才遇见一次，还不一定能押上。所以一只黄鸟能叫"两鹰打架"是少见的。过去，养黄鸟之人，自己的黄鸟能叫"两鹰打架"，就把这只鸟当宝贝一样看待。外出或去茶馆，都把笼子罩扣得紧紧的，生怕别人的鸟押了去。黄鸟一般是平顶圆笼，比靛颏笼略小些，笼内一根鸟杠，鸟杠两端，一端为食罐，一端为水罐。笼的粗细亦由养鸟人的家财而定。

柞子又叫苇柞子。过去，人们都爱养原毛儿的柞子。虽然柞子也能学各种鸟叫，但它在真正养鸟者眼里，其"身份"是低下的。所以不愿意养它。只有小孩子和一般之人才肯喂养。

画眉鸟养窝雏儿和原毛儿都行。画眉很灵，凡是天上飞的地下走的，草里蹦的，河里漂的都能学，叫音很宽。特别学小孩哭最珍贵。画眉最忌叫"夜猫子"音。画眉笼子特别大，直径就长一尺二寸，而且又高大，笼条也粗，笼子上装饰物又多，其笼重。养画眉必须每天早上遛街，还须用力摇晃鸟笼。因此，年老、体弱、有病的人是养不了的。

蓝靛颏是以养原毛儿为好。由于蓝靛颏生于沼泽之乡，所以善叫水虫，为养鸟者喜爱。蓝靛颏叫"伏天儿"是别的鸟少有的，还能叫"红子音"的"腔腔棍儿"，叫"山喜鹊"，叫"公鸡打鸣"、"母鸡下蛋"，并能叫"铁球"音，就是老人手托五个（全副）铁球在揉转发出的鸳鸯音，还能叫北京夏天卖冷饭的小贩打铜碗（叫冰盏）发出的声音，而且还能叫鹞鹰高空鸣叫及两鹰争食打架之声。蓝靛颏不应该叫的有"蛤蟆音"和"蝼蛄音"，叫"黄疸"更忌。靛颏（色红蓝）笼子一般都是用白茬水鹰细竹制作。此外还有上漆的漆笼。靛颏笼子一般都是五十六根条，三道圈带上档。笼内有一根鸟杠，鸟杠两端一边是食罐，一边是水罐。据已故"北京通"金受申先生说，清末有一位桂老先生，养了一只蓝靛颏叫音极佳，他很珍爱。有一托朋友求买，许他给个官当，桂老先生都不相让。后来，又有人愿出重金换鸟，也被他拒绝。不久，这只蓝靛颏死去，桂老先生悲痛至极，将死鸟揣在怀里很久不肯扔掉。后来把死鸟装入木匣内，送至城外埋了。虽然这位桂老先生像个呆子，但又说明好鸟确实招人喜爱。

红靛颏也是以养原毛儿为普遍。红靛颏除叫本鸟音外，以叫"百灵十三口"为佳，如果再能叫"山喜鹊"音就更好了。红靛颏不应叫黄疸鸟、马料鸟的声音，特别是叫"梧桐疙瘩"为红靛颏之大忌。

胡伯劳（虎伯拉）能抓麻雀。有的叫百灵音，但不能成套。百灵的十三口是以胡伯劳音为收尾。胡伯劳的笼子和蓝靛颏笼相似，就是比其稍高些。

打弹、叼旗练玩意的鸟、观赏鸟

在北京过去，每进入秋季，在街巷及旷野的场所，就可见有人让鸟打弹和叼旗。这项娱乐活动，而且是越搞越热闹，冬、春季是它的高潮。此时，上从富户人士，下至一般市民少年，无不以架鸟为乐。打弹的鸟有梧桐、"老面"、太平鸟、灰儿、皂儿，鹦雀（也能叼旗）。这其中以梧桐和老面两种鸟为首。因为能打弹的鸟必须嘴大，而梧桐和老面的嘴就特别的大。养鸟人选来生鸟用粗白棉线系在鸟脖上，白棉线接根长绳系在鸟架上。把小麻籽放在手心上，令鸟吃，并喂些清水，等鸟的野性已退，听人驯服时，就用手指捏一粒小麻籽，向鸟上下晃动，引鸟注视，使其飞起将食啄去。这个动作熟练后，就把绳子套在左手的小指上，手掌伸直，令鸟落在中指和无名指上。用右手扔小麻籽令鸟接食，这种喂食叫"食座儿"训练纯熟后，就只喂鸟水，不给食吃，饿它半天，等急于寻食时，就右手扔食时左手忽然撤下，让鸟飞起接食，其名为"食起儿"。而后左手架鸟，右手拿个直径约一分五厘的骨质白色弹扔起，左手也将半握的鸟抛起，令

老北京里玩鸟的

其飞起追接。等鸟接住弹衔回，就喂一粒小麻籽。这样训练打弹就基本完成。梧桐和老面打弹都可先接一弹（底弹），而后再接一弹（盖弹）。此时把系在鸟脖子上的线绳解开撤去，为了使鸟高飞，可用手抛起底弹，等鸟刚接着，就用一根约二尺长有弹力的软竹片，顶端有个牛角勺，并要有弹簧之"舀勺"向空中抛去，可抛至二三十丈高空，使鸟接住盖弹，能够驯服这样一只鸟，不仅自己高兴，观者也叫绝。叼旗的鸟有交嘴、黄鸟、麻儿、竹点、金翅、鹦雀（也能打弹）。叼旗与打弹不同，弹是动的，旗子是静的，就是将旗子放在一固定位置，令鸟飞去叼回。鸟叼回还有开箱叼旗、开盒叼旗和叼核桃。其训练方法基本与训练鸟打弹大同小异。在这几种鸟中以交嘴本事最大。开盒叼旗、开箱叼旗和叼核桃大都用交嘴。

　　过去北京人，玩叫鸟和打弹鸟、叼旗鸟的多，玩供人观赏的，仅在王宫贵族多见，一般人少见。这些供观赏之鸟都是生得一身美丽的羽毛，不善于鸣叫，大多出自江南，所以又称南鸟。有鹦哥，俗称鹦鹉。分大、中、小三种鹦哥。中鹦哥有挂线鹦哥、海南鹦哥、小五彩鹦哥。小鹦哥有虎皮鹦哥、倒挂鹦哥、牡丹鹦哥、海棠鹦哥、粉头鹦哥。芙蓉鸟种类也很多，有灰芙蓉鸟、白芙蓉鸟、五彩芙蓉鸟。沉香鸟有四喜沉香、白沉香、红沉香、花沉香、鱼鳞沉香。此外还有珍珠鸟、白玉鸟等。

冬天是放鹰逮兔的好时节

老北京人在五六十年前，每进入冬天，最喜欢的活动是放鹰逮野兔。两三人驾着鹰、拉着狗、拿着勾杆子。如果逮着兔，两个人用勾杆子搭着，坐在茶馆里，一边喝着小叶茶，一边闻着鼻咽，真是神气极了。让别人看看，我们本事有多大。

放鹰逮兔是从清代八旗子弟兴起的。因为旗人都从清宫领取钱粮禄米，不用做事有吃有穿。妇女吃饱了，没事干就凑在一起东家长西家短，喝茶抽烟，聊闲天。男人提笼架鸟，到茶馆、酒肆比谁的鸟好，或者天南地北地瞎侃。后来，不少汉人也沾染了这种习气，提笼架鸟跑茶馆的人更多了。

放鹰逮兔，过去习惯都叫放鹰逮猫。因为管野兔叫野猫。放鹰逮兔的鹰，必须是经过驯养的鹰。只有经过驯养的鹰，放它逮兔，才不飞跑，与养鹰的人配合去逮兔。没有经过驯养的野鹰，你放它，它就飞跑不回来了。

说驯鹰，要先说选鹰。每年从处暑节气到立秋节气，是选鹰的好时候。到鸽子市选那头大、嘴尖、躯体肥壮、腿长、双翅大、眼睛有神的当年小鹰，买回来驯养。首先要"熬鹰"。熬鹰就是不给它吃饱，熬着它，不让睡觉。熬鹰是个累活，一个人不行，最少得两个。两个人换班，不让它睡觉，实在饿了，少给些食物。经过两三天工夫，鹰的体重大减，饥饿求食。如此，反复地慢慢拉大距离。最后去掉绳子，鹰就算驯养成了。

鹰驯养好了，也就可以放鹰逮兔去了。一般从白露节气到第二年惊蛰节气都是放鹰逮兔的季节。不过最佳的时候还是立冬后，地里的大白菜一撂，野草都枯萎了，除有的地方放着玉米秸外，别无他物，兔子没有藏身之处。

这个时候，出了北京城到了郊区农村，一帮一帮放鹰逮兔的人很多。熬鹰累，而放鹰逮兔最好玩，乐趣无穷。

放鹰逮兔都是两三个人一帮，带上干粮，上午出发，一个人架着鹰，一个人或两个在前面找兔子，他们叫"趟"。兔子都藏在枯草堆、水渠旁、土坑、树洞处，前边的人只要一靠近藏身的野兔，它就很快跳起，不顾命地往前奔跑。后面一直很机警寻找猎物的饥饿的鹰，双爪一蹬架鹰人的胳膊，就飞快地猛扑上去。虽然野兔跑得快，但也比不上鹰飞得快。很快鹰就将兔子追上了，一只大爪抓着野兔的后胯，并死死地插入肉里。野兔疼痛，回头一看，此时，鹰的另一只爪就狠狠地扇抓野兔的脸。这样，野兔就再也不能跑了，成了鹰的俘虏。放鹰的人过去将鹰爪从野兔身上取出，给它一块肉吃，表示奖励。随后将血淋淋的死兔带上，继续往前走，投入新的战斗。

但是，如果遇上狡猾的老兔子，鹰爪抓住它的后胯，它不回头继续往前跑，而且往荆棘丛生的地方钻。如此，就会使鹰连拉带扎受伤。还有鹰若飞得没有兔子跑得快，没有逮着兔子，鹰就可能飞走了。因此选鹰必须选购前文介绍的强壮之鹰。狡猾的老兔子也怕强壮的鹰，因为强壮的鹰，爪子有力，一爪子抓着兔子后胯，兔子后胯就垮了，跑不了啦。

当年，北京无论八旗子弟，还是汉人普通老百姓，放鹰逮兔，不是为了卖兔生财，就是为了玩，找乐子。所以，他们逮住了兔子，不回家，先去茶馆。因为当时茶馆是社会各方面人士的聚处。他们到茶馆让掌柜的泡壶茶，将逮着的野兔放在茶馆里向大家展示，然后才回家。

外面飞着雪花，屋中蝈蝈鸣叫

一次同几位老朋友聚会，一边品着香茗，一边你一言我一语天南海北地闲聊着。正在兴头上，忽然从一位老友怀中发出清脆悠扬的蝈蝈叫声。蝈蝈一鸣四座，老朋友们都止住话语，静听其唱。等蝈蝈一曲鸣完后，大家才又开口说话。其中一位老友有些不解地问："蝈蝈、油葫芦、蛐蛐，这几种虫儿我年少时都养过。每年立秋后生，霜降节就死了。所以都叫它们为'秋虫'。又由于寿命仅有百天，故又叫'百日虫'。没有见过冬天严寒蝈蝈还活着并且还叫得很欢，太新鲜啦。"

这位老友话语停下，笔者接过话茬儿说：蝈蝈、油葫芦、蛐蛐，是只生活一秋。秋后甩了子，至第二年夏末这些子就发育为成虫。至秋后甩子后成虫又死，年后复始。

而冬天鸣叫的蝈蝈是人工培育的"过冬蝈蝈"。人们将蝈蝈秋后甩的子放入工具中，用加温的方法使其提前变成成虫。当年崇文门外花市集上有个赵瑞，每年都做过冬的油葫芦、过冬的蝈蝈的买卖。

秋后他将雌油葫芦或蝈蝈放在盛有沙土的盆中，令其将子甩在沙土中。立冬后，需将有虫卵的沙盆薄薄喷上一层凉水放在院中，冰冻后移入屋中生有炉火的炕上。等沙土上的薄冰变水，干涸后，再往沙土上洒一层凉水，放在院中上冻，而后搬到屋中火炕上，融化变干。如此反复六七次，虫卵就变成动的幼虫了。

随后将幼虫该放入高大的罐里。在罐里码放些湿树皮和菜叶。油葫芦和蝈蝈幼虫在罐子里大约五六天脱一次壳，需脱七次壳，幼虫就变成虫了。雌的淘汰，留下雄的。因为雌虫叫声极微弱，雄虫鸣叫声音洪亮，音调感强，悦耳好听。

笔者每年冬天都买赵瑞的油葫芦和蝈蝈，和他混得很熟，所以从他那里学来饲养油葫芦和蝈蝈的方法。秋天养油葫芦放在罐里，蝈蝈放在笼子里。而冬天饲养，无论油葫芦还是蝈蝈都用葫芦。因为葫芦保温，出门可以放在人的怀中。油葫芦和蝈蝈喜温潮，每天要用茶水洗涮一次。在洗涮葫芦时，就此让油葫芦和蝈蝈见见阳光晒太阳。将葫芦洗涮完毕，往葫芦中放进一些白菜叶或胡萝卜，但不能太多，以防吃得太饱消化不良。

养过冬油葫芦或蝈蝈，年长者、年少者都可以，它可以给你平淡生活增添情趣。特别是每逢外边飞着雪花，屋中却油葫芦、蝈蝈不停地鸣叫，使人身在严寒的冬季，却有秋天的感觉，其乐无穷。

燃放烟火

烟花爆竹在北京俗称烟火。节日期间，特别是旧历新年，全国各地人民都要燃放烟花爆竹。燃放烟花爆竹在我国历史悠久。古代人民最早是用爆竹驱赶魔鬼的，他们把火药装在竹筒中，点火使其发出巨响，以赶跑魔鬼。后来，每到旧历新年放爆竹就成了我国各地人民传统习俗。所以在春联中有："爆竹两三声人间是岁；梅花四五点天下皆春。"北京从金代起就是我国的都城，帝王居住的地方，因之，每逢年节，燃放烟花爆竹极盛。年除夕晚，全城此起彼伏，爆竹之声，彻夜不断。北京的烟花爆竹制作极为讲究，品种很多。麻竹有"麻雷子"，就是只有一个响的，但发出的声音极大。"二踢脚"有叫"二梯子"。二踢脚燃放后，第一响将药筒打入天空后，放出第二响，在天空轰鸣。"鞭炮"是用许多小型的"麻雷子"连接在一起，燃点后发出连串的响声。根据其爆的响声多少，分"五十头"、"一百头"、"五百头"、"五千头"、"一万头"等品种。此外，还分"洋鞭"、"机器鞭"、"鞭里加炮"等品种。"炮打灯"、"炮打双灯"、"飞天十响"等是由二踢脚演变而制成。就是燃放后，第一响鸣放后，打向天空中的是一团、两团或十团火亮，而后放出红绿色的火花。过去著名的"北京通"金受申先生曾跟我们谈过，民国年间，袁世凯和徐世昌当大总统时，新年总统府曾燃放过一种新颖别致的"炮打灯"。这种"炮打灯"第一响过后，打入天空的是个可见须眉的老寿星的形象。等老寿星徐徐降落，离地丈许时，在老寿星头上再爆出一响。而后又打入天空，又出现一踋坐老僧，稍等又徐徐下落，发出第三响，在空中出现时装美人，并撑着洋伞，冉冉没于水上。真是奇妙，使人叫绝。除"炮打灯"外，还有"起花"，又称"齐货"。

起花是只钻高，无爆响，但它属金属爆竹类。除爆竹外还有只放五颜六色光亮、无声响的"花"。爆竹白天夜晚燃放皆可，而"花"只有在夜晚放才好看。品种有"八角"、"花盆"、"葡萄架"等。而特别的是"炮打襄阳城"，这是用"炮打灯"与"花"组合的一种形式。此外，还有低级的"耗子屎"、"滴滴金"等供小孩燃放的"花"。花盆是高级的烟火，北京在正月元宵节时放。每逢元宵节时，各王府、大店铺至晚，悬挂花灯、灯火通明，游人如蚁。等深夜先燃放"二踢脚"、"麻雷子"，接着就燃放"五百头"、"一千头"的大鞭，鞭炮齐鸣。俟后，就燃放各种"花"。在花炮后，才放"花盆"。"花盆"有八角形，圆形，大小不一，最小也要一尺大。其形状如现在圆食品盒。要四根长杆支起燃放。燃放时，放完一层，又下来一层，每层有每层的烟火，有的形似仙女，有的形似高大宫殿，有的形似无色之花，变化万千。有四层，有六层，最多有九层的。当年北京吉庆堂花炮史家制作的"花盆"最有名气，以做"烟火城"为慈禧嘉奖，赏史家公六品顶戴内廷供奉。"烟火城"是一小城池，有城楼四门、雉堞、刁斗、旗杆及吊桥等物，城墙上还有守城之兵。点燃火线后，城墙上一齐大放光明，烟火齐燃。等城楼灯子一亮，桥梁就落下，显出满桥莲花。这真是花盆中的奇品。花盆史家还曾做过一大型"八角美人亭"，点燃后，亭角珠灯齐明，亭中美人亚如真人。慈禧看后也给了奖赏。他还做过一大"花牌楼"，额嵌"万寿无疆"四字，牌楼下有狮、象、虎、豹，呈现百兽庆寿的样子。花炮史家制作的三丈或者九层大花盆更为奇特。每层显现一个吉祥故事。一层一个场面，盒子连续落下，场面连续演出，深得慈禧喜欢。

养金鱼为乐

北京养金鱼历史很悠久。据史书记载，北京前门有个地名称"金鱼池"，当地人就以养金鱼为业。还有现朝阳区高碑店乡，全村两千多户，多半从事养鱼业，他们利用靠近通惠河的有利条件，在河边挖塘养鱼。"金环金鱼"是高碑店的一大特产。这种金鱼，通身红而发亮，在鱼尾部有一金色的圆环，故名"金环金鱼"。从明朝时，高碑店的金环金鱼就是供奉皇宫之物。清亡后，北京城内沿街叫卖大小金鱼的小贩，一部分在金鱼池趸鱼，一部分就趸鱼高碑店。金鱼分"草鱼"和"龙睛鱼"两类。前边说的高碑店的金环金鱼为小金鱼，属于草鱼，鲫鱼转化而来。龙睛鱼是眼睛凸出而得名。其品种有龙睛鱼、红龙睛鱼、花红龙睛鱼、墨龙睛鱼、蓝龙睛鱼、紫龙睛鱼、鸭蛋鱼、望天鱼、翻腮鱼等。旧北京除金鱼池、北海、中山公园养龙睛鱼外，有的大户也善于养鱼。他们都有养鱼的把式。小户养鱼的也不少，不过养的品种少，数量少。养金鱼最应注意的三个问题，一是养鱼盆。鱼盆分"大八套"、"大瓦套"、"真边"三种瓦盆。此外，还有大木盆。不能用瓷盆，因为瓷盆不透气，对鱼不利。瓦盆最好是旧的。二是养鱼虫。春天鱼要甩子，但是，没有足够的鱼虫喂养，鱼是不会甩子的；夏天炎热，水容易变质发臭，放入适量的鱼虫使水保持清洁；秋天更应放入适量鱼虫，让鱼吃虫，为过冬之用。因为冬天鱼是不吃食的。鱼虫要选新鲜的，千万不能用死虫喂鱼。三是鱼盆里的水要天天换。养鱼的水千万注意不能用刚从井中打出的水，必须经过日晒。起码在太阳下晒一天。望天鱼、翻腮鱼等例外，要在早晚给鱼盆添放晒过的"生水"。此外，还要勤给鱼盆清除秽物，保持鱼盆的清洁卫生。关于金鱼甩子时应注意的事项。金鱼甩子都在谷雨（公历4月20至于22日）左右。事先准备好红根水藻，在茎端捆好，下系砖石放入盆中，使藻叶漂浮水面。而后把雄鱼和雌鱼同时放入。等雌雄鱼交配，藻叶上出现鱼子后，应及时将大鱼取出。否则大鱼会吃掉鱼子的。天气好，小鱼七天可出卵。不能喂幼鱼鱼虫，用鸡蛋干黄粉饲养。经过一两个月，小鱼方能成形，辨出优劣。

养鸽子

北京人喂养鸽子、放飞鸽子历史悠久，清代极盛，特别是八旗人善养鸽子，汉人养鸽子的也多。鸽子的种类从形态分，有"平头"鸽子和"凤头"鸽子。平头鸽子的头，羽毛是光平的；凤头鸽子的头，长出一撮羽毛，似孔雀之头。从羽毛颜色分，有白点子、玉环、墨环、白尾翅、黑尾翅、芦花、灰楼鸽等。白点子为周身洁白，不能有杂毛，只在脖子上长一圈黑毛。白尾翅黑

鸽子市

鸽子的尾和双翅长着白羽毛。黑尾翅是白鸽子的尾和双翅长着黑羽毛。芦花鸽子是鸽子周身长着看似白、棕黄为主的杂毛。灰楼鸽为灰色。鸽子的佳种，不仅善飞、识途，而且还要长得好看。要羽毛顺、起亮、头大、体态匀称、健壮，眼大明亮有神，嘴小，两翅有力。过去北京为养鸽子之家大都喜欢喂养白点子、玉环、墨环、白尾翅、黑尾翅等品种，其次是芦花鸽。灰搂鸽是没有喂养的。灰搂鸽多在粮店、豆腐店的房檐栖息，没人管，自己在地上啄食。养鸽子要在院子里建造鸽子窝，过去的鸽子窝多是木质的小方格，从下至上一排排，多寡根据所养鸽子的数量。但必须向阳面为好，周围用苇篱笆围起。房脊上放几块黄琉璃瓦做鸽子飞回巢的标志。用一根长杆子，顶端捆些布条，做哄鸽子用。还有"挎"，是出门放飞鸽子所用。过去的"挎"都是竹制，长约二尺多，宽一尺多，高一尺多，上面有盖，中间有一宽厚的竹条供人挎在臂背上，故称"挎"。此外，还要准备逮鸽子的"海网"和打鸽子的弹弓子。过去北京养鸽子之家都有鸽子哨，就是放飞时，把哨拴在鸽子的尾部。起飞后，在高空借风力发出高低悠扬悦耳之声。鸽子哨种类有低音的"大葫芦"，中音的"中葫芦"，高音的"二连"、"四连"等。鸽子放飞，分家中放飞和外出放飞。家中放飞就是在自家的上空，使其绕圈，低飞。一般每天一二次。外出放飞要选识途的熟鸽子，先近后远地飞行。而且还要选一两只认家的鸽子带领方可。喂鸽子的食物一般用高粱，也有用小米的，有钱者用大米。过去养鸽子人家之间，分"过活的"和"过死的"。过活的就是甲逮住乙的鸽子要送回；乙逮住甲的鸽子，甲要索要奉还。过死的就是逮住不给啦。前边讲的海网和弹弓就是为逮和打飞来生鸽子之用。飞来的生鸽子先用高粱或小米往下叫，叫不下来，在房檐处用海网逮，在房脊上就用弹弓打。

种花

　　种花是老北京人的爱好，不管贫富之家，在夏天，庭院里都种着各种鲜花。用鲜花美化环境，陶冶情操。由于北京市民需要，北京西南郊外丰台、草桥、黄土岗等地专门以养花为业的花乡发展起来。这些地方的花农培植的各种鲜花，以供应北京城内为主。此外，在北京城内还有很多的花店，以隆福寺、护国寺和土地庙等庙市的花店最为有名。城内除花店外，每到夏天，下街沿途叫卖的花贩也不少。

　　北京人养花种花主要有两种，一种是草本花，也就是当年种，当年开花结籽，第二年重新再种，像草本茉莉花、牵牛花等。大多数普通市民都种这种花，因为经济，不用花钱买，找些好籽就可以自己种，而且管理又省工，只要按时浇水就可以。一种是木本花，这种花大都是接枝杈条种植，春、夏、秋开花，冬季休眠，来年返青再发芽开花，像月季花、茉莉花、牡丹花、石榴花等。一般富有大户都养这种花。

　　前边谈的花乡都卖草本花，而这些木本花虽然开花鲜艳，色彩姹紫嫣红，但是管理费工。水、肥和阳光要适宜，弄不好就不开花，盆栽的冬天还要搬到室内过冬，在地下种的要用土埋好。夏天的管理，不管是木本花还是草本花都要适量浇水，天天见湿见干。水大就要烂根，水小就会枯坏。过去给花都上有机肥，家庭以芝麻酱渣和马掌水等肥料为主。首先肥要发酵，不发酵的肥会把花烧坏。上肥要适量，肥大烧花，肥小花无力。以上这些花除了茉莉花外，都需要充足的日光照射，等秋分后，天气逐渐寒冷，为了防止把花冻坏，要时时注意天气的变化。在立冬节气前，要给在院内过冬的花浇冻水，

第四部分　老北京老少娱乐五十年

上底肥，培土埋好。把盆花搬进室内，将花放置避风向阳处。在中午气温较高时，须开窗通风，并用清水喷洒叶面，以免室内气温高，造成植株脱水，影响花木过冬。

踢毽子、踢小皮球、跳绳、跳猴皮筋

　　旧北京人很喜欢踢毽子游戏。据说，踢毽子早在汉代时就有了。到了明代，踢毽子游戏在北京很普遍，大人小孩子都喜欢这项活动。特别是在冬天，街巷胡同里以踢毽子为乐的很多。清代，踢毽子更为盛行，而且踢毽子的技艺有了极大的提高。毽子起落随身转，用左脚踢，也用右脚踢；用正脚踢，也用反脚踢。而且踢出许多花样，有顶毽、倒踢紫金冠、海底捞月等较高踢法。

　　踢小皮球为一项男孩子喜欢玩的集体游戏。有三五人踢一个门的，可用两块砖头，一边放一块，当做大门，由一个人把守，其他人往大门里踢球；也有更多人踢的，用一个人守大门，其余人分成两拨踢球。双方对攻，只要踢进对方的大门就算进一个球。最后，哪拨进球多为胜。踢小皮球没什么规则，也没有时间限制，只要都尽兴了，想回家了就算收场了。

　　跳绳游戏是少年儿童特别是女孩子喜欢玩的游戏。有个人跳绳，有三人跳绳，还有四人跳绳。个人跳绳是单人抡绳跳，前跳、后跳，以跳的数目多少分优劣；三人跳绳是两个人抡绳，一人跳；四人跳绳是两个人抡绳，两个人跳，也是以数目多少分优劣。

　　跳猴皮筋是女孩子喜爱玩的集体游戏。猴皮筋是女孩子用小皮圈相连起来的，两个人各执一头，另一个人去跳。有时执猴皮筋者把猴皮筋举至头顶，有时放到腰部，也有时蹲下放至腿部，以增加跳皮筋者的难度，无论高低，跳猴皮筋的都要跳。三个人轮流跳，谁跳得最多，为胜者。

好肥骡子，好热车

　　"好肥骡子，好热车啊！"这是旧北京时，每年夏天胡同街巷里，小贩的叫卖声。他们把黑色的"屎壳螂"背上捆一节秫秸，当做肥骡子，后拉一车纸，说是热车。卖屎壳螂拉车的小贩，专卖给小孩玩。大一些的孩子都自己做，他们手拿个小碗，专到那臭屎最多的道边，找细土堆，把细土分开，就见一小洞，然后用水灌，或用屎浇，一会儿屎壳螂就从洞中爬出。屎壳螂是吃屎的，最脏，有墨水瓶盖大小，椭圆形，上有黑色硬壳，有翅会飞。屎壳螂有两种，"好肥骡"是体小的，另外较大的，头前长有棱角，前有硬刺，雄的叫"官老爷"，雌的叫"官娘子"。

掏苇柞子、拉家雀、雪天逮家雀

小孩子很喜欢鸟，每年夏天很多小孩子都喜欢到河湖苇塘深处掏苇柞子玩。苇柞子是一种鸣禽，全身鼻烟绿色，嘴长会学水虫声。它们经常在水塘深处的苇丛中结巢。捉苇柞子很不容易，因为苇塘深处是水蛇出没的地方，而且苇根扎脚。掏苇柞子，主要掏雏鸟。所以，又要熟悉这种鸟孵卵的时令，早了还没孵雏，晚了雏鸟会飞，就掏不成了。

过去，小孩子在夏秋季逮家雀，一般都用夹子打或用"排网子"扣。夹子是用竹子或铁制的，力量大，打上就死。所以小孩子都不愿意用夹子打，而用排网子扣。排网子扣不仅能逮活的，而且一网就扣几只或十几只。排网子是用线绳编织的，大小不一，小的几尺长，大的十几尺长。把网下在树丛旁野地间，小孩子拉着绳子藏树后，网中放些小米，诱家雀进网。鸟入网后，一急拉网，群鸟就被逮住了。

家雀又叫麻雀。这种鸟野性大，不好养。但是，小孩子还是喜欢逮家雀玩。逮家雀特别在漫天大雪纷飞时，容易逮。雪天，大地一片白茫茫，家雀无处找食吃。小孩子利用有利的天气，在院中用扫帚扫出一块净地方，找一铁丝罩，用一根小棍将其支起，小棍上拴一长绳，铁丝罩下撒些小米。小孩子隐藏在屋门后，手握长绳的另一头。等家雀飞来寻食时，只要一拉长绳，铁丝罩就扣下，家雀就成了罩中的囚徒了。

逮蜻蜓、招蝴蝶

蜻蜓老北京人又叫他"老琉璃"。蜻蜓的种类很多，绿色的蜻蜓，雄性叫"老刚儿"（其尾根带翠绿色），雌性的叫"老仔"。颜色为黄黑相间的叫"老膏药"；体形略小，全身黄色，叫"老黄"；满身红色的叫"红秦椒"；满灰色的叫"黑老婆"。雄雌蜻蜓连在一起飞行的叫"架排"。过去每年夏天，少年儿童三三五五，拿着逮"老琉璃"的"琉璃网"和招蜻蜓的"招子"，到城内城外的湖泊苇塘、坑洼积水之处逮蜻蜓。他们左手晃着招子，右手拿着琉璃网，嘴中还朝飞行的蜻蜓喊着："这边有水，那边有鬼"，"黑老婆，洗脸不洗脖"，"天上没脑颜儿"。好像蜻蜓懂他的语言一样。飞行中的雄蜻蜓看见雌蜻蜓（招子）就扑了过来，并想同招子上拴着的雌蜻蜓架起排来。小孩子左手招子很快落地，右手的琉璃网也随着罩下来，两手配合得熟练，就把这只蜻蜓逮住了。随后，把蜻蜓四翅一合，夹在左手小指和无名指的缝隙间，又招起蜻蜓来。

夏天，少年儿童喜欢招蝴蝶玩。找一根约二尺的小竿，用剪子剪一个直径约一寸的圆白纸片，用细白线拴在小竿一端。找花蝴蝶飞舞之处，只要慢慢地摇动小竿，白纸片就随风摆动，像一只白蝴蝶飞舞，一会儿就有白蝴蝶追逐白纸片。千万注意摇动小竿不能太快，太快，蝴蝶就不追了；也不能太慢，太慢，蝴蝶就能认出真假。最好在自己面前，画十字摇摆，随摇动，随走，不一会儿，就可能有三四只或四五只蝴蝶跟着白纸片转，而且还是一只接一只，像个白蝴蝶的小队伍，好看极啦！

掏蛐蛐、逮"猴儿"、粘知了

掏蛐蛐是过去北京少年儿童的一大乐趣。当夏天将过，秋天就要来临之时，他们叫上伙伴，三五成群，肩扛蛐蛐扦子，扦子头上挂着长水柳头罐。蛐蛐扦子头似花枪头，铁制，木柄长三四尺，用扦子挖蛐蛐。水柳头罐口缝个白布口袋，袋口捆一寸直径的圆筒或洋铁筒，找个老玉米核当塞，以备盛蛐蛐用。来到郊外，农田里、草丛中、土岗处、大坟野冢间，虫鸣四起。掏蛐蛐要熟悉蛐蛐的栖息所，方能掏着蛐蛐。何地有，何地无，一看一听就能判断出来。大凡山石的地方，多藏着善斗的蛐蛐，草土之地，多出善于鸣叫之虫。发现蛐蛐隐藏之处，要轻轻地走近，先用探子挑拨，如不出，用气吹，并用手拍拍，脚踩近旁的土坡，震动洞中的蛐蛐，令其蹦出。如仍不出，就用水灌，用蛐蛐扦子挖。一旦蹦出，赶紧拿蛐蛐罩子扣，逮住就放在柳头罐里。

"猴儿"是知了还没脱壳的幼虫。夏天，小孩子常在清晨或者傍晚，树丛中去逮。知了的幼虫都在早上或天将黑时，从地里钻出，往树上爬去脱壳，经过一夜，第二天太阳出来，其翅膀就变硬，变成了"知了"了。小孩子们手里拿着火柴，划着照亮，搜寻"猴儿"。特别遇到雨后，地土松软，地皮好钻，成群的"猴儿"爬在地上、树干上。有经验的小孩子都逮那脊背发青的，而那发白的是知了的空壳。有时候，一会儿就能逮住很多的"猴儿"。

蝉在北京叫它知了，夏天在树上长鸣。小孩子就爱捉它为乐。知了在高处不好逮，爬树它就飞了。小孩子用长竿抹上"面筋"去粘。把和成的白面在水中洗去粉质，最后剩下带粘性的就是面筋，或者用麦粒放入口中咀嚼，吐出渣滓也能成为面筋。将面筋抹在长竿的顶端，随着知了叫声，看准地方，用长竿粘知了的翅膀，便可将它粘住。粘"知了"容易，粘"伏天儿"就难了。"伏天儿"身上发绿，个头比知了小。但它很机警，一有动静就飞跑了，很难粘住它。

摔跤、骑马打仗、跳间

摔跤多为男孩子爱玩的游戏。一般多为两个人对摔，规定不能打斗，只能用方法将对方摔倒，只要手扶地或腿跪下就算输了。摔跤的方法一般少年儿童多使用"拨脚"、"背挎"、"抱脚"、"抢"等跤绊。拨脚是用右脚拨踢对方的左脚，或用右脚拨踢对方的右脚。背挎是将对方背挎起来摔倒。抱脚有单腿和双腿之分。抢是用双手抓住对方的后衣领，把对方抢起摔倒。如果双方同时倒地为平跤。少年儿童摔跤不论体重和身体长短都可以对摔，胜败为"三跤两胜"为赢。

骑马打仗最少要3个人，最多不超过9个人。3个人为一方，一个人为马头，一个人为马身子。"马身子"弯下腰用两手搂住"马头"的腰，"马头"用右臂夹住"马身子"的头。另一人骑上马，双方就开始打仗了。只要是一方将对方拉下马或推下马就算胜利。

跳间游戏是过去北京少年儿童最喜欢玩的。人数可多可少。先在地上画大小一样、相连的正方格，每个方格大小一尺多。参加者一个跳完，一个接着跳。每人先把一枚铜钱扔进第一个方格里，一只脚悬起，不许着地，用另一只脚跳入第一间（方格）中，用手将铜钱拾起，随后，将铜钱扔进第二间里，再跳进第二间里，将铜钱拾起掷入第三格……，逐一完成。中途悬着的脚不能落地，另一只脚也不能踏线。用此方法将所有的间（方格）跳完为优。

捉迷藏、丢手帕、住家拜姐妹

捉迷藏是少年儿童爱玩的一项游戏。季节不限，但一般在夏天玩捉迷藏的多。人数从两个人至五六个人。先用抓纸条的办法决定谁先"迷"，也就是去捉人的。一张纸条上画"十"字，其他纸条为空白。抓到画有"十"字纸条，就站在墙根或某个物体前，面向墙或物体，让其他同玩的小朋友隐藏好。捉人的人，到处寻找，隐藏的人被发现，就是被捉住了，下次由他做捉人的人。如果没被发现，只要跑至捉人原在的墙根或物体处，就算到"家"了，也就是赢了。

丢手帕是少年儿童的一项集体游戏。10 人至 20 人皆可。脸朝里蹲（坐）个圆圈。一个人手拿一块手帕在圈外转，将手帕悄悄地丢在一人背后，很快跑一圈。该人如果没有发现，就在他背后拍两下，让他起来去丢手帕。原丢手帕的人就蹲（坐）在前一人的地方。如果手帕被发现，应很快地拾起手帕追上丢手帕之人。这样，丢手帕者就应站在圈中为大家唱支歌或表演个节目。

住家拜姐妹是小孩学大人居家过日子、迎亲访友等一些家常琐事的游戏，又叫"过家家"。这项游戏活动，有学一家之长的，有学主妇的，有学媳妇的，有学儿子的，有学女儿的，也有学亲戚的。有的模仿在厨房做饭，有的模仿下学回来向父亲行礼或亲戚来访热情招待等。这项游戏人数可多可少，但最少不能少于两个人，多则不限。孩子们根据人数再确定游戏内容。

弹球、下老虎棋

过去北京一到秋后，在街巷胡同中，经常有三五成群的小男孩扎堆在地上弹球玩耍。他们弹的是一种玻璃球。北京在民国初年，汽水业发展起来。当时的汽水瓶里有一个玻璃球，注入水打进汽，玻璃球升起塞紧瓶口。小孩子就用这种玻璃球玩耍。他们把玻璃球放于右手的大拇指（弯曲）和食指之间，而后用大拇指往外一弹，玻璃球就弹出去了。小孩子弹球，有多种玩法：一种是"跑海"，也就是两三个孩子各用一弹，在地上无界限地弹。甲的球碰上乙的球就算赢一次。二是"下锅的"，就是在地上画个长方格，叫"锅"，每个人都放进锅内一个球，码放整齐。距此一丈左右画一横线，叫做"杠"。几个人站在锅前，朝杠弹球，谁的球离杠近，就算头家，就是先弹球。从杠处往锅外弹，弹出一个球就算赢一个球，如果自己弹的球，进入锅中而没出来，这就是"死"了。如果甲的球碰上乙的球，乙也算"死"。谁得的球多为赢。

下老虎棋是民国以前，少年儿童爱玩的一种游戏。这种老虎棋在什么地方玩都可以，只要在纸上或地上画个棋盘，找一块大点的石子当老虎，找十五块小点的石子当羊，就可下起来。羊不走，虎不吃。羊先走。一只羊同老虎相遇，老虎从羊的位置上跳过，羊就被老虎吃啦！如果两只羊相连，虎是不能吃的。老虎可以在直线上吃羊，也可从斜线上吃羊。老虎吃一二只羊，老虎就可横冲直撞，把羊的阵脚突破，羊就算输了。如果羊步步为营，老虎不能把羊的阵线突破，老虎被羊围起来，老虎就输了。

洋画儿

二十世纪三四十年代，也就是笔者童年时最爱玩洋画儿。洋画什么样？为什么叫洋画？洋画怎么出现的？这些问题恐怕年轻人不知道。

我们国家在清朝末年，表面上是中华大国，实际上很贫穷、软弱，处处受西方列强的欺侮，他们在我们国家很多地方占有租借地，从政治上到经济上，他们都拥有特权。以工商业说，列强商品在中国市场上泛滥，而且当时中国的工业都是手工业生产，极其落后，无法与他们竞争。就拿人们吸的纸烟说吧，它是外国货。在纸烟没传进中国前，中国人都用烟袋吸叶子烟。烟袋由烟袋杆、烟锅、烟嘴组成，一般长约一尺左右。烟叶都放在烟荷包里。用烟袋吸烟，使用麻烦，携带不便。纸烟吸食和携带比吸叶子烟简便，纸烟是洋人生产的商品，所以当时都叫它"洋烟"。

清朝光绪年间，英、美国商人在中国合资开办英美烟草公司，他们在山东潍县收购廉价的烟叶，运至青岛和上海，招募中国工人生产纸烟，在中国各地行销，赚中国人的钱。后来，一些有眼光的中国商人，看到洋烟在中国各地畅销，有人也就办起了纸烟厂，有名的是两家，一家叫华成烟草公司，另一家是南洋兄弟烟草公司，同洋人办的烟草公司争夺市场。各家烟草公司都想要抽烟的人买他们的香烟，想尽一切办法做广告，进行宣传，创牌子。民国十九年（二十世纪二十年代）时，名牌纸烟有"红锡包"、"哈德门"、"孔雀"、"老刀"、"单刀"、"双刀"、"金枪"、"飞艇"、"长城"、"大粉包"、"蜜蜂"、"大前门"、"三炮台"、"品海"等。大约在二十世纪三十年代初，各家烟草公司为了促销纸烟，在生产中往烟盒里放"小画片"。因为纸烟是从西洋传来的，又因烟丝用纸卷着，所以叫洋烟卷儿。放在烟盒中的这种小画片，北京人叫它"洋画儿"。

当年在北京最招人喜欢的是"品海"烟盒里放的"水泊梁山"一百单八条好汉，"大粉包"中的《三国演义》和《西游记》以及"哈德门"中的足球运动员等洋画儿。这些洋画儿，人物形态各异，神采栩栩如生，十分喜人。而且水泊梁山好汉洋画儿一百零八张为一套，但是就是不容易凑齐，我凑了好几年也没凑齐，就缺两头蛇解珍、病尉迟孙立、摸着天杜迁三张洋画儿。尽管一百零八条水泊梁山好汉，只收集了一百零五条好汉洋画儿，我也骄傲，因为别人比我还差得多。可惜的是我收藏多年的水泊梁山好汉洋画儿，在那"十年动乱"中，我的老伴怕"红卫兵"抄家，让自己给毁掉了。

当年小孩儿玩洋画儿，一是互相展示，自己拿出喜爱的洋画儿让别人看，别人有什么好的洋画儿请他拿出来让大家欣赏。在互相展示中还要互通有无，交换，也就是洋画儿换洋画儿。二是扇洋画儿玩，一个孩子将洋画儿放在地上，另一个孩子手拿洋画儿只要将地上的洋画儿三次之内扇翻个，正面扇成反面，或反面扇成正面，这张洋画儿就归自己，如三次扇不过去，手中的洋画就得送给对方。

那时，北京的每条街巷都有三五成群的小孩子玩洋画儿。笔者现在有时同当年的小伙伴聚在一起，都喜欢说起童年时，你用行者武松人物画换他的花和尚鲁智深洋画片和扇洋画儿的游戏。

扔杠、磕泥饽饽、抓子

扔杠是少年儿童在冬天在街巷中，经常玩耍的游戏。孩子们在地上画一道约一丈长短的横线，距此横线约两丈远的地方再画一短线。参加扔杠者，站在短线后，脚不能踏线，手拿一枚铜钱或一块瓦片，向长杠（长横线）扔。看谁的铜钱或瓦片距杠近，近者为胜。

磕泥饽饽玩耍是少年儿童很喜欢玩的。旧北京庙会、集市多，在庙会、集市上有卖泥饽饽模子的货摊，他们从这些泥饽饽货摊上买回一些泥饽饽模子，再从土岗处挖回些黄粘土，用水和好，放在模子里按实、抹平、搕出，就成了泥饽饽。泥饽饽的种类很多，有狗、猫、虎、豹、鸟等走兽飞禽类，有马、车、驴、轿等交通类，有桌、椅、板凳等家具类；特别受小孩子欢迎的是孙悟空、猪八戒、沙和尚、唐僧、白龙马及《三国演义》中的关公、张飞、赵云、马超、黄忠等人物类。

抓子是少年儿童喜欢玩的一种游戏。先用碎砖块磨五个直径约四分的扁圆小子（小块）儿，用羊骨头的小拐也可，故又名"抓拐"。玩的方法是，两三个人在干净的地方，蹲下，轮流地抓。用一只手握五个子儿，扔起其中的一个子儿后，放在地上另外四个子儿，随后接住先扔起的那个子儿；然后，再扔起一个子儿，从地上抓起一个子儿，并接住扔起的那个子儿。依此法，相继从地上抓起另外二、三、四个子儿。第二轮，依然先扔起一个子儿，放在地上四个子儿，并接住扔起的那个子儿，再扔起一个子儿，从地上抓起两个子儿，接住扔起的那个子儿，依此法，再抓起另外两个子儿。第三轮，还是先扔起一个子儿，放地上四个子儿，接住扔起的那个子儿，再一次扔起一个

老北京五十年

272

子儿，从地上抓起三个子儿，并接住扔起的那个子儿，依法抓起地上那个子儿。第四轮，依然先扔起一个子儿，放地上四个子儿，接住扔起的那个子儿，再一次扔起一个子儿，抓起四个子儿。其他人也依此法抓子儿。如果有抓不起来的或接不住扔起那个子儿的，就算输了。

瞎子逮跛子、蒙老瞎

　　瞎子逮跛子是很有趣的一项游戏，过去少年儿童经常做这个游戏。一般两个人，一个当瞎子，用手帕蒙上双眼，一个做跛子，用布条将一只手与一只脚拴在一起，并画出一定的范围，跛子不能出此范围。瞎子就到处摸跛子，跛子就弯着腰到处躲，摸着了，就赢了。然后互换，接着玩。

　　蒙老瞎是少年儿童很喜欢玩的一项游戏。五六人至七八人皆可。先用手帕将一个人的双眼蒙上，而后各人都散开，被蒙眼的人就边走边摸。其他人可出声叫老瞎，但不能叫老瞎摸着，一摸着就算逮住了，被逮住的人就被罚，当蒙老瞎。

堆雪人、打雪仗

　　冬季正是小孩子做堆雪人玩耍的好时候。雪天，孩子们用铁锹将雪堆起，并拍实，下宽上窄，团弄个人头形放在雪堆上边，并弄实。而后用小棍画个嘴，找两个黑煤球当眼睛，再弄个鼻子。俟飞雪把雪人再挂上一层雪花后，雪人就更加好看了。

　　冬天寒冷，户外很少有人活动，特别是雪天。但小孩子很喜欢下雪的天气，小孩子可以打雪仗。参加者人数不限。先画好阵线，用手团成雪团，用雪团投打对方。一方攻过另一方阵线就为胜利。

跑车跑马

清代北京的八旗子弟贵族喜欢跑车跑马游戏，经常利用太阳宫、蟠桃宫等庙会时，进行跑车跑马比赛。跑车和跑马是三跑两胜，就是跑三趟，两次在先为胜。跑车跑马在清代盛极一时。1912 年，清王朝灭亡后，跑车跑马活动就不多见了。

第五部分

老北京杂说五十年

老北京工商行业地域性极强

北京是一座历史悠久的古城。从金、元以来，北京不仅是全国的政治、文化中心，而且是我国北方经济中心。进入明清王朝统治时期，北京的工商业得到迅速发展。特别是清代，表现为乾隆、嘉庆年间，北京的工商业呈现出繁荣鼎盛景象。粮食、芝麻油、酱、醋、盐、干果、杂货、布匹、绸缎、绦带、金银首饰、颜料、染坊、钱庄、票号、当铺、茶叶、烟酒、糕点等，高级手工业商品、一般手工业商品和生活必需品，应用之品等各行各业应有具有。而且市场繁荣，商品流通昌盛。据清道光年间人杨静亭在《都厅纪略》书中描述，北京店铺装饰得富丽堂皇，商业街繁华，"京师最尚繁华，市井铺户装饰富甲天下，如大栅栏、珠宝市、西河沿、琉璃厂之银楼、缎号以及茶叶铺、靴铺，皆雕梁画栋，金碧辉煌，令人目迷五色。至肉市酒楼饭馆，张灯列烛，猜拳行令，夜夜元宵，非他处可及也。"

北京的工商业特别是商业，从明、清至二十世纪四十年代一直发达昌盛，特点是地域性强。

北京的工商业特别是商业为地方商人所控制。据《清稗类钞》所记，在北京的商人，最有实力的是"京师大贾多晋人"。据位于前门外重芦草园颜料会馆内《建修戏台罩棚碑记》载："自明代以至国朝，百有余年矣。从前于康熙十七年，重新大厅两庑后阁及东西正房，悬额书名，以昭不朽。"这座颜料会馆原名平遥会馆，是山西颜料、桐油商人于明朝中期修建的。老北京的颜料店都是山西商人经营的，而且店中的掌柜、记账先生、伙计、学徒全是山西人。山西商人经营的行业和店铺还有粮食、杂货、皮货、干果、烟叶、钱庄、票号、白酒、酱菜、饭馆等。像北京的著名六必居酱菜园、通溢干果海味店、都一处烧麦馆，都是山西商人创办经营的。山东商人在北京经营商业，其实力与店铺开办之多，与山西商人不相上下。据《旧京琐记》书中记载："北京工商业之实力，昔为山左右人操之，盖汇兑银号、皮货、干果诸铺皆山西人，而绸缎、粮食、饭庄皆山东人。"像北京著名的以经营绸缎、皮毛为主的瑞蚨祥、谦祥益等"八大祥"就是山东商人经营的。福寿堂、同兴堂、天寿堂、福全馆等大饭庄和东兴楼大饭馆也都是山东商人经营的。当年北京的餐饮业无论是大饭庄、大饭馆还是一般的饭铺，经营者大多数是山东人，卖的鲁菜。北京的粮食也在清代中期以前，大小粮行、粮店，都是山西人经营的。清代中期起，山东商人开始在北京经营粮食业，到二十世纪二三十年代，北京的粮店多数是山东商人经营。粮食工会的领导权也控制在山东粮商之手。如来面行工会会长赵旭宸和米庄工会会长邹泉荪，以及米面粮业工会理事长王振廷，这三个人都是山东粮商。

山东人在北京不仅经营大店铺、大买卖，而且也干很辛苦、赚小钱的"井

杂货铺

窝子"、推水车送水和办"粪场子"，背粪桶挨门挨户去掏粪。其次，北京的大小茶庄如森泰、吴肇祥、张一元等都是安徽人开办的。安徽商人在北京还开办了湖笔徽墨和南纸店等。江浙商人在北京除经营药材外还办钱庄。位于东四的恒和、恒肇等四大家钱庄，当年被称"四大恒"，皆江浙商人开办。北京的金店、古玩玉器店多为尔东广商人开办经营。河北省高阳人在北京经营布铺和开办织布工厂。枣强人开五金行。剃头理发的都是河北宝坻人。煤铺、浴池业是定兴和易县人。就连做家务佣人"老妈子"，现在称"阿姨"，当年也是由河北省三河县农村妇女来担当。所以当年北京有"三河老妈子"之说。有人将其编写成"老妈上京"的小戏。

北京的工商业不仅地域性强，而且有的手工业作坊和小商业店铺都是家族经营的。一个掌柜带着老婆孩子，雇个伙计、小学徒。老婆边看孩子边帮助掌柜从事经营作坊和店铺。当年北京的手工业作坊和小店铺极为普遍。如以制作五香酱羊肉闻名的月盛斋和烧制料葡萄出名的"葡萄常"，打制刻刀的"刻刀张"等都是家族式经营。

北京的工商业地域性强，为外省地方商人所控制，延续了二三百年，直至二十世纪五十年代公私合营时，才终止了其历史。

天桥市场考

近几年，以天桥市场为题的书刊和影视作品陆续问世，出现了"天桥市场"热，从而使过去逛过天桥市场的老北京人，联想起当年天桥市场的繁荣盛况；使不了解天桥市场的年轻人，知道了过去北京还有个要吃喝有吃喝，要购物可购物，要娱乐能娱乐的好去处。

但是，由于缺少第一手资料，所以这些书刊和影视作品对天桥市场的出现、范围和品位等历史状况众说纷纭，莫衷一是。

一

关于天桥市场出现于何时，说法不一。一篇名为《天桥市场》的文章中写道："天桥市场最早出现于明代初，即 14 世纪中叶，当时的市场位于现在的铺陈市一带。"另有一本《天桥》的专著主张天桥市场比明代初要早，是在元代后期。《天桥》书中云："据记载，远在元朝后期，天桥附近就出现了饮食业和经营旧货的市场，明朝后期逐渐成为热闹的场所。"

说天桥市场最早出现于明代初的，没写其史料的来源。而说天桥市场远在元代后期就有的只多了"据记载"三字。据什么古籍上记载，没写出。说明历史上一个问题必须有根有据，否则就不能成立。

那么，天桥市场出现于何时呢？据《天咫偶闻》记载："天桥南北，地最宏敞。贾人趁墟之货，每日云集。……，今日天桥左近亦无酒楼，但有玩百戏者，如唱书、走索之属耳。"在没有发现可靠记载天桥市场出现历史资料时，《天咫偶闻》书中所记，可以说是最早记载商人在天桥设摊卖货，艺人在天桥卖艺的情况。《天咫偶闻》的作者震钧（1857—1920年），清末民初人，久居京城，对北京的历史文献广泛搜集，并进行走访调查，写成《天咫偶闻》，于光绪三十二年（1906年）刻版问世。该书对研究北京史起着重要参考价值。根据《天咫偶闻》的记载，天桥市场出现于清晚期的同治至光绪年间。因为当时在空地上只有摆摊卖货的小贩和少数唱大鼓书和杂技艺人卖艺。反映出市场初兴起的情形。

天桥之名从乾隆年间出现，到光绪年间，近百年都是座桥名。如乾隆戊申年（1788年）刊印的《宸垣识略》记载："斗姥宫在天桥西，康熙年建。"又如光绪年刻印的《京师坊巷志稿》："永定门大街北接正阳门大街。井三。有桥曰天桥。"前者记的是斗姥宫，用天桥说明斗姥宫的位置。后者写的更明白，天桥是前门大街和永定门大街之间的一座桥而已。从天桥之名成为一片地域之名是从天桥市场出现开始的。当年，老北京人都习惯将天桥市场呼之为"天桥"。下边引文写的"天桥"即是"天桥市场"。

二

一些人不仅对天桥市场出现的时间说法不一，而且对天桥市场的范围划界也不一样。

1993年，《宣武文史》第二辑"天桥市场"一文写道："在天桥以东的精忠庙至西晓市一带，有铜铺、玻璃、小器作、盔头、戏衣……解放前，在永定门门洞、先农坛根虎坊桥北

天桥

头马路两侧，天桥桥头等处，经常有卖苦力的人在那儿找活干。"该文给天桥市场划的范围东至西晓市，南至永定门门洞，西北至虎坊桥北头马路两侧，北至天桥。该文虽然没有说明以上这几个地方是天桥市场的地界，而实际说明这个地方在天桥市场范围之内。

2005年出版的《天桥》一书将天桥（市场）的范围划的比上文划的还要宽阔，天桥（市场）"西边延伸到南北纬路、香厂路、北京友谊医院、永安路、先农坛东坛根儿、北坛根儿一带。今天的永安路东段过去是天桥的西龙须沟所在地，清末民初时称'西沟旁'，后来西龙须沟改为暗沟，上面形成上街。旧时的天桥鸟市、茶馆、小饭铺分布南北两侧。东边延伸到今崇文区的山涧口、金鱼池、精忠庙、东晓市、红桥往南的龙须沟、药王庙也应是老天桥（市场）范围。天桥（市场）地区的北界是珠市口东西大街为界的，南界到外城的护城河"。这本书给天桥(市场)划的范围，东至西长约5华里。南北宽约3华里。如此大的市场世上少见，事实上也不会有，是作者空想出来的。

但是，天桥市场实际范围有多大呢？据当年在天桥市场卖过艺，著名说书艺人连阔如在其写的《江湖丛谈》中这样写："天桥市场地势宽阔，面积之大，在北平算是第一。各省市的市场没有比它大的。东至金鱼池（不包括），西至城南游艺园（不包括），南至先农坛，天坛西门，北至东西沟沿，这些个地方糊里糊涂地都叫天桥市场"。与《江湖丛谈》给天桥市场范围划的相一致的是1930年2月16、17日《天桥商场社会调查》所记："天桥商场在前门大街南首，石桥西南面不过二亩，地势略洼，夏季积水，雨后数以炉灰秽土，北隅又有沟秽水常溢，臭气冲天，货摊杂陈，游人拥挤，此乃二十年前之桥也。……（二十年后），如今天桥地基已有二十亩之外云。"

连阔如先生和《天桥商场社会调查》的作者都是亲眼见过天桥市场的人，他们所划的天桥市场范围才是对的。

三

天桥市场本是为社会中下层（主要是下层）劳动群众服务，低品位的市场。但是，有些朋友缺乏调查研究，将不属于天桥市场的，高等级的娱乐场所和著名老店铺等围入天桥市场之内，以提高天桥市场的品位。如有一本写天桥市场的专著，全书只有少数内容写了"天桥八大怪"，余者则介绍的是与天桥市场无关的李园、金鱼池、城南游乐园、新世界和当年享名于北京的龙顺成老店铺等。

李园、金鱼池和龙顺成老店铺都位于天桥和天桥市场以东，约600米。李园是明代武清侯的私家园林。据明末成书的《帝京景物略》上记载："李皇亲新园，三里河之故道，已陆作义，然时雨则滓潦，泱泱然河也。武清侯李公疏之，入其园，园遂以水胜。"明亡后李园已成废墟。如此可以说明：一、李园距天桥较远；二、李园是私家园林；三、李园属三里河水道，而天桥是属龙须沟水道。所以李园与天桥和天桥市场无关。

据《宸垣识略》记载："鱼藻池（此说为错），俗呼金鱼池，在三里河桥东南，天坛之北，蓄养朱鱼，以供市易。"金鱼池从明代起就是北京著名的大小金鱼繁殖之地，小贩从这里趸货在全城大街小巷去贩卖。由于金鱼池之故其北的胡同在《京师坊巷志稿》上记为："金鱼胡同"。金鱼池的历史早于天桥，知名度也远远高于天桥。如果从金鱼池商业贸易上或游览景点上讲，金鱼池都是独立与天桥无关。

龙顺成老店铺生产和销售的桌椅选料精良，工艺过程考究，造型美观方，坚固耐用，被世人誉为"百年牢"。民国年间，龙顺成的桌椅是著名的品牌。一些书刊将龙顺成划入天桥市场范围之内有辱龙顺成之名。因为当时的人们都知道，天桥市场的桌椅家具"皆残旧之物，加以粉饰欺人者，买后不久即披露破绽，摇之自散"。

城南游艺园和新世界在天桥市场西侧。这两个游艺娱乐场所建于民国初年，是仿照上海大世界游艺商场建设的，都是高品位的。

民国政府计划将北京建成像上海那样的大都会，所以，把天桥以西香厂地区规划为"模范市区"。城南游艺园位于该模范市区的东南部，即今天友谊医院处。城南游艺园坐南朝北，有砖围墙。园内有京剧、文明戏、什样杂耍等演出场所，有电影放映和游艺场等。当年著名的京剧演员孟小冬、碧云霞、窦荣芬，京韵大鼓演员刘宝全，相声演员焦德海、刘德智，洋戏法第一人韩秉谦等都在该园演出过。游客在大门外购票，进场任哪场观看都可。

新世界位于该模范市区的西北部，香厂路东。据《北京近代建筑源流》记载："北京新世界商场共四层（实五层），在正面另外三层尖塔。一楼有剧场，二楼有电影，三楼有曲艺，四楼有餐馆，夏天开放屋顶花园。新世界与城南游艺园一样，购票入场任意选择游玩。

据《民强报》1946年3月12日《记城南》一文写道："新世界游艺场，票价为小洋1角，儿童小洋5分。……彼时物价低廉，二三人聚餐有一元（可换46吊铜元）足矣"。如果一个人到天桥市场玩，连吃带娱乐，有2角钱即可。所以南城游艺园和新世界是富有人的娱乐场所，天桥是小手工作坊伙计、学徒和劳动群众寻乐的地方，不是一个等级的。

为什么说天桥市场是社会下层百姓消费游玩的市场，是低品位的呢？据民国二十三年（1934）《正风》杂志第2卷第12期《整理天桥》一文记："天桥为平市大多数中等以下的人消遣场所，衣着什物，吃喝玩乐，无不应有尽有，其内容的恶劣杂沓，人人都知道，实在是说不胜说。"该文指出天桥市场有几个方面需要整理：一货摊无秩序乱摆；二扒手盗贼多；三食品不讲卫生。张次溪先生编著的《天桥丛谈》揭天桥市场商人欺骗客人的行为：卖布的不用尺量，"是由一个人用手度着布的长度，一面喊着：一度六（五）尺，两度一丈二（一丈）。……买回去再量，七尺也不准够不上"。天桥市场的桌椅家具摊所卖的家具"皆残旧之物，加以粉饰欺人者，买后不久即露破绽，摇之自散云"。

天桥市场里说相声、变戏法、唱小戏的与食品、杂志等商贩一样，都是露天的，用长凳子围个场子，刮大风、下雨就散。不卖票，零要钱。要钱不说要钱，而说"求"钱。如果有人不往场子里扔钱，扭脸就走，将人群冲散，他们就开口不逊地说："不要学他，奔丧去啦！"此外，天桥市场还有许多专以骗人为生的相面、算卦和卖假药的。

如此天桥市场就说是高品位吗？能与金鱼池、龙顺成货真价实的老店铺和城南游艺园新世界混为一谈吗？所以，过去那些规矩的家长不让孩子去天桥玩。如果背着家长偷着跑到天桥玩，被家长发现，轻者责斥，重者挨打。如灯谜专家翟鸿起先生在《宣武文史》第五辑写的《老天桥的电影"院"和照相"馆"》一文："天桥那场露天影院看过后，回家被父亲得知将我痛打一顿，并严厉嘱咐我，以后绝对不许再去。母亲事后对我说：'这么点的孩子就去天桥玩儿去，能学出什么好来？'"

　　虽然说当年的天桥是个品位低下的平民大众的娱乐场所，但是里面鱼龙混杂。有些身怀绝技的江湖艺人，在那种社会，为了生活只可低三下四地在此打场子卖艺，以求挣钱养家糊口而已。

老北京五十年

北京的"烧锅"和烧酒

酿酒的酒厂历史上叫"烧锅",二锅头酒叫烧酒、白干、白酒或"烧刀子"。

酿酒工业在我国已有几千年的历史,考古工作者发现,在原始社会晚期遗址发掘中,就出土过叫"樽"的酒器,说明距今五六千年前,酿酒业已得到发展。早在商朝时,奴隶主贵族中饮酒的风气极盛,考古发掘出的种类和数量众多的酒器就足以说明。除樽外,还有觚、角、觯、爵等酒器。商周时期,用畅酒(高级酒)祭祀天地和鬼神,用醴酒(普通酒)作为饮用。当时,酒在庆典、诸侯会盟、接待使者等重要活动中是必不可少的,所以,我国酿酒和饮用酒的历史久远。

北京地区酿酒,是将粮食、水放入锅中发酵,下边架火烧,蒸馏出的就是酒。所以,酒厂叫"烧锅",酿出的酒叫烧酒。关于北京地区从什么时候开始用蒸馏方法酿酒,说法不一,有的说金代已经出现,有的说元代时从阿拉伯传入。据明代李时珍在《本草纲目》一书中的记载:"烧酒非古法也,自元时始创其法。"如此说来,北京在元代时已使用蒸馏法制酒了。

烧锅用特制的大铁锅,放足了清水,水上放一个铁箅子,上面铺屉布,将高粱放在铁箅屉布上,高粱用多层布盖好。在蒸高粱的大锅上再吊一个大锡锅,里面放凉水做冷却器用。酿酒师傅称放水和高粱的锅是"地锅",称大锡锅冷却器为"天锅"。在大铁锅下架柴烧,蒸汽在大锡锅处遇冷形成酒液流入酒槽。烧锅酿酒,点火后日夜不停地连续烧几天,"天锅"里的水失去冷却作用后须换凉水。蒸馏流出的酒,不分先后混合在一起,所以酒性"暴烈如刀斧",物质成分也复杂,酒辛辣、刺激性强,而且有邪味。近代酿酒时,将第一次"天锅"里的凉水冷却后流出来的酒称"酒头",第三次放入"天锅"里的凉水,冷却流出的酒称"酒尾"。这种"酒头"和"酒尾"的酒成分都不好,作为低质酒,只有第二次换入"天锅"里的凉水,冷却流出的酒的酒质好,这种"掐头去尾"酿出的酒就被称为"二锅头酒"。

清代和民国时期,北京酿酒"烧锅"很多,都开设在北京四郊乡镇中,像北边的清河、沙河、昌平,东边的通州、张家湾,南边的黄村、庞各庄、马驹桥、采育,西边的长辛店、海淀等处都有"烧锅"。北边"烧锅"出的酒叫"北路烧酒",东边出的叫"东路烧酒",南边出的叫"南路烧酒",西边出的叫"西路烧酒"。各路都有著名的"烧锅",以沙河镇的沙泉烧锅、通州的同泉涌烧锅、庞各庄的北裕丰烧锅、长辛店的龙泉烧锅最有名。

这几家"烧锅"之所以出名,是因为酿的酒质量高、味香醇、有后味。它们的酒好与选料认真、柴火火候控制得恰到好处有关。如同泉涌烧锅地靠北运河,但北运河之水不洁净,他们舍去北运河的水不用,在院中另打澡井取水,花大价钱购买颗粒饱满的优质高粱。酿酒的原料,除水和高粱外,还有酒曲。一般"烧锅"都外购酒曲,质量有好有次不能保证,这几家著名"烧锅"都自造酒曲。其次是酿酒工具,它们都到山西阳泉定铸大铁锅,因为阳泉铁锅不仅壁厚,而且材料坚硬、耐高温。冷却器——锡锅在北京城前门外打磨厂的万昌锡器铺购买,万昌锡器铺是当年北京有名的锡器铺,他家打制的锡锅用的是云南的高锡,这种高锡硬度强,色泽银白、发亮,酿出酒来没有杂味。"烧锅"出好酒,原料和工具质量高是必要条件,而将柴火的火候掌握好是关键,这几家"烧锅"都不怕用高工钱聘请有丰厚酿酒经验的师傅,为他们负责看火酿酒。

北京四路各家"烧锅"酿出的酒,除在本地销售外,大都运到北京崇文门外磁器口有"酒市"之称的各家酒店销售。据《旧京琐记》记载:清代"酒行在崇文门外,向来为二十家,皆领有商贴(政府发的酒类专卖证)者,凡京东、西烧锅所出之酒皆集于是"。而后,全城的饭庄、饭馆、大酒缸、小酒铺、用酒的餐饮店铺及有钱的大户,都来此订酒。

解放后,各"烧锅"都参加了公私合营,"烧锅"改称酒厂,产量和质量都提高了。

昔日北京餐饮业的称谓有讲究

　　近几年街市新开业的餐饮业店铺，怎样称谓的都有，如"某某大酒店"、"某某饭庄"。它们只有一间门面，店堂面积也就是二十来平方米，摆放着三四张餐桌，供十来位客人同时就餐，一没有楼，二也没有庄子，就称大酒楼或饭庄，更有甚者叫"某某美食城"。北京城方圆四十里（老北京习惯说法），就连普通的小县城方圆还得四五里呢。一个小饭馆敢与城比，真是什么大叫什么，以为如此就能招来客人。其实不然，你的店堂窄小，设备简陋，有钱客人看不上眼，普通食客又给吓住了，不敢进去。

东兴楼饭庄

昔日，北京餐饮业的老字号（不只是餐饮业），称谓是有讲究的，不敢胡乱称谓，高低等级分得很清。它们从低到高的称谓是：二荤铺、小饭铺、饭馆、饭庄。

二荤铺，是过去瓦工匠、拉洋车以及做小买卖的等劳动群众的就餐之所。二荤铺的特点是家具简陋，既卖饭也卖茶水，来者只喝茶水不吃饭也行。卖的饭都是清油大饼、抻面、炒饼、烩饼、摊黄菜等家常便饭。如笔者在2003年年底出版的拙作《北京的关厢乡镇和老字号》中写的："朝外关厢的荣盛轩二荤铺，店堂里的饭桌摆着七八张，一律是没涂漆的白茬'油桌'，凳子也是白茬长条二人凳……荣盛轩二荤铺卖的茶水，一般用'高末'沏泡。茶具用的是粗瓷提梁壶和豆绿茶碗。饭菜都是大众化的，主食有清油大饼、山东馒头和抻面条。副食是炒菠菜豆腐、炒麻豆腐、干炸丸子、摊黄菜等。荣盛轩二荤铺的'小碗干炸'最受欢迎。小碗干炸就是炸酱用小碗盛，拌面条吃。"

当年，北京这种二荤铺很多，一般都设在菜市口、天桥、花市及关厢一带等劳动群众较多之处，荣盛轩二荤铺是有名的老字号。

饭铺，是比二荤铺较讲究一些的餐饮业。它只卖饭菜，不卖茶水。进店的若只买茶水喝不吃饭，就不招待；买饭菜，则喝茶水不收钱。过去北京的饭铺很多，有名的是隆福寺街里的"灶温"。它的本名叫隆盛饭铺，掌柜的姓温，又因为隆盛饭铺在门外有个煮面的炉灶，白天使用，晚上营业结束后将炉灶封上。每年冬天严寒季节，一些无家可归的乞丐都到这里避风取暖。温掌柜不仅不许徒弟轰赶他们，还叫徒弟不要将炉火封得太严。天长日久，隆盛饭铺就得了"灶温"的雅号，而且闻名京城。灶温经营的食品既有炒饼、烩饼、炒菜等，还有抻面。灶温的"烂肉面"最有名，面条抻得匀细，浇面用卤汤，肉烂，再用黄花、木耳、口蘑、花椒、大料、小茴香等当作料，味道鲜美，而且价钱便宜。所以，灶温天天食客满堂。

饭馆，是比饭铺高一级的餐饮业。店堂宽大、整洁，有的还有楼，有单间，碗、盘等都用细瓷的。一般不卖斤饼、斤面、炒饼、烩饼等粗食品，以卖米饭、各种炒菜为主。到饭馆就餐的一般都是穿戴整齐，比较讲究的各界人士。这些饭馆都开设在繁华的商业街中，如今天有名的东来顺、一条龙、又一顺等，叫羊肉馆；全聚德、同和居、丰泽园等，叫饭馆。

饭庄，是比饭馆高一级的餐饮业，并且是当年北京最高档次的餐饮业。据民国年间出版的《最新北平旅行指南》记载："饭庄与饭馆，实则义同，不过所区别之处，只以饭庄乃专应喜庆，包办酒席，其范围甚为宽阔。饭馆仅为小卖以应散座而已。"像当年北京的天寿堂、同兴堂、会贤堂、福寿堂、庆丰堂等饭庄，都有三四套四合院，几十间房屋，同时能摆开五六十张餐桌，供数百人就餐，而且还建有剧场，可演大戏，供客人欣赏戏曲。

过去开办餐饮业的人，也有不考虑自身条件，为图大、好看而乱叫的，本是饭馆的条件却叫饭庄，倒也并没有人干预。但就怕同业耻笑，顾客又说你不实在、瞎吹，反而影响了生意。所以，当时的餐饮业很少有贪大乱叫的。

生意如何，买卖好坏，不在你叫什么，而是看你怎样经营。重质量，服务热情，价钱公道，生意就会兴隆；质量差，进来一个"宰"一个，你叫什么也是要停业的。

著名饭庄三宝：厨工、跑堂和茶房

过去常听一些朋友说，某某饭馆做的菜口味香，能下饭；某某饭馆跑堂的待客热情，说的话真让人爱听，在他那里吃饭痛快；还有人说，一户人家在某某饭庄办喜事，姑娘出嫁，这家饭庄的茶房对北京的民俗十分了解，所以这桩喜事办得很圆满，亲戚朋友都很高兴。

我虽然不搞商业，只是个教书匠，但是对老北京的事喜欢去琢磨，通过上面朋友的议论，使我认识到干餐饮业，必须有几个好厨工，还要有能说会道的好跑堂和好茶房。

老北京有名的老字号餐饮业，之所以出名，生意经久不衰，其原因很多，像掌柜的管理、社会交际、朋友等都是买卖兴旺的原因。但如果做出的饭菜没味，或者不管什么菜都是一个味，顾客来一趟，下次就不来了。因此，餐饮业买卖兴隆，引来顾客，必须做好饭菜，还必须有自家的拿手菜，用现在的话说，创名牌菜。当年北京餐饮业只有米市胡同老便宜坊经营的一种焖炉烤鸭，买卖兴隆，每天顾客盈门。全聚德的创始人杨寿山认识到开饭馆一定要有顾客爱吃的独家拿手菜后，与厨工一起用挂炉烤小猪的方法，成功烤出了鸭子。由于全聚德首创的挂炉烤鸭皮呈油黄色，肉肥而不腻，味美香甜，常吃不厌，从而驰名京城。又如丁德山开办的东来顺，原本是个不知名的小羊肉馆。他后来请来了两位切羊肉片的能手，可以将 1 斤羊肉切成约 4 寸长、1 寸宽、薄如纸的 80 片羊肉，东来顺的买卖也因此很快兴旺起来，并发展成为北京有名的大羊肉馆。此外，像厚德福饭馆的拿手菜是清蒸熊掌、铁锅蛋、罗汉豆腐。致美斋的著名菜是四做鱼，一条大活鲤鱼鱼头红烧叫红烧鱼头，中段先烹制，再浇甜酱卤汁叫酱汁中段，用方块鱼片做个糖醋鱼块，将薄鱼片做熘鱼片，甚受当时北京各界顾客的欢迎，许多客人都是到致美斋来品尝这道四做鱼的。东兴楼的名菜是锅塌豆腐、芙蓉鸡片、酱爆鸡丁和烩乌鱼蛋。同和居的拿手菜是"三不沾"，就是用鸡蛋黄做主料，佐以绿豆粉和白糖，炒熟放入磁盘中，色泽呈金黄，味道咸甜，鲜嫩。由于这道菜不沾盘、筷和口，故称"三不沾"。祯源馆的名菜叫红烧鱼翅。

这是举出几家的情况，过去成名的餐饮业老字号，不仅一般的菜做得好，而且各家又都有受顾客欢迎的拿手菜。可是没有好厨工，就烹炒不出这样的拿手好菜。

跑堂的和茶房，就是现在的服务员。在二荤铺、饭铺和饭馆里招待客人端盘、端碗的，叫跑堂，因为他们不像厨工站在炉灶前干活儿，总是不停地在店堂里跑来跑去。在饭庄里招待客人端盘端碗的，叫茶房，因为他们既要给客人端盘碗，上饭菜，还负责制作各式蜜饯、饽饽等茶点。

过去跑堂的在餐饮业中起的作用与厨工一样重要，能够拉住顾客，让顾客经常光顾。一个能干的跑堂，腿脚麻利，一只手可拿、端三个装满热菜的盘子；眼睛尖，客人来过一次，第二次就能认识，并能脱口而出张二爷或李三爷。过去餐饮业没有写好的菜单和价目表，跑堂要将本店所有菜名和售价熟记在脑中。客人问，你们这里有什么菜？好的跑堂可以一口气将菜名报出。跑堂的多数是幼小失学不认字，有的只粗略识几个字。但是，在学徒时练就心算的本事。当年客人吃完饭大多由跑堂的给结账，跑堂的一边收拾盘子、碗，一边口中不停地"炒肉片一毛二，炸丸子九分，两毛一；熘鱼片一毛六，三毛七；滑熘里脊一毛八，五毛五……一共一元二毛"，既向客人说出菜名又说出价钱，最后准确无误算出饭菜的总钱数，这叫"一口清"。

饭庄的茶房除为客人端盘、端碗上饭菜外，还必须了解北京旧时婚丧嫁娶的风俗礼节，协助来饭庄办婚丧事的客人招待亲友，处处按礼办事，将婚事或丧事办圆满。

所以，当年的客人喜欢到某某餐饮业老字号就餐或举办婚丧之事，不是为了吃该饭馆或饭庄的拿手菜，就是因为跑堂的周到服务和茶房的懂礼节。

比皇帝"宝座"作用更大的是质量

都一处烧麦馆是闻名全北京的一家老字号。这家老字号所以享名，与它原店址中摆放着的清朝乾隆皇帝曾坐过的一把椅子——"宝座"和现今店堂里悬挂着的制作精细、上书"都一处"的虎头匾有关。据原来的都一处店主说，该匾为乾隆书写。

一般介绍乾隆皇帝于某一年的年三十夜到都一处喝酒及为都一处写虎头匾的事，都这样写：

这一年，年三十夜，李家酒店（当时都一处的店名）照常营业，接待躲债的客人。正在亥时（晚9点至11点）的时候，从店门外进来三个人，从穿着看是一主二仆。这个主人是个文人打扮，两个仆人虽然年事已高，但嘴上尚未留胡，各打一个纱灯，前后照亮。这三个人被伙计热情地引上了楼吃酒。当时，楼上楼下几个喝酒的客人，有的衣帽不整，像是落魄之人；有的虽然衣帽整齐，但一边喝酒，一边唉声叹气，面带愁容，喝的是闷酒。这主仆三人，吃着小菜，喝着酒，对李家酒店伙计的热情招待、酒味的浓香、小菜的可口，很是赞扬。那个主人模样的客人问："你们这个酒店叫什么名？"伙计回答："小酒店没有字号。"这位客人看看周围，又听听外面的声音，很感慨地说："这时候还不关店门的买卖，京都可能只有你们一处了吧！就叫'都一处'吧！"

年三十过去已有月余，忽然有几个太监给李家酒店送来一块乾隆写的"都一处"的虎头匾。于是店里人将虎头匾挂在店堂的正中，将乾隆年三十夜坐过的罗圈椅用黄绸盖上，下垫黄土，不许别人再坐，当做"宝座"供奉起来。

乾隆皇帝到过都一处吗？为该店写过虎头匾吗？笔者查阅过一些史书找不到根据。但是，在史书上却查到清王朝曾有"年班"制。就是每逢农历十二月十五至二十五日，蒙、藏等民族的上层人士在此期间都要携带贡品来北京朝拜皇帝。年三十晚，皇帝在官内设宴招待他们。我们知道，乾隆是个爱玩儿的皇帝，但每逢年终皇帝最忙的时候，而且年三十晚，官内又有大宴，他能出宫吗？并且深更半夜，只带两个太监到处游逛，有这种可能吗？我们也知道乾隆好吟诗、题字，可以说走到哪儿写到哪儿，都留款"御笔"。而乾隆为都一处写的虎头匾为什么没有落款？关于乾隆年三十夜到李家酒店喝酒，给该店写虎头匾的事，正史上找不到，在私人著述中应该能够看得到有关记载。像清代文人李虹若的《朝市丛载》，震钧的《天咫偶闻》，夏仁虎的《旧京琐记》及清末民初人崇彝的《道咸以来朝野杂记》等著作上，都没发现关于都一处是乾隆所书，以及都一处保存有乾隆坐过的"宝座"的记载。这些书中写的都是当年北京各方面的真实情况，如《燕京杂记》上就记载"六必居三字相传为严嵩书，端正秀劲，不类其人"。特别是都一处的原址在鲜鱼口街西口迤南，前门大街路东，门面是一间小楼，二楼前有个小平台，乾隆"宝座"就放在这个小平台上。在街上走路的人应该很容易就能看到这个"宝座"，而这些文人就喜欢这些稀奇事。由此说明，乾隆年三十夜到李家酒店喝酒以及写都一处虎头匾，这个故事当时还没有编出来。至清朝灭亡后，进入民国初年，由于商业宣传的需要才将这个故事编排出来。

另外须补充说明的是，以上清代《朝市丛载》和《旧京琐记》等书中，不是没有都一处的历史，而是有多处讲到都一处。如《燕京杂记》书中写："都一处买酒以杯计，不以壶计。有亲王某善饮，微服过之，索以巨碗，主人以其破格不与，王怒碎其器，一时都不宣传之。"又如《朝市丛载》书记："京都一处共传呼，休问名传实有无；细品瓮头春酒味，自堪压倒'碎葫芦'。"碎葫芦是个著名酒店。从以上两则资料中，不难看出都一处在清光绪年间还是专卖酒的酒店，卖烧麦是以后的事。

乾隆在都一处喝过酒，都一处有"宝座"，这对都一处的商业兴旺起了很大的作用。但是起更大作用的是都一处的酒好，马连肉、晾肉、玫瑰枣等小菜做得味美，炸三角诱人食欲，这些质量高的酒和菜引来了回头客，驰名京城，买卖越做越兴隆。今天的都一处已非昔日可比，是个以烧麦为主，又经营各种炒菜的大饭馆了。

北京小吃贴近百姓

"茶汤李"是一家专卖茶汤驰名的老字号。"茶汤"是食品名，"李"为姓氏，也就是李氏卖的茶汤，人人爱喝，日久天长被顾客唤作"茶汤李"。后来，"茶汤李"就成了他家买卖的字号。

"茶汤李"老辈创业于北京德胜门外关厢，扬名在永定门内游艺市场天桥。"茶汤李"卖的茶汤，主料是糜子、白米磨的面，加淀粉、杏仁霜，用沸水冲熟，上面撒瓜子、芝麻、核桃仁、山楂糕丁、青丝、红丝、青梅以及红糖、白糖等辅料。这种茶汤香甜可口，又有营养，食客叫它"八宝茶汤"。

"茶汤李"冲的茶汤不仅质量好，而且家什也讲究、干净。木案子上铺着洗得没有一个水点的蓝市布，上面摆放着蓝花小瓷碗和蓝边瓷匙，旁边有个专为冲茶汤用的内燃炭火、擦得闪光锃亮的大铜壶。又由于当年的天桥是个五方杂地，唱小戏、变戏法、摔跤、打把式卖艺的多，北京内外城的人，闲暇时讲究逛天桥，所以都喜欢喝"茶汤李"的茶汤，"茶汤李"在天桥一带就出了名。

茶汤是北京小吃的一种。细细琢磨，当年北京的小吃种类很多。按制作分：茶汤、面茶、油炒面、小豆粥、大麦米粥、八宝莲子粥、藕粉、豆浆、杏仁茶、杏仁豆腐、卤煮炸丸子、卤煮炸豆腐、豆腐脑、老豆腐、馄饨等是流质类小吃；切糕、凉粉、扒糕、甑糕、豆沙包、枣荷叶、艾窝窝、驴打滚、豌豆黄、茯苓糕、蜂糕、羊肉包、开花馒头、糖三角、墩饽饽等是蒸制类小吃；蜜饯炸薯片、脆麻花、焦圈、油饼、糖油饼、糖耳朵、炸糕、薄脆、排叉、饹馇盒等是炸制类小吃；马蹄烧饼、芝麻烧饼、火烧、糖烧饼、螺丝转、牛舌饼等是烙制类小吃。此外还有炒肝、爆肚、灌肠、羊霜肠、卤煮小肠等小吃。

当年北京到处都有卖小吃的货摊，以崇文门外的花市集、天桥市场、隆福寺庙会、白塔寺庙会、土地庙庙会、西四牌楼、东安市场、西单商场等地是各种小吃货摊集中的区域。崇文门外的花市大街每逢农历初四、十四、二十四有集市，各种小吃商贩也来赶集，其中在花市集上出名的有"豆汁丁"。经营者是回民丁德瑞。他从清末起就在花市上摆摊，专卖豆汁。丁德瑞熬豆汁时遵照老传统，使用大砂锅、槟榔勺，用微火熬，边熬边往锅里兑生豆汁。因此，丁德瑞熬出的豆汁稠稀合适，不沉淀，喝入口中酸中带着香甜，而且小菜又齐全，咸菜丝、酱黄瓜、腌苤蓝、辣白菜，顾客要什么有什么。他还为饥饿的顾客准备了芝麻烧饼和焦圈。丁德瑞服务好，态度和蔼，因此老主顾很多。1958年，"豆汁丁"参加了合作社，后来在崇文门区的蒜市口成立了锦馨豆汁店。

崇文门外花市集上除了有名的"豆汁丁"外，还有卖茶汤出名的"茶汤陈"，卖切糕出名的"切糕王"等。

过去的东安市场卖小吃的都集中在东半部，既有店铺又有货摊，其中"豆

卖年糕的

腐脑马"、"爆肚王"和"豆汁何"最富盛名。

"豆腐脑马"用的豆腐既白又嫩,卤是用鲜羊肉片佐以小茴香、花椒、大料、口蘑、木耳、鸡蛋勾成,味道鲜美,受到食客们的称赞。

"爆肚王"爆的牛肚、羊肚,不仅在东安市场出名,而且名扬全北京。每天有不少人到东安市场就是专为吃"爆肚王"的大爆肚来的。他的买卖为什么如此兴旺呢?一是牛、羊天天出货,不卖陈货,所以新鲜;二是拾掇得干净,牛、羊肚买来,先用碱泡,而后一遍遍用清水冲洗,直到完全干净,没有一点异味为止。所以顾客们都说吃"爆肚王"的爆肚放心。而且他又将肚子分为"肚领"、"肚葫芦"、"肚蘑菇"等不同种类去爆,佐料有芝麻酱、香油、酱油、米醋、虾油、酱豆腐等,十分齐全。

过去北京曾有"不喝豆汁,就不是北京人"的说法,所以不论男女老少,地位高低,都爱喝豆汁。东安市场的"豆汁何"也是个有名的人物。

此外,天桥有"扒糕满"、"豆汁舒",护国寺有"年糕王"等名小吃。

北京小吃与饭馆、饭庄的食品不一样,后者为有钱者独占,而北京小吃不仅社会地位高的人士爱吃,一般百姓更爱吃,并且最贴近一般百姓,是百姓的食品。

王府井大街是近代兴起的新式商业街

王府井大街是北京一条古老的街道，但它不是历史悠久的商业街，而是近代兴起的新式商业街。

王府井大街是条南北走向的长街，北起东四西大街，南接东长安街。今天的王府井大街是在1965年的时候将几条不同地名的街道合并起来而定名的。

王府井大街南段在元代大都城时叫"丁字街"，明代改叫"十王府街"。关于十王府的情况，在《明太宗实录》上有这样的记载："永乐初，营建北京，凡庙、社、郊祀坛场、宫殿、门阙，规制悉如南京，而高敞过之。复于皇城东南建皇太孙宫，东安门外建十王邸。"文字含混，是"十座王府"，还是"第十王府"呢？这使后人争论不休，始终统一不起来。

到了清代雍正年间，在原十王府处建造贤良寺。十王府虽然不存在了，但用王府命名的地名被沿用了下来，而叫了王府大街。到了光绪三十一年（1905年），始叫"王府井大街"。在王府大街中间加个"井"字，此街必然有水井。但是此井具体位置在哪里，说法不一。有人说，在王府井大街西边大、小甜水井胡同。也有人说，在帅府园西口外偏南，王府井大街西边便道上有一口水井。两种说法相持不下，谁也说服不了谁。直到2000年王府井大街进行道路改造时，在王府井大街南段、新东安市场对面的大街西便道上出现了一口水井，此水井与《乾隆京师全图》上所绘之井位置相一致，有了物证，说服力强，问题才得到解决。到了清朝末代皇帝宣统时，这条街从南向北有三个地名，南段从东长安街至金鱼胡同叫"王府井大街"，中段从金鱼胡同至灯市口又恢复了"丁字街"地名，北段从灯市口至东四西大街叫"王府大街"。

民国初年，在王府井大街路西，住着个英国《泰晤士报》常驻北京的记者莫里逊。他曾受聘为袁世凯的政治顾问，是有名的"中国通"。东交民巷使馆区的外国中上层人士多数与莫里逊有联系。因为莫里逊住在这条街上，所以这些外国人就称这条街为"莫里逊街"，而且在王府井大街南头路西英商开办的怡和洋行的墙上还钉着用英文书写的"莫里逊"标牌。

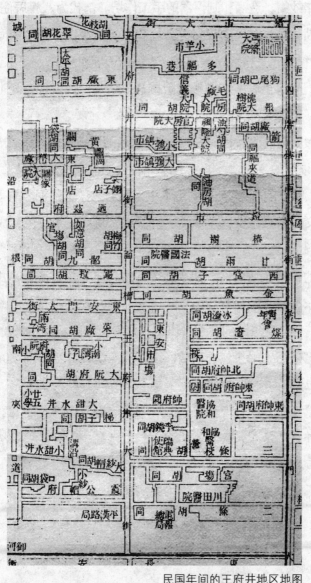

民国年间的王府井地区地图

这条街的中段，民国二十三年（1934年）在《最新北平全市详图》上，将"丁字街"改称为"八面槽"。关于八面槽的地名来历也是众说纷纭，有人说这里有个饮马水槽是八面的，另外有人说这里有八个饮马槽。但据久住在这个地方的老人说，这里曾有个古时候留下的饮马槽，因为这里是十字路口，从四面八方来的行人到此都要饮马，所以叫八面槽。

从史书上看，元代这条街上多衙署和寺庙。明代既有王府，也有衙署，只出现了制作纱帽、造酒和制锡器的手工作坊。清代为八旗居住区和练兵场。到了清代后期，菜厂胡同有皮赞公药铺和聚丰堂饭庄，金鱼胡同有福寿堂饭庄，东安门大街有东兴楼饭馆与和兴号小酒馆等零星店铺，还不能称为商业街。虽然在东安门大街上有些小商贩的货摊，但都是白天摆摊，晚上收摊，属临时性买卖。

王府井大街上商业兴起，并发展成为著名的商业街是光绪二十六年（1900年）庚子事变以后的事情。当年，八国联军侵占了北京。翌年，清政府被迫与英、德、俄、日、法、美等11个西方资本主义国家签订了不平等的《辛丑条约》。这些资本主义国家在东交民巷取得了驻兵权，从而使东交民巷成了外国人的天下。

外国人的日常生活所需，都要到较近的店铺去购买，王府井大街南口隔东长安街与东交民巷的台基厂相望，这些外国人到王府井大街购置物品最为便利。因此，一些有头脑的商人看出王府井大街南段是做外国人生意的地方，于是纷纷到这条街上来投资开商店。据不完全统计，至民国年间（东安市场除外），有惠康等西服庄19家，盛锡福、同升和等鞋帽店5家，中原等照相馆9家，中原等洋广百货店6家。此外，还有银行、洋行、中西餐馆等多家。商品除洋货外，就是洋人喜欢的中国传统工艺品。王府井大街从此成了一条繁华的商业街。

东安市场的创办

　　将中国古典建筑风格和西方建筑形式融为一体的，典雅、雄伟、壮观的新东安市场早已隆重复业了。这座驰名中外的东安市场，从它1903年创办，经历了百余年的历史。而它的初创，仅是个简陋的"雨来散"市场。

　　在清光绪末年，东安门大街上两侧有许多小贩摆摊做生意。光绪二十九年（1903年），清政府提出疏导东安门外大街交通，将大青条石道路改修马路的计划。因此，将这些小贩都迁至一个已废弃的清代八旗兵练兵场内。这个练兵场位于王府井大街北端，金鱼胡同西口南侧，占地约30亩，周围有土墙、铁大门。

　　当时这些小贩不愿意往这里迁，因为东安门外大街过往行人多，买卖好

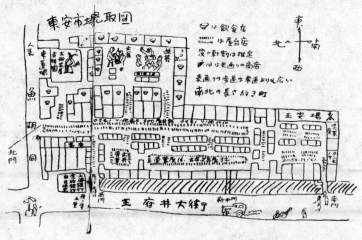

民国年间的手绘东安市场示意图

做。这里空旷，没有人会往这里来，但是清政府和当地的地方官吏指定往这里迁，没办法只得迁来。迁来的小贩有推小车的，有担担的，随便占地，将小车、担子摆在什么地方都行，没人管。这些小贩都是经营北京地方传统手工业产品，本小利微的小商小贩。这个练兵场改成小贩摆摊的市场后，刚开始，确实就像一些人估计的那样，不仅顾客很少，就连闲逛的都很少。干了几天，有的小贩因为几天都不卖钱，天天赔本，坚持不了，就不来了。但是，也有新来这里摆摊的。在比较长的时间内，小贩们来来往往不断。

　　光绪三十二年（1906年），清宫内一个姓王的大太监看中了这个练兵场改市场的地方，他拿钱在这个市场的东北角盖起了一个简陋的茶园，让别人替他经营。为了吉利就将这个茶园命名为"吉祥茶园"。这个茶园里经常请来一些京剧、曲艺、戏法等演员在此献艺。茶客只需付茶费，看演出不必另花钱。因此，招来很多的人到吉祥茶园喝茶看戏。当年，北京人无论男女老少都喜欢京剧、京韵大鼓、单弦牌子曲等演出形式。但是，从清帝入关，在北京做了皇帝后，就明令内城不准建戏园。所以，内城人要看戏必须出前门去看。吉祥茶园开业后，极大地方便了住内城的人，并且花壶茶钱就可过戏瘾。因之，吉祥茶园天天高朋满座。由此，这个市场游人多了，买卖也日渐兴隆。到这里来摆摊做买卖的越来越多。小贩们增多，他们之间争夺摊位之事不断发生，而且有时导致口角和互相殴斗。由于小贩们不断发生争摊位互殴之事，京师内城巡警总厅就派人进行管理，整顿摊位，让摊贩登记。这个市场已经形成，必须有个场名，因距东安门很近，又因为是东安门外大街的摊贩最先开辟这个市场，所以命名为"东安市场"。

　　东安市场发展到光绪末年时，已是北京内外城有名的繁华的大市场了。就如清宣统元年（1909年）刊印的《京华百二竹枝词》上写的："新开各处市场宽，买物随心不费难；若论繁华首一指，请君城内赴东安。"作者在这首竹枝词后附注："各处创立市场，以供就近居民购买。东安市场货物纷错，市面繁华，尤为一时之盛。"

"葡萄常"：五个女孩的故事

"葡萄常"，是当年人们送给专做料器葡萄出名的常氏家族的雅号。

常家烧制料葡萄是从清咸丰年间常在开始。创始者常在是蒙古族正蓝旗人。他勤劳肯干、聪明手巧，平日就喜欢制作一些手工活。一次，他用废旧玻璃烧了些料葡萄拿到市上卖，人们看了很喜爱，货被大家抢购一光。从此，常在一家就做起烧制料葡萄的生意。边烧制边改进，葡萄越做越好，最后做出的一串串葡萄亮晶晶的就跟真的一样。这时候，常在做的葡萄有多少就卖多少，不用他去市上摆摊，都是店铺商人和小贩登门购买。

到了光绪年间，常在已在崇文门外花市南小市口定居下来。这时常在做的葡萄不仅行销全北京，就连清皇宫也摆上了常家的葡萄。据说，光绪二十年（1894 年）十月初十日，慈禧在颐和园的德和大戏楼前举办六十大寿。慈禧和王宫大臣边品茶边看戏。在慈禧的面前，摆着各种鲜艳的干鲜水果。其中一盘挂着白霜的紫葡萄最招人喜爱。慈禧让李莲英给她

常家女人当年做葡萄的情形

拿过一串葡萄尝尝。李莲英赶紧回禀慈禧说这盘葡萄不能吃，是摆样子的假葡萄。慈禧一听很奇怪，假葡萄跟真的一样，拿过来我看看。李莲英给拿过一串，慈禧拿到手中才发现确是假的。她问，这是谁做的，这么好。李莲英回禀是一个叫常在的做的。慈禧要见见这个人。慈禧见到常在，给了常在赏钱，并赐他一块慈禧亲写的"天义长"黑底金字匾。从此，常在的声名大振，生意更加兴隆。人们不叫他常在了，都叫他"葡萄常"。

1919 年，国际博览会在巴拿马召开，天义长做的葡萄曾荣获一等奖。从此，"葡萄常"的葡萄享誉海外各国。

在旧社会有"教会徒弟，饿死师傅"的说法，所以，身怀绝技的人都不外传，传子不传女，传儿媳也不传女儿。常在有二子、三女和两个侄女。但儿子身体都不好，并且相继夭亡，只留下个年幼的孙子，常在又年老体弱多病。常家烧葡萄的绝技怎么办？这是常在最不放心的事。这五个女孩子看出了老人的心事，为了保住常家的绝技不外传，都决心一辈子不出嫁也要把常家烧葡萄的绝技传下去。当时的社会历史环境就是如此严酷无情，誉满海内外的常氏葡萄所以能传下来，是五个弱女子用她们的幸福和青春换来的。

后来，常家五位老姑娘，有四位先后辞世而去，只有常玉龄一人健在，但已逾古稀之年。常玉龄不愿"葡萄常"的技艺失传，于是在安定门内"葡萄常工艺品厂"里，毫无保留地将烧制葡萄的手艺教给了年轻人。

四不时兴与四大时兴

清光绪二十四年（1898年），学习西方革新的"戊戌变法"虽然被慈禧太后给扼杀了，但是民间反对守旧，主张革新的思想，及向西方学习新技术的社会潮流，清政府之中的老顽固是阻挡不了的。因此，清末民初时，北京社会处于大变革时期，民间流行"四不时兴"与"四大时兴"的顺口溜。

四不时兴是："老秀才，打火镰，黑油灯，麻布纂。"四大时兴是："马路灯，自来水，警察兵，上海洋式学生。"

过去在科举考试时，不用说是进士、举人，就连很普通的秀才都受社会上的敬羡。废科举后秀才就受到了冷落。打火镰被洋取火（火柴）所取代。黑油灯就是菜籽油灯，屋里点燃起来火亮小，而且冒黑油烟。有了电灯后，不仅光亮，而且干净、方便，所以黑油灯就遭到人们的讨厌。麻布纂是过去妇女在脑后梳的发纂。新潮流妇女剪短发后，梳发纂的显得守旧了，而且越来越少。为此"四不时兴"，而后逐渐被社会淘汰。

进入民国，北京大街小巷装上电灯，夜晚不再是漆黑一片，夜晚出门不必手执"风灯"照亮，人们都称方便。当时的自来水只有少数有钱人家有，大多数居民还是吃用井水。所以自来水是时兴物。警察出现在社会上后，当时人都称之为不打仗的"警察兵"，是向西方学习的新事物。新式学堂出现后，社会上都将在新式学堂就读的学生，叫上海洋学生。此为那时北京的"四大时兴"。

老北京喜欢"四"

过去老北京人，对那些出了名的人或事物，不管好的还是坏的，常常给其组合成"四"。在金融街有四大铸币厂，即清代宝泉局所属的东四牌楼四条的东厂，北锣鼓巷千佛寺胡同的西厂，北新桥三条的北厂和钱粮胡同的南厂。南厂铸的币专为给官员钱粮薪俸（即工资），所以此胡同称为钱粮胡同。清代东四牌楼有恒兴号、恒利号、恒和号、司源号四大钱庄，人称"四大恒"。当年，凡官府往来存款，九城富家显宦放款，多在此四家钱庄，因此，在同治、光绪年间，北京的经济命脉为"四大恒"所控制。

在饮食业有福兴居、万兴居、同兴居、东兴居四大饭庄叫"四大兴"，名食品的"四大斋"是前门内户部街的月盛斋（解放后迁至前门大街），以五香酱羊肉驰名全国，正明斋的红、白月饼油大糖多，西单天福斋（与天福号齐名）的酱肘子是北京的名食品，前门外九龙斋的酸梅汤最负盛名。

戏曲界"四"数最多，清代有四大徽班，即三庆班、四喜班、春台班、和春班。因为都来自安徽，故名。二十年代出现了梅兰芳、尚小云、程砚秋、荀慧生"四大名旦"。三十年代，又出现了马连良、谭富英、杨宝森、奚啸伯"四大须生"。此时，通过公开投票选举出李世芳、毛世来、张君秋、宋德珠"四小名旦"。另外还有四大戏园，它们是广和楼、华乐园、广德楼、第一舞台。

在医药界有施金墨、萧龙友、孔伯华、汪逢春"四大名医"。同仁堂、鹤年堂、庆颐堂、千芝堂"四大药铺"，以及天成、隆盛、天汇、益成"四大药行"和东、南、西、北四庆仁堂药店。三四十年代，北平（当时北京称北平）还有四位名人，其名或号中都有个"子"字，故称"北平四子"，他们是：张子余、田子久、魏子丹、徐子才。

龙须沟"桥"迁史

　　龙须沟是北京外城历史上一条重要的泄水沟。没有这条龙须沟水就到处漫溢，民众就要遭水患。但是，龙须沟从西到东长约六七华里，横在北京外城的中间，给交通造成了不便。

　　在一般人的记忆中，龙须沟上只有三座桥，西边的叫虎坊桥，中间的叫天桥，东边的叫红桥。其实，龙须沟从西到东，从明朝至清乾隆年间，共架 13 座桥。据《北京历史地图集明北京城复原图》和乾隆《京城全图》上绘：骡马市大街和西柳井大街之间是虎坊桥，砖头胡同的灶君庙前是砖桥，蜡阡胡同的地藏庵前是（永安）石桥，穷汉市南口外有一桥，正阳门大街和永定门大街之间是天桥，山涧（胡同）口的弘济院前有一桥，精忠庙街南口外（马夫咀）有一桥，粉厂处有两桥，金鱼池南岸从西到东有三桥，娘娘庙街南头有一桥叫红桥。

　　光绪二十七年（1902 年），京师警察厅将天桥以西的香厂地区规划为"模范市区"，因之投资整治龙须沟天桥以西的河段。据《北京市志稿建置志》记载：天桥西的龙须沟"临近商场，餐馆林立，距南城公园尤近，于交通卫生均大有关系……香厂以南，城南公园以北之龙须沟，计西自永安桥起，东至仁寿寺之南一段，先行掏挖，改砌暗沟"。不久又将暗沟修至天桥。

　　这段龙须沟明沟改暗沟后，除虎坊桥和天桥暂时没拆外，其余三座桥都不复存在了。虎坊桥在二十世纪二十年代，该处修路时被埋在地下。和北京难以计数的古迹一样，虽然不能算作地下空间的一部分，但它连同它承载的无数脚步一起湮没入地下。天桥则是在二十世纪三十年代，修正阳门至永定门马路时被拆除。

　　天桥以西的龙须沟明沟改为暗沟，桥纷纷被拆除。而天桥以东的龙须沟依然是明沟，老舍先生的大作《龙须沟》就是以之为背景。民国年间，在天桥以东的龙须沟上，增建了七座桥。据民国二十五年（1936年）绘制的《最新北京全市详图》记载，这七座桥分别是：黄庄桥、西园子桥、东大地桥、法华寺街桥、西四块玉桥（2座）和东四块玉桥。

　　张次溪先生编著的《天桥丛谈》中写道：天桥处有三座桥，"清朝时只许皇帝通过，平日用木栅栏拦着，不许百姓过。百姓只能走天桥东、西各搭的一座木桥。所以叫天桥。"不知这个史料出自何处？以上我们讲的龙须沟上的桥，除虎坊桥、蜡阡胡同地藏寺前和天桥是石桥，砖头胡同灶君庙前是砖桥外，余者大多是木桥。由此说明，历史地图上无论石桥、砖桥还是木桥都收录。在这些地图集上，天桥处只绘着一座桥，并不是三座桥。另外就笔者的阅读范围内，也未见清朝时天桥只许皇帝通过不许百姓通过一类的文字记载。

　　1949年，北京市人民政府在还相当困难的情况下，毅然决定治理龙须沟，解除人民的困苦。1950年年初，北京市卫生工程局成立了龙须沟工程处，专门负责治理龙须沟。工程分两期：第一期从1950年5月16日至7月31日，重点将天桥大街至天坛北坛根的明沟改为暗沟；第二期从1950年10月12日至11月22日，将天桥至太阳宫的明沟改为暗沟。

　　1952年，北京市人民政府用以工代赈的办法，组织失业市民在龙须沟下游开挖了东、中、西三个人工湖，将这三个湖取名"龙潭东湖、中湖、西湖"。1956年，又在龙须沟旧址上修了马路，把原龙须沟沿岸的低矮蜗居改建成了居民楼。1984年，崇文区政府对龙潭湖进行了大规模修建，东湖正式辟为"龙潭公园"。中湖改建成"北京游乐园"，西湖也改造成以荷花观赏、垂钓休闲为主题的街头公园。潦水尽而湖潭清，曾经肮脏不堪的龙须沟污秽不再，而龙脉犹存。

北京的"窝脖行"

张三去某单位办事没能办成，李四说，我在该单位有熟人，我去准能办成。李四去后，他认识的熟人没给面子，事情也没办成。李四回来说"我来个大窝脖"。"窝脖"是北京人经常说的俏皮话。这个俏皮话来源于北京一种行当——"窝脖行"。

旧北京男女青年结婚俗礼很多，其中一种在结婚前几天，女方父母陪送女儿嫁妆。嫁妆的多与少，贵重的还是廉价的要根据家中经济状况而定。有钱的可能陪送一两所房屋，几十亩地、一处店铺，贫穷的陪送一两件粗布衣衫都困难。北京在三十年代，中等人家陪送嫁妆都是木箱子两只，和尚头木楼座钟（带钟罩）一座、帽筒（瓷的）一对、盆景（带罩子）一对、瓷掸瓶一个、长命灯（煤油灯）一盏，茶壶、茶碗、茶盘子等茶具一套，茶叶罐一对，脸盆、香皂盒、地盆（便盆）各一个，毛巾两条，镜真（小梳妆盒）一个，帽镜一个等物品。女方将嫁妆送至男方一般讲排场的都雇喜轿铺派夫役抬去。前后各一人抬个长方桌（油桌），嫁妆摆放在上面。根据嫁妆多少，分六、八、十二、十六、二十四、三十二、四十八、六十四抬等。

有的陪送嫁妆不多，为了省钱，不讲排场就找"窝脖行"人给送去。窝脖行的工具很简单，有块长约三尺多，宽二尺多的木板，一条粗绳子。将嫁妆放在木板上，捆扎牢，用脖子和两肩扛。扛起来，近的一二里，远的三四里，中间不能休息，一气儿扛到男方。干这行的都是年轻力壮的人，脖子后面都有一个很厚的肉茧子，垂着头，所以，人们叫他们"窝脖行"。

当年，北京的东四、前门、西四、花市等热闹有嫁妆铺地区，都有窝脖行，而最多是在前门外东晓市大街一带，因为这里嫁妆铺最多。民国年间，窝脖行里有个叫栗四的，扛送嫁妆从来没有发生过损伤之事，雇送嫁妆的客人都喜欢找他。可是这一行不养小，年少干不了，不养老，出力多，挣钱少。栗四干到不及五十岁，因体力不支，不敢应活了。最后穷困而死。

1937 年"卢沟桥事变"后，北平沦陷。日伪统治下，百业萧条，人民生活艰苦，婚配从简，人们为儿女办喜事，购买几样嫁妆，为了减少开支，既不找喜轿铺，也不找窝脖行，有的求人用排子车运去，有的自家人挑去。因之，窝脖行没有活干，只得自谋生路，有的去拉洋车，有的去做小买卖。慢慢地窝脖行就不存在了。

后记

王永斌

笔者到今年 8 月实际年龄 87 岁，近两年又体弱多病，目前正躺在医院的病床接受治疗，已无能力写作。但由于《老北京五十年》书中所记 1930 年前的历史是我的前辈人的亲历，又亲自对我所讲；1930 年以后的历史是我亲见亲闻。笔者认为，《老北京五十年》是教育后人、了解历史、不忘历史的好教材。故此，笔者不顾大病缠身，坚持将全部书稿完成。

在我已入院治疗，无力与朋友多方联系，困惑之时，我的忘年交、《新京报》编辑耿继秋伸出友谊之手，与华艺出版社联系，承蒙得到华艺出版社领导的垂爱。又得到《新京报》青年记者姚瑶、曹燕、孔悦相帮，在此深表谢意。并有我的老伴刘云芳百般照顾，长子王进卿整理文稿，次子王进魁跑路与文稿有关之人联系。

在我风烛残年之时，我深感晚年要做的事，最终梦想已成真，内心无比安慰！

（此后记系作者生前所作）

2011 年 5 月于北京协和医院